河出文庫

シェイクスピア＆カンパニー書店の優しき日々

ジェレミー・マーサー

市川恵里 訳

kawade bunko

河出書房新社

目次

シェイクスピア&カンパニー書店の優しき日々

ジュリーに

はしがき

この本は、僕がパリの古い奇妙な書店に逃げこんだいきさつと、そこに滞在しているあいだに起きた主な出来事を綴ったものである。

こうした回想録を書く際には、真実は流動的になる。僕がフランスにたどりつくまでの経緯と、この店で起きたことの本当の大きさを伝えるには、とてもこれ一冊では足りない。そんなわけで、出来事は蒸留して不純物を除き、濃縮し、さらにもう一度蒸留した。必ずしも事が起きた順番どおりに書いているわけではないし、省略したり、一部変更を加えた出来事もある。ひとりについては要請によって名前を変えてある。

それ以外は、現時点で語りうるかぎり真実の話を書いた。

1

その書店に行きついたのは、どんよりと曇った、冬の日曜日のことだった。

あのつらい時期に習慣となっていたように、その日も僕は街を歩いていた。あてもなく、ただ行きあたりばったりに角を曲がり、いくつものブロックを通りすぎる。暇をまぎらし、当面の問題から目をそらすためだ。にぎやかな市場やグランブールヴァール、手入れの行き届いた公園や大理石の記念碑のあいだをさまよっていると、驚くほど簡単に自分を忘れることができた。

午後の早い時間から霧雨が降りだした。初めはウールのセーターがうっすらと濡れる程度で、この真剣な独り歩きを妨げるほどのものではなかった。ところが、夕暮れが迫る頃、突如雷鳴がとどろき、天の底が抜けたように猛烈な雨が降ってきた。どこかで雨宿りするしかない。ちょうどノートルダム大聖堂の近くにいたのだが、そこからセーヌの向こう岸にある黄色と緑の看板がかろうじて見えた。

もうひと月パリに滞在していたから、伝説的な書店の噂はなんとなく耳にしていた。もちろん興味をそそられ、何度も行ってみようと思った。だが、傘が次々に開くなかで、ズボンを風にはためかせて橋を渡っていたときには、そんな噂のことなど頭になかった。ただ悪天候を逃れ、雨をやりすごすことしか考えていなかった。

店の前では、観光客の一団が雨をものともせず、最後にもう一度記念写真を撮っていた。雨に濡れないように分厚いガイドブックで自分のカメラを覆い、寒さに震えながら歯を食いしばって笑顔をつくっている。ひとりの女性がゆったりしたレインコートのフードの下から、面倒なレンズをひねっている夫をにらみつけていた。「早く」とせきたてる。「早くしてったら」

白く曇った正面の大きなウィンドウごしに、暖かな明かりと動く人影がぼんやり見える。左側には幅の狭い木製のドアがあり、緑色のペンキはしわが寄って一部はがれ落ちている。かすかなきしみをたててドアが開くと、ちょっとした狂乱状態が目に飛びこんできた。

きらめくシャンデリアがひびの入った木の梁からぶら下がり、隅では異様に太った男が雨に濡れた青緑色のムームーをしぼっている。客の群れがカウンターを取り囲み、店員の注意を引こうとごちゃまぜの言語で騒ぎ立てている。それからおびただしい本。至るところに本がある。木製の書棚からずり落ち、段ボールからあふれ出し、テーブルや椅子の上にも危なっかしく積み上がった本の山があった。ウィンドウの下枠に長々と寝そべって、このめちゃくちゃな光景をじっと観察しているつややかな毛並みの黒猫がいた。そいつは確かに僕を見上げてウィンクした。

一陣の風とともに、さきほどの観光客の一団がどっと店に入ってきた。僕は前に押し出され、混雑したカウンターを通りすぎ、「人類のために生きよ」と書かれた石段をふたつ上がって、大きな中央の部屋に入った。ここでもさらなる本がテーブルと書棚にあふれ、店の奥に通じるふたつの戸口があり、頭上には薄暗い天窓がついていた。天窓の下には実に奇妙なものが——コインを投げこむと願いがかなうという井戸のようなものがあり、その鉄の縁に男が膝をつき、高額な硬貨をかき集めていた。近づくと、男は僕をにらみつけ、片方の腕を曲げて収穫をさっと隠した。

その男を避けて、狭い通路に入ったら、ロシア語らしき本に囲まれていた。間違ったほうに曲がったら行き止まりで、突き当たりに黄ばんだ自然関係の雑誌の山に囲まれた流しがあり、マダガスカルのジャングルの特集号の上に石鹸のついたひげそりがのっていた。わずかな泡が、寝そべった豹の体に不自然な斑点を加えていた。

後ずさりすると、ドイツの小説が並んだ壁にぶつかり、よろめくようにもうひとつの角を曲がると、つややかな表紙の美術書がピラミッド状に積み上がっていた。片側の壁に穿たれたアルコーブにはステンドグラスがはめこまれ、裸電球がまたたいていた。女がひとりしゃがみこみ、イタリア語でぶつぶつ言いながら、頼りない明かりで書名を読みとろうとしていた。

さっきとは別の戸口をぬけて、ようやく、願い事の井戸のある部屋に戻った。水中のコインに手を突っこんでいた男の姿はなく、代わりに例の観光客の一団が押しよせて占拠していた。カメラのフラッシュになかば目がくらみ、濡れた肩のあいだでもみくちゃになりながら、僕がいま出てきたばかりの迷路にどっと入っていく集団とすれ違った。嵐を避ける場所としてはカフェのほうが静かだろうとこの時点で思い至った。じりじりと退却して、店員と、ウィンクする黒猫を通りすぎ、緑色のドアから外に出た。激しく叩きつける雨を見て考えなおし、戸口で身を縮めていたとき、ウィンドウの脇の壁にはめこまれた木製の本棚に気づいた。ペーパーバックはどれも湿気を吸って膨張していたが、値段はたったの二十五フランで、極度に金に困っている僕でもどうにか買える。ジョイスの『若き芸術家の肖像』がこちらに向かって突き出ていた。安上がりな暇つぶしになるだろうと考え、思いきって中に戻った。

僕の番になると、カウンターの若い女性はにっこり笑い、表紙を広く開けて押さえてから、とびらにシェイクスピア・アンド・カンパニー書店のスタンプを丁寧に押した。そして、上でお茶を飲んでいかないかと僕を誘った。

2

僕はかつて、カナダの中規模の都市で新聞社の犯罪記者をしていた。人口百万人という言い方をよくしていたが、この数字には、街の中心部から車で一時間もかかる農村地帯の住民も含まれていた。僕にとっては殺人率の統計のほうが重要だった。この街の殺人率は毎年決まって十五から二十件で、特にいい年は（少なくとも犯罪記者の目から見ていい年ということだが）、二十五件に達する場合もあった。

いやな仕事だった。この仕事の目的は、人生の暗い秘密を詮索し、おぞましく病的なものをことごとく引きずり出して、世の人々にじっくりと考えてもらうことにあった。溺れた幼児、酒に酔った十代の若者たちが運転する暴走車に轢かれた若い父親。こうした懐中電灯で犯された幼女、ベビーシッターが居眠りしているあいだに裏庭のプールで溺れた幼児、酒に酔った十代の若者たちが運転する暴走車に轢かれた若い父親。こうした事件が日常茶飯事で、絶え間なく押しよせる不幸は、しだいに僕の人間観にも影響をおよぼし、憐れみの心を麻痺させていった。

確かにおぞましい仕事かもしれないが、正当化するのはいとも簡単だった。警察活動の最新情報に通じているのは新聞の務めだし、悲劇を伝えることで、地域の人々は死と人間の苦しみについてより深く理解できる。事実を正直に報道すれば、この種の事件につきものの噂やいいかげんな情報を一掃できる。悲しみに暮れる母親の玄関先に押しかけて、死んだばかりの息子の学校での写真をせがんだみじめな晩などは、明日の新聞で死んだ少年の写真を見た別の母親が、いつもより力をこめて子どもを抱きしめるかもしれないと考えて、自分を慰めた。

街の犯罪記者のあいだで殺人が話題になるたびに、このように嘘が正当化された。僕らにとって成功の基準となるのは、自分の記事が新聞の一面を飾る回数や、夜のテレビ番組のトップニュースになる回数であり、この街は犯罪ドラマが少なすぎるという点でみなの意見は一致していた。僕らはトロントのような、殺人が年間五十件にのぼる大都市で働くことを夢見ていた。毎週一件。なんてすばらしい。あるとき、ビールを飲みすぎた同僚がうっかり本音を洩らした。四人もの人がむごたらしく殺されるという前代未聞の事態に見舞われた週末に、結婚式に出席するため街を離れていたことを彼はひどく悔やんでいた。犠牲者のうち二人は釘抜きハンマーで殺され、天井に脳が飛び散っていた。そんな楽しみを見逃すなんて信じられないと言うのだ。

最初は仕事が楽しかった。深夜の犯罪現場、死者の写真と隠された事実を追う宝探し、締め切りに追われ、ライバル紙と競いあう興奮。それは人間の魂の腐った部分に面白半分に深入りするチャンスだった。事故の現場を通りすぎるとき、だれもが好奇の目でじろじろ見る。僕は焼けこげた残骸のすぐそばに立っていることにいかがわしい喜びを感じた。

だが、この仕事が気に入ったのは、個人的な事情も関わっていた。僕自身も人に知られたくない秘密を抱えていたからこそ、いっそう熱心に他人の秘密を探りまわらずにいられなかったのだ。闇と不幸に囲まれていると、自分がほとんど正常な人間であるような気がした。

新聞社で働けるようになったのは、インターンシップ・プログラムのおかげだった。僕は二十代前半で、地元の大学でジャーナリズムを学んでいた。新聞社の社会部長と交渉して、冬休み中にボランティアで働かせてもらうことにした。この時期、ニュース編集室のスタッフは休暇をとるから、熱意さえあれば、重要な仕事で代役を務めることもできた。案の定、じきにおもしろいことになった。

クリスマス・イブに、ベテラン犯罪記者のひとりが警察無線で入ってきた緊急放送を調べに行っていた。彼は社に電話して、ふたつの重要な知らせを伝えた。ひとつは死体があるというニュースだった。無理心中と見られる事件があり、四人の遺体が発見された。ふたつ目の知らせは、妻の実家で休暇を過ごすため、自分は今晩、予約した飛行機で街を出なければならないということだった。だれかが代わりにやるしかない。がらんとしたニュース編集室を見回した社会部長は、こうなりゃしかたがないと肩をすくめ、僕を呼んだ。

死体が見つかった安アパートに着くと、エレベーターで現場に上がった。ドアが開くと、腐りかけた肉の甘ったるい悪臭が漂い、吐きそうになった。廊下の端、警察の黄色と黒の立入禁止テープのうしろに、記者とテレビカメラが集まっていた。テープの向こうでは、制服の警官が保護用のビニールで覆われた玄関を見張っていた。

僕の仕事は、主任刑事が出てきて、報道陣に事件の簡単な説明をするまで、立入禁止テープのそばで待つことだった。公式に発表された事件の詳細を入手したら、何よりも重大な仕事は、ライバルの新聞より先に、死んだ家族の身元を突きとめることだ。相手はタブロイド新聞で、三ページ目には有名人のゴシップ記事や裸同然の女性の写真がでかでかと出ているようなやつだった。死にざまを細部まで生々しく描写することにかけては昔から上手(うわて)を行っていた。

僕が現場に到着してから間もなく、エレベーターのドアが開き、ファストフードのハンバーガーの袋を持った制服の警官が降りてきた。立入禁止テープを越えて、玄関の中に入るために戸口のビニールをはがすと、腐敗臭がむっと押しよせ、記者団は一斉に後ずさりした。滅菌したボディスーツにヘアネット、手術用の靴カバーをつけた科学捜査班の専門家が二人出てきた。靴カバーの底には肉片がこびりついてべたべたしていた。二人は悪臭と血のまっただなかに立って、いとも冷静にフライドポテトを食べ、ミルクシェイクをすすった。

主任刑事がついに姿をあらわし、口から青い医療用マスクを引きはがして話しはじめた。男が散弾銃で妻と幼い子ども二人を殺してから自殺した。子どもたちの顔は大口径の弾でめちゃめちゃになっていて、どちらか判別がつかない。サーモスタットが高温のままつけっぱなしで、遺体は少なくとも十日間、暖房がききすぎのアパート内に放置されて腐敗が進んだため、さらにひどいことになった。一家の名前はわかっているが、近親者に通知してからでなければ発表できない。以上。では楽しいクリスマスを過ごしに行ってほしい。

二人のカメラマンが、深夜のニュースに間に合わせるため、刑事の話を撮影したテープを持って急いで局に戻っていったが、ほかにはだれも動かなかった。タブロイド紙の記者が刑事に近づき、メモをとりはじめた。その刑事は、知らない記者とはオフレコでは話さないんだと言って、僕に背を向けた。僕は途方に暮れ、社に電話した。

「名前がわからない？」もっとがんばれと発破をかけられた。

アパートのドアを一軒一軒ノックしてまわったが、収穫はなく、休暇のあいだひとり家に残されたおばあさんから、クリスマス・イブのジンを勧められただけだった。また社に電話して、逆引き電話帳で電話番号から名前を調べてもらったが、一家は電話帳にない番号を使っていたらしい。アパートの見張りに立っていた女性警官に、僕は何もわからないインターンなんですと助けを求めてみたけれど、彼女は僕の厚かましい頼みにかぶりを振った。

結局、社会部長にいい印象を与えたいという熱望と、この件で負けたくないという病的な競争心がものを言ったのだろう。エレベーターでロビーに降りると、安っぽい金属製の郵便受けが並んでいた。死んだ一家の郵便受けには郵便物があふれていた。この手の錠は車の鍵で簡単に開く。じきに僕は電気代の請求書、駐車違反の呼び出し状、クリスマス・カードなどを手にし、一家の名前を十回以上目にすることになった。名前がわかったと言ったら、例の刑事はいやな顔をし、朝刊の編集責任者は大喜びした。情報を手に入れた方法についてはどちらにも言わなかった。

これまでで最高のクリスマスとはいえないが、この手柄のおかげでジャーナリストの素質があることを新聞社に証明できたため、まず非常勤の記者として雇ってもらい、それから夏休み期間の交代要員となり、ついには正規の記者になった。この出来事によって自分がこの仕事に向いているのがわかった。犯罪現場の光景には胸が悪くなったものの、おもしろい仕事だと思った。郵便受けさえあれば、ほかの証拠はいらなかった。電話代の請求書やダイレクトメールのほかに、死んだ女性あてに送られてきたヴィクトリアズ・シークレットのランジェリー・カタログも見つけた。それは自分で見て楽しむために持ち帰った。

そうやって五年ほど働いているうちに、絶えず汚濁とプレッシャーにさらされている弊害があらわれてきた。幼い子を連れた中年男性を見かければ、小児性愛者が子どもを誘拐しようとしているのではないかと疑った。あまりニュースのない日には、うまいことトップページにもぐりこむために、殺人か、少なくともかつてないような暴力的な銀行強盗はないかと探しまわっている自分に気づいた。タブロイド紙と競争するストレスはしだいに僕の心を蝕み、生まれて間もない女の子が八月の炎天下に車の中に置き去りにされていたという特ダネで出しぬかれたときなど、社内で椅子を投げて停職処分になったこともある。

こういう世界にいると、事態が急速に悪化することがある。恋人ともうまくいかなくなり、憂鬱に耐えきれず、結局別れた。警官、弁護士、犯罪記者といった同じ悪夢を共有する者以外とは話をする気になれなかった。当然のごとく酒量も増え、毎晩のように酒浸りになった。

しまいには、仕事に蝕まれていることが、あまりにも多くの犯罪現場を目にし、あまりにも多くの倫理上の一線を越えてしまったことが、だれの目にも明らかになってきた。足を洗う時機だという明白な徴候がいくつもあった。麻薬取締官に目をつけられ、告発すると脅された。飲酒運転で危うくつかまりそうになったこともある。それから、心臓外科医と街娼をめぐるスキャンダルに関わるという恥さらしなまねもした。だが、こういう生活と縁を切る気になった本当のきっかけは、深夜にかかってきた一本の電話だった。

一九九九年十二月、大々的に喧伝された新千年紀の幕開けのちょうど二週間前のことだった。僕は自分のアパートで、六本パックのビールを次々に飲みながら、インタビューを文字に起こしていた。真夜中をすぎて電話が鳴り、近所のバーが閉まる前に一杯やろうという誘いかと思って、一回鳴っただけでとった。

知りあいの泥棒からだった。僕は新聞で何度か彼の見事な仕事ぶりについて書いたことがあり、彼は記事のおかげで有名になったのを喜ぶようになった。話を一段とおもしろくするために、みずから進んでさらに詳しい情報を教えてくれることさえあった。幾度も協力してもらってから、僕らはぎこちなく友人になり、時おり一パイントのビールをいっしょに飲んで、刑事や弁護士、服役囚といった同じ業界の連中の噂話をした。

その年、彼は好意のしるしとして、自分が指揮した十五万ドルのぼろい仕事の詳細を赤裸々に語ってくれた。それは当時、僕が書いていた本のためだったが、その真夜中の電話の数日前に刊行された僕の本の中には、彼が特に公表を禁じたいくつかの事実が含まれていた——何よりまずいことに、出してはならないはずの彼の名前が含まれていた。彼との取り決めの趣旨を破ったわけではないとなんとか自分を納得させていたものの、彼の反応が気がかりだった。彼は逆上した。

彼にとって暴力は日常茶飯事だった。殺人犯や暴走族のヘルズ・エンジェルズとともに、凶悪犯用の刑務所に服役したこともあるし、喧嘩っ早く、すぐかっとなることで有名だった。僕が彼の信頼を裏切ったらどうなるか、ほのめかしたこともある。膝にバットをお見舞いするか、それに近い苦痛を味わわせてやると言っていた。手配するのは朝飯前だ、暴行で食らう刑期なんてたいしたことはないし、ほんの数百ドルと引き換えに、スキーマスクをかぶって頼まれた仕事をするのをためらわないサディストを大勢知っていると自慢げに語りさえした。

その十二月の夜、僕はもっとひどい罰を受けることになるような気がした。彼は大声でののしりながら、おまえは最低のちんぴらだ、裏切り者だ、友だちを警察に（この場合は一般読者に）売るようなやつに成り下がったんだと言った。友情に免じておれは手を下さないが、ほかにも人はいるからな。用心しろよ、と言って電話は切れた。

僕はパニックにおちいった。あとから思えば、本物の死の脅しではなかったのかもしれないし、僕の過剰反応だったのかもしれないが、その夜は冷や汗が出るほどの恐怖に駆られた。受話器を床に落とすと、急いで服を鞄に詰め、友人の家に向かった。翌週、新聞社を辞め、アパートから引っ越し、車のリース契約を解除し、所持品をほとんど処分し、足音が近づいてくるたびにびくりとした。そして元日の三日前にパリ行きの飛行機に飛び乗り、すべてをあとにしたのである。

3

年末のパリはお祭り騒ぎの真っ最中だった。どこが最高のミレニアム・パーティを開催できるかをめぐって、世界各国の首都が対抗心を燃やしており、パリもその競争に熱を上げていた。ショーウィンドウにはシャンパンの瓶と西暦二〇〇〇年を記念する特別な小物があふれていた。エッフェル塔にはまばゆいライトと花火が設置され、シャンゼリゼ大通りにはアーティストたちが装飾をほどこした観覧車が並び、運命の午前零時の時を打つまで麻布で覆われていた。潑剌たるオプティミズムの興奮が至るところで感じられた。

しかし、きらびやかな輝きの裏では不安がささやかれていた。歴史的な新年の前夜は、狂信者やテロリストが事件を起こすのに絶好の時ではないかと恐れられてもいた。一九九九年の暮れには、キリストを自称する男が何十人もイスラエルから追放され、カナダ・アメリカ国境では大量の爆発物が押収され、大勢の人がこの世の終末に備えて水や缶詰を買いこんでいるといった報道がすでに出回っていた。世界は不安な警戒態勢にあり、Y2K（コンピューター西暦二〇〇〇年問題）によるプログラムの誤りで、電話が使えなくなったり、飛行機が落ちたりするのではないかという心配が、その不安をいっそう強めていた。パリでは保守的な人々が暴動を恐れて実際に街を離れはじめており、僕もメトロで会った若い女性から、安全なブルターニュの海岸に家族と避難するからいっしょに行こうと説得されたほどだった。

あわてふためいてカナダを飛び出し、疲れきっていた僕は、何も感じる余裕がなかった。シャルル・ド・ゴール空港に着いたあと、ポルト・ド・クリニャンクールの近くに部屋を借りた。パリの北端にある、アフリカ系住民の多い地域だ。ホテルは薄汚れた横丁にあり、あたり一帯には外環状道路を絶え間なく行き交う車の響きが充満していた。部屋にたどりつくには、ぜいぜい言いながら六階まで階段を上らねばならず、中に入れば、歩かなくても四方の壁に手が届いた。それでも文句は言えない。乏しい予算にはおあつらえむきだったし、自分がこの先どうすべきかじっくり考えるにはぴったりの場所だった。

ろくな出発準備もできなかったし、パリを選んだのも深い考えがあってのことではない。僕は大学の最終学年を終える前に新聞社に入ったから、卒業には単位がひとつ足りなかった。自信満々の若い記者時代には、学位なんてつまらないものが必要になるとは夢にも思わなかったが、将来の展望が何もなくなってみると、ここで学位をとっておくのもいいような気がした。フランス語の単位が足りなかったので、大学に掛け合い、卒業に必要な単位をとるためにフランスで授業を受けさせてもらうことにして、土壇場でパリ行きの飛行機を予約した。

僕がそれまでの一見充実した生活を捨てようとしているのを知って、家族はやはり心配した。両親は責任あるまっとうな市民を絵に描いたような人たちで、母は技術系企業の部長、父は地元の高校の生徒指導カウンセラーをしている。僕と姉は住み心地のいい街の中心部で愛情こめて育てられ、人生で成功するためのチャンスをすべて与えられた──音楽のレッスン、リトルリーグの試合、湖への家族旅行その他、中産階級の子どもの生い立ちにつきものの要素はもれなくそろっていた。それなのに僕は数々の若気の過ちによって、すでに親にさんざん苦労をかけてきたのだった。人並みに安定した生活だけを息子に望んでいた両親に、今度の問題について話す気にはなれなかった。ようやく出発の二、三日前になってから、仕事をやめたこと、国外に行くこと、いつ帰るかわからないことを打ち明けた。心配させないように嘘をついてごまかそうとした。仕事が憂鬱でたまらなくなった、三十歳になる前に世界を旅してみたい、だれかの休暇が死や大けがで台なしになるのを待ち望みながら新たなミレニアムを迎えたくない。両親はいささか疑わしげな様子ではあったが、最終的には僕の説明を受け入れてくれた。

僕を窮地におとしいれた実際の原因のほうはといえば、出発までの一週間を無事のりきることができたとはいえ、一度だけひやりとしたことがある。真夜中の電話を少々深刻に受けとりすぎたのかもしれないと思いはじめた頃、僕のアパートに何者かが侵入した。脅しを受けてから二、三日後に、荷物をまとめて部屋を空けるために戻っていたときのことだ。荷造りと掃除の合間に、ちょっと近所のレストランに行った。戻ってくると、入口のドアが少し開いていて、箱の場所が変わり、便器の中には煙草の吸い殻が一本、力なく浮かんでいた。鍵をかけ忘れたのだろう、箱の正確な位置を憶えていなかったのだろうと自分を納得させることもできただろうが、僕が煙草を吸わないことだけは確かだった。だれかが予告なしに訪れたのだ。

ヨーロッパに飛ぶことで、身に迫る危険は回避できたものの、ほかにも解決すべき問題が残っていた。一番の問題は金だ。新聞社ではたっぷり給料をもらっていたし、副業で書いた実録犯罪ものの本のささやかな印税もあった。ところが、どういうわけかそれをいつの間にか浪費してしまった。毎晩のように外食して酒を飲み、冬の休暇には太陽の輝く島に飛び、たいして必要もないドイツ車を買い、つまらないコンピューター関係の機器をずらりと並べ、めったに聞かないＣＤを山のように買いこんで……。いまふりかえると恥ずかしいが、ある年など洗い物をしなくてすむように、使い捨ての皿とフォークとカップを買いこんだこともあった。

こういう暮らしで墓穴を掘り、あの電話を受けたときには、すでにクレジットカードの限度額を超え、パリに逃げるどころか、モントリオールまでのバス代程度の金しかなかった。新聞社を辞めたのが少しは助けになった。有給休暇が数週間残っていたため、補償金として二千ドルをもらった。これでパリにたどりつき、いくらかの金が残ったが、それもいつまでもつづくわけではない。うまくやりくりしても六週間がいいところだろう。

今後のことについて何か手を打たねばならないのは明らかだったが、逃げずにその場でなんとかしなければ意味はない。僕はさっさと逃げてきた。あとに残してきたトラブルの山を見たくなかった。何の計画もなく、ただ、命を長らえて、こんなピンチにおちいった理由を考えてみたいと漠然と思っただけだった。

僕の親友のひとりがそのときパリにいたのは偶然ではなかった。デイヴとは大学時代に知りあった。二人とも学生新聞の仕事をしていた。興奮に満ちたあの時代、僕も彼も夜更けが好きなことがわかって親しくなった。ヨーロッパをまわり、オーストリアの山でスノーボードをするために、株式市場に関する記事を書く仕事を一年休んでいたデイヴは、僕が困ったことになっていると聞き、わざわざ遠回りして、パリに到着したばかりの僕に会いに来てくれた。

ホテルの前で彼と抱きあうと、たちまち元気が湧いてきた。デイヴはやせて背が高い、褐色の巻き毛の男で、生きる情熱にあふれ、それが周囲にも伝染せずにはいなかった。なあに、心配事なんか忘れさせてやるさと力強く言うと、自分の知るパリを見せびらかそうと街に飛び出した。

「パリはおまえを歓迎してるぞ」デイヴはそう叫んで、冬空に絶えず垂れこめている雲が分かれていくのを指さした。「三日前からここにいるけど、お日様を見るのは初めてだ」

通りを歩きながら、どこもかしこも美しくつくられていることに驚嘆した。ありふれた交差点でさえ、彫刻をほどこした石の戸口、見事な木製の鎧戸、鉄の彫刻のような街灯で美しく飾られている。こうしたデカダンスは、僕があとにしてきた場所——経済性と実用性一点張りの建物ばかりが並ぶ街とは大違いだった。突然の美意識の変化も、別世界に来たという思いを誘った。

複雑に入り組んだ美しい通りを抜けると、巨大な階段の下に出た。デイヴは二段ずつ上りながら、がんばって上るだけの価値はあるからと力説した。確かに、上りきるとパリの街が足下に横たわっていた。

そこはモンマルトルの丘の頂だった。ふりむけばサクレ＝クール寺院の白亜のドームと馬の石像が迫り、目の前にはパリの街が、はてしなく連なるブロックが地平線にかすむ彼方まで広がっていた。その気になれば、パンテオンやルーヴル、オペラ座などのモニュメント探しを楽しむこともできるし、手すりから身を乗り出せば、エッフェル塔の鉄の格子も見える。つい十二時間前は、凍てつくような雪と氷に閉ざされたカナダにいて、空港にたどりついて脱出することだけを考えていた。それがいま、陽射しを顔に浴びながら、世界でも指折りの都市を見下ろして立っており、未来は白いキャンバスとなって開けている。あの電話以来初めて深く息を吸いこむことができたような気がした。

石畳の脇道の途中にカフェがあり、僕らはまだ昼にもならないのにコーヒーから赤ワインのボトルへ注文を切り替えた。上着がいらないほど暖かな陽気のなか、店の外にすわり、互いの近況を報告しあった。

デイヴは嬉々として旅の話をした。数か月前からずっと旅をしており、北米大陸の外の暮らしに目を瞠っていた。ソフィアでは魅力的な若い詩人とシャワーを浴び、マドリードでは、ヨーロッパの大都市にサインを残そうと気まぐれな旅をしているグラフィティ・アーティストと夜を過ごした。タンジールではゴルフボール大のハシッシュがわずか数ドルで売られていて、欧米のパスポートをもつ者は数キロのハシッシュをフェリーでスペインに運んで儲けることができた。デイヴは賢明にもその申し出を丁重に断った。

二人でワインを飲みながら、僕も麻薬がらみの誘いを受けたが、そんなに冷静に対処できなかったことを話した。新聞社にいた頃、地元の医療用マリファナ売買のネットワークについてずいぶん取材した関係で、数か月前に「スポンサー」にならないかと誘われて承知したのだった。これは、屋内の大麻栽培部屋の家賃と電気代のために千ドル寄付する四人の資金提供者のひとりになったということだ。収穫は十二キロになるという話で、各スポンサーが寄付の見返りに一キロずつ受けとり、残りはＡＩＤＳ患者とがん患者のネットワークに送られることになっていた。スポンサーになるのは立派な行為だと思ったし、犯罪に関する本を書くための調査の一環だと考えていた。

収穫直前になって、麻薬取締官がドアを破って踏みこんできた。スポンサー二人がその場で逮捕され、僕の車も三回にわたって栽培部屋への行き帰りに警察に尾行されていたことがわかった。パリに逃げる前の月には、刑事たちが僕の職場まで話を聞きに来た。弁護士の友人の周到な仕事のおかげで、かろうじて起訴を免れているだけだった。これが心にのしかかっていたのも、カナダを離れるという決断を後押しすることになった。

太陽はいまや中天にかかり、僕らは会話の途中でいつの間にか二本目のワインを頼んでいた。それももう空だ。きっと騒ぎすぎたのだろう。路上の絵描きが近寄ってきて、客が逃げてしまうと文句を言い、ウェイターもそれ以上のサービスを拒んだ。

僕らはサクレ＝クール寺院の正面の階段まで引き下がり、ツアーのバスが次々に学校の団体を吐き出すのを夕方までずっと眺めていた。デイヴは楽しげな包装紙につつまれたクリスマス用のジンを一本持っていた。カナダのガールフレンドからもらったものだ。二人でちびちび飲みながらそれも空にした頃には、夕暮れの街にオレンジ色の夕陽が沈みかけていた。デイヴはコンクリートの長い階段でつまずいて数段すべり落ち、地面の上でのたうつはめになった。足首が驚くほど紫色に腫れあがったが、それ以外はすべて申し分なかった。その晩、ホテルの部屋によろよろと戻った僕は、パリにいる喜びをはっきりと感じていた。

大晦日には群衆と光と騒音の熱狂的なパレードが展開された。午前零時の数分前に、パリ市がエッフェル塔に設置した時計が故障し、カウントダウンができなくなったが、花火の閃光と流れ星が夜空を満たした。シャンゼリゼでは覆いをとられた大観覧車が回り、宙を舞うアクロバットや回転するドラムが登場し、何千もの白い風船が浮かびあった。あたりは群衆でごったがえし、デイヴと僕はキスとシャンパンの陽気な渦の中を押し流されていった。異国の街の大群衆に混じっていると、重力から解放され、人生の流れに乗ってふわふわ漂っているような、どんなことでも受け入れられるような気がしてきた。ハーレ・クリシュナの一団が踊りながら通りすぎ、手づくりのバスケットから蜂蜜入りのパンをとって僕とデイヴにくれたときなど、あとについて未知の世界に飛びこんでいきたい衝動に駆られたほどだ。結局、パリでも世界中でも何事もなかった。暗い予想に反して、ミレニアムは善意とともに訪れた。この新時代の幸せな夜明けが、僕自身の新たな人生の門出を反映しているように思えて、浮き立つ心を抑えきれなかった。

やがていくらか現実が戻ってきた。翌日は当然のごとく二日酔いになり、灰色の雨が降りつづいた。観覧車は片づけられたが、コンコルド広場の巨大観覧車だけは残され、三十五フランで観光客を乗せていた。デイヴは傷めた足首を引きずって列車でオーストリアに向かった。パリは落ちついた冬の日常に戻った。

最初の何週間か、僕は自分の将来の問題と取り組むのを避けていた。公園で本を読み、美術館をまわり、フランス語の授業を受け、規則正しい生活をしているふりをしようとした。だが、こんな日々がいつまでもつづくわけではないとわかっていた。ホテル代も払わなければならないし、金はしだいに減っていく。仕事を探すことも考えたが、就職に必要な書類もなければつてもなく、自分に何ができるかさえわかっていなかった。

憂鬱が忍びよってきた。ひとりぼっちのある夜、僕はセーヌ河畔に腰をおろして安ワインを一瓶飲んだあと、ホテルに帰る深夜バスで眠りこんだ。何かが燃える臭いで目が覚めた。燃えているのは僕の髪の毛だった。うしろの席にいた三人の大柄な男がライターを持ち上げ、大きなにやにや笑いをうかべていた。かつて僕を明るく照らしてくれた街が、悪意に満ちた顔を見せはじめた。

一月も終わる頃にはせっぱつまってきた。せいぜいあと一週間分のホテル代しか残っていない。来る日も来る日も、街を歩いて時間をまぎらし、何かが起きるのを待っていた。僕の人生をどうすべきかを告げるしるしのようなものがあらわれるのを願っていた。ノートルダム大聖堂の前でどしゃ降りに見舞われたのは、そんな街歩きの最中だった。

4

「お茶？」

「もうすぐお茶会が始まるの」

カウンターの女性はイヴと名のった。ボブにした黒髪に、磁器人形のようなほほえみをうかべ、かすかにドイツ語訛りのある英語を話した。僕の困惑を察して、机越しに僕の腕を軽く叩いた。

「毎週日曜には上でお茶会があるのよ」

そう言って店の奥を指さした。シェイクスピア・アンド・カンパニー書店の第一印象は実に奇妙なものだったが、僕は彼女の指示にしたがうことにした。外は嵐だし、好奇心もそそられたし、何より、こんなに笑顔のかわいい女の子がお茶に招いてくれるなんてそうそうあることではない。

店の奥に戻ると、ステンドグラスのあるアルコーブのすぐ先、ドイツ語の本の脇に、木の階段があった。赤い絨毯を敷いた階段を上ると、また本でいっぱいの部屋に出た。部屋の壁には鏡が飾られ、子どもの本に囲まれて二段ベッドが一台あった。下のベッドのビロードのカバーの上に年代物の『不思議の国のアリス』が開いたままのっており、片側の少し離れたところに一組のスリッパがある。

ふたつあるドアのどちらかを選ばなければならず、右側のドアを開けると、壁一面に書棚が並び、木製の戸棚がひとつある小さな部屋に通じていた。二台あるベッドの足下には毛布がきちんとたたまれ、男が二人、携帯用ガスコンロの上にかがみこんでいる。ひとりはタマネギを切り、もうひとりは即席めんを砕いて鍋に入れているところだった。

「お茶会ですか?」

「いや、スープだよ。飲むかい?」ひとりが曲がったスプーンを差し出した。

僕は驚いて返事もできず、後ずさりして部屋を出てから、もうひとつの戸口をよくよく眺めた。ドアの枠の上に「見知らぬ人に冷たくするな　変装した天使かもしれないから」と書いてある。その下をくぐり、本が並ぶ狭い廊下に出た。窓があり、小さなグラスでいっぱいの金属の流しがあり、入口にカーテンを引いた妙な小部屋があった。タイプライターを打つ音がかすかにしたので足を止めると、カーテンのうしろから骨ばった手がにゅっと出てきて、小部屋の脇にピンで留めてある手書きの張り紙を指で叩いた。

「執筆中。邪魔しないでください」

もごもごと謝り、あわてて廊下を抜けると、その階で一番大きな部屋に出た。壁という壁に、本二冊分の奥行きがある書棚が並んでいた。書き物机の上には一台のタイプライターが置かれ、黒い金具がついた大きな木製の扉と、狭いベッドがさらに二台あった。正面の窓からは店の入口が見下ろせて、川の向こうにはノートルダムが見える。

「ここは図書室だよ」

部屋に入ったときになぜ気づかなかったのだろう。黒髪を短く刈り、すりきれたウールのセーターを着た男がベッドの端に静かにすわっているのに僕はようやく気づいた。男の膝の上には仏語文法の教科書と仏語中国語辞典がのっていた。

「お茶会は上だ」男は大きな木製のドアを指さしてつづけた。「もうひとつ上だ。さあ行った行った。おもしろいやつが大勢くるぞ」

ドアの向こうには、シェイクスピア・アンド・カンパニーが入っている建物の共用の階段があった。上からがやがやした人声と皿のぶつかりあう音が聞こえる。階段を上ったところに、灰色の金属のドアが少し開いているのが見えたが、ノックをする前に、いきなりドアが開き、息をのむほどの美人が近寄ってきた。

「煙草ある？　がまんできないの」

彼女は唇を真っ赤に塗り、三段切り替えのスカートを着て、破れたセーターからほっそりした肩がのぞいていた。僕は煙草を吸わない自分を呪い、生涯最大の失敗のひとつだと思った。彼女は失望して首を振り、ため息をつくと、階段を駆け下りていった。

あとは最後の敷居をまたぐだけだ。中は本がずらりと並んだ居間のような部屋で、寄せ集めの雑多な家具と、それ以上に雑多な人間が集まっていた。頭にスカーフを巻いた上品な女性が丸い木のテーブルで紅茶をすすり、その足下で片目の白い犬が眠っている。黒いトレンチコートに膝下までの黒いブーツをはき、不断の幻滅を味わっているかのようなしかめ面の男がその女性と話している。毛羽立った赤いビロードの長椅子では、ひげをきれいに整えたぱりっとした中年男がユーゴの政治情勢について論じていた。窓際の四角いテーブルでは、ジョージア大学と書かれたおそろいのセーターを着た男女が紅茶の入った取っ手つきのガラスジャーを持ち、途方に暮れた顔をしていた。

「来てくれたのね！」

イヴがあらわれ、部屋の奥にあるもうひとつのビロードの長椅子に僕を案内した。いかにも権威ありげに席をつめさせて、すわる場所をつくりだし、僕をそこに押しこんだ。そして熱いお茶のカップを僕の手に握らせると、壁の向こうに姿を消した。

今度は僕が途方に暮れる番だった。室内には十人以上いたが、著しく風変わりといっていいような人間が大半を占めていた。みな英語で支離滅裂な会話を、立ち聞きしてほしいといわんばかりの大声で興奮してまくしたてている。精神病院で入院患者が好き勝手な服装で参加できる日曜日のお茶会を開いたら、きっとこんな感じだろう。

部屋にある本はどれも立派な装丁のハードカバーで、ほかのどの部屋の本よりも値打ちがありそうだった。マルクスの著書が何冊もあり、ロシア革命の英雄たちの伝記や、ヨーロッパの社会主義の歴史もあった。ノンフィクション作家スタッズ・ターケルの本を眺めていたら、だれかが僕の袖を引いた。隣に真剣な顔つきの男がいた。腹が少し出ていて、白髪交じりの髪をうしろに長く伸ばしている。

「僕は詩人なんだ」

「それは……すごいですね？」と言ってみた。

男は勇気づけられて話しはじめた。アメリカで離婚し、ピッツバーグの金物屋に勤めて、借金を返すために七年間昼も夜も働き、その後、文学の夢を追ってパリに来たという。パリのあちこちで朗読会を開き、ここシェイクスピア・アンド・カンパニーでも一度朗読した。詩集を一冊出したこともあって、たまたまいま持っているのだが、ちょっと見てみる気はないか。

詩人がショルダーバッグの中を探しているあいだに、イヴがカスタードクッキーの皿を持って戻ってきた。腹ぺこだったので片手でわしづかみにして取ったが、ろくに話もできないうちに、彼女は別の客に取り囲まれていた。代わりに脂っぽい白髪を長く伸ばし、革のベストを着た酒臭い男が僕の前にスツールを置いた。むさくるしい海賊を思わせる男だった。

「ここで何してる」

特に意地の悪い口調ではなかったが、かといって好意的でもなかった。僕はお茶を指さして、パリに一時滞在中だというようなことを言った。

「この街を出ろ。ここは駄目だ」

パリは死んだ、ひからびて、ぼろぼろだ、と男は言いはった。いまじゃ偽善者だらけだ。一九六八年の五月とは違う。おれはこの目であれを見たから言えるのさ。あの頃はいまよりずっとよかった。男はその点を強調するために、ベストのポケットからパスティスの小瓶を出し、ぐびりと飲んだ。

僕は暮らしはじめたばかりの街を弁護したくなり、公園や大通り、市場（マルシェ）のすばらしさを指摘したが、海賊は手で一蹴するような仕草をしただけだった。

「ふん、出ていく度胸はないな。ここに居着くはめになるぜ。みんなと同じようにな」

僕はむっとして反論しようとしたが、最初の一文も言い終わらぬうちに、青緑色のムームーを着た男がよたよたと部屋に入ってきて、山盛りのカスタードクッキーをわしづかみにしたかと思うと、僕のすわっている長椅子にびちゃりと腰をおろした。海賊は水をかけられた悪い魔女のようにのけぞり、ムームーの男はその巨体を入れる空間をつくりだそうとして僕の隣で尻をもぞもぞさせていた。

そろそろ引き上げよう、と思った。詩人や海賊に会えたし、下でもいろいろあったし、楽しくもめずらしい体験だったが、もうお茶もないし、外では雨がやみ、雲のあいだから陽まで射している。失礼、と言って席を立つと、ようやく詩の小冊子を見つけた詩人はがっかりしていた。お茶会に呼んでくれた礼を言うために、イヴのところに行った。

居間の向こうにはなんとも異様なキッチンがあった。ここにも本棚があり、冤罪で処刑された無政府主義者サッコとヴァンゼッティの写真が額に入って壁に飾られ、木のテーブルが置いてある。冷蔵庫とレンジもあるが、べとついた缶が林立し、雑多な台所道具と皿類、カビっぽいジャムの詰まった瓶がごちゃごちゃと積み上がっているというありさまで、特にぎょっとしたのは、調理台のあちこちにひからびたゴキブリの殻が散らばっていたことだった。そんななかでイヴは幸せそうにくつろいだ様子で、紅茶の大釜をかきまぜていた。その動作と立ちのぼる蒸気のせいで、彼女の頬は薔薇色に輝いていた。

「楽しんでくれてる？」空いているほうの手で僕にカスタードクッキーを押しつけながら、イヴは訊いた。

おもしろかったと僕は答えた。でも一部の客はずいぶん……。

「変でしょ？」僕の言葉を引きとって彼女は言った。「変な人がいるでしょ？　ジョージはそういうのが好きみたい」

「ジョージ？」

イヴはかきまぜる手を止め、僕をまじまじと見た。

「知らないの？」

彼女は奥の部屋に来るよう手招きした。僕らは主寝室らしき部屋に入った。キングサイズのベッドと本があり、たくさんの写真が三方の壁を覆っている。ヘミングウェイ、ミラー、ジョイスなどの写真もあるが、残りの写真の中でやけに目立っている男がひとりいた。撮影された年によって、乱れた褐色の髪に、カールした山羊ひげをこれ見よがしに生やしていることもあれば、白髪交じりの短めの髪に、しわくちゃのスーツを着ているこ ともある。

「あれがジョージよ」その男が満面の笑みをうかべて、本で覆われたテーブルの上にかがみこんでいる写真をイヴは指さした。「シェイクスピア・アンド・カンパニーの経営者」

それですべての説明が済んだかのような口ぶりだったが、まだわからなかった。全然わからない。店の前の観光客……願い事の井戸のところにいた男……スープをつくっていた男たち……それにベッド……至るところにベッドがある……。

「でもここはいったい何なの?」僕はやや力をこめて彼女の腕をつかんだ。

イヴは生徒を教え諭す教師のようなほほえみをうかべ、そっと僕の指をはがした。

「この店はシェルターのようなものなの。ジョージは来た人たちをただで泊めてあげるのよ」

イヴが立ち去った奥の部屋で、僕は写真をじっと見つめながら、このめぐりあわせに驚いていた。

5

ほぼ一世紀にわたって、シェイクスピア・アンド・カンパニーという名の英語書籍の店は、芸術家、作家など、パリに暮らす勝手気ままな人間たちの安息所として機能してきた。

始めたのはシルヴィア・ビーチだ。十九世紀末、アメリカのボルティモアに生まれ、ニュージャージー州で育ったビーチは、十四歳のとき、初めてヨーロッパに行った。長老教会の牧師だった父が、パリにあるアメリカン・チャーチの牧師の補佐役に任命され、一九〇一年に一家そろってフランスに渡ったのだ。ビーチはたちまちパリが好きになり、第一次大戦中に看護婦として働いたあと、パリに戻って住みついた。根っからの文学好きで、英語の本の必要性を敏感に察知し、一九一九年十一月、デュピュイトラン通りに最初のシェイクスピア・アンド・カンパニー書店を開いた。一九二二年には、サン＝ジェルマン＝デ＝プレの近く、六区の大通りから少し入ったオデオン通りに移転した。

この奇妙な隠れ家のような書店は、パリに滞在していたある世代の英米人作家のたまり場となった。F・スコット・フィッツジェラルドやガートルード・スタイン、エズラ・パウンドなどの作家たちがここに集まって本を借り、文学について論じあい、店の奥の応接室で熱いお茶を飲んだ。アーネスト・ヘミングウェイはパリの思い出を綴った『移動祝祭日』の中で、ビーチのシェイクスピア・アンド・カンパニーのことをこう描写している。「あたたかく陽気な場所で、冬には大きなストーブがあり、本を置いたテーブルや棚があり、ウィンドウには新刊書が並び、壁には有名な物故作家や現存作家の写真が掛かっていた」。ジェイムズ・ジョイスの『ユリシーズ』の草稿がスキャンダラスで煽情的であるとして次々に出版社から拒否されたとき、親しかったジョイスのために出版資金を調達したのがビーチであったことは特に有名である。

「当時、パリの街には才能ある人がひしめいていたが、そのほとんどが私の店に集まってくるような気がした」とビーチはのちに書いている。

この元祖シェイクスピア・アンド・カンパニーは、一九四一年、ナチスによるパリ占領の際に店を閉じた。ビーチがナチの将校に『フィネガンズ・ウェイク』の最後の一冊を売ることを拒否したあと閉店したのだとロマンティストは言い、この店が創造的な反骨精神で知られることがドイツ人の気にさわったのだという者もいる。いずれにせよ、シェイクスピア・アンド・カンパニーはドイツ占領期間中は閉店したままで、ビーチは戦争中収容所で過ごした。一九四四年、ヘミングウェイその人が米軍部隊とともにパリに入ってこの店を解放した。しかしビーチは引退を選び、二度と店を開けることはなかった。

それから十年後、セーヌ左岸のオデオン通りの、シェイクスピア・アンド・カンパニーがあった場所からほど遠からぬところに、似たような店ができた。店主はやはりはみだし者のアメリカ人で、ジョージ・ホイットマンという名の放浪の夢想家にして物書きだった。何年も世界中を放浪したあと、一九四〇年代にパリに住みつき、書店主として非現実的な夢の追求に生涯を捧げた。

ジョージ・ホイットマンは一九一三年十二月十二日、ニュージャージー州イーストオレンジに、父ウォルター・ホイットマンと母グレースの長男として生まれた。その後三人の弟妹が生まれた。ホイットマン家は新大陸に深く根をおろしており、家系をたどると、ふたつの系統を通じて、一六二〇年にメイフラワー号でアメリカに到着したピルグリムファーザーズに行きつく。

グレース・ホイットマンの祖父はコネティカット州の船長ジョゼフ・ベイツ、父は象牙のボタンや編み棒、かぎ針などの裁縫道具を製造する裕福な工場経営者カールトン・ベイツだった。グレースの父は商才にたけた、気骨のある人物だった。十四歳のとき、工場のストーブに火をつける仕事を始め、その十二年後に二十六歳でその工場を買い取った。ジョージの父方の祖父ジョージ・ワシントン・ホイットマンは、南北戦争の際にゲティズバーグで戦った。その後、メイン州ノーウェイで農業を始め、工場でも季節労働をした。ジョージの父ウォルター・ホイットマンは、ニューヨークのアメリカン・ブック・カンパニーという出版社で科学書の編集と執筆に携わっていた。一九一六年に会社を辞めて、マサチューセッツ州のセーレム教員養成大学の教授になり、高校の教科書を五冊執筆したほか、『ジェネラル・サイエンス・クォータリー』という専門誌の創刊にも関わった。ジョージは今日にいたるまで、父親の著書『身近な物理学』と、教科書づくりへの協力の可能性に関して父親がアインシュタインからもらった手紙を大切に保管している。

ホイットマン一家は、ウォルターが教職についた際に、ニュージャージーからセーレムへ越した。セーレムの町はボストンから車で少し行ったところにある。一家が移り住んだのは、正面に大きなポーチのある三階建ての白い木造家屋で、半ブロックも歩けば大西洋が広がっていた。ジョージの妹メアリが一九一五年に生まれたため、家族はいまや四人になっていた。もうひとりの妹マーガリットは、三年後、一九一八年のインフルエンザ大流行のさなかに幼くして発病し、病院で息を引き取った。一九二四年には弟のカールトンが誕生した。

グレース・ホイットマンは信仰のあつい家庭に育ったこともあって、教会を敬うようわが子にも強く言って聞かせた。母親と三人の子どもは日曜には必ず教会へ行ったが、父親はいつも書斎にこもりきりで、復活祭とクリスマスになんとか説得して礼拝に出席させるのが関の山だった。ジョージは学校で文章の読み書きに才能を見せた。五年生のとき、読解と文学はオールAだったが、ペン習字はいつもDだった。後年、世界でもっとも有名な書店のひとつの所有者になることを思えば、子どもの頃から本の虫であったのはなんら不思議ではない。毎晩、母親に怒られないように、厚い毛布の中に本とランプを持ちこんで隠れて読んだ。母親は本を読みすぎると目が悪くなると信じていたからだ。はたして、朝には目を開けるのがやっとという状態になっていたが、ジョージは名作をむさぼり読み、同年代の子どもたちが学校の初等読本と格闘している頃にソローの『ウォールデン』を読んでいた。

ジョージの父は、危険を冒すことを恐れず、信ずることを積極的に世に広めようとする人物だったが、商才がなかった。株の売買を始めたものの、下手な投資のせいで二十年にわたる教科書の印税収入を失ったと思われる。夫の株取引は妻のグレースにとっては頭痛の種だった。彼女のほうは実家から相続した財産をAT&T社（米国電話電信会社）の株に投資して、定期的な配当を得るほうを選んだ。

　ウォルターにはまた、世界を探検したいという強い願望があった。若い頃、一八九〇年代に、生きた雌牛をヨーロッパへ運ぶ輸送船の仕事についたこともある。自転車を持参し、船がドックに入るとヨーロッパを探検しに行った。後年には、ギリシアやトルコといった場所を回って教える仕事をすすんで引き受けた。最大の冒険のひとつは一九二五年にやってきた。南京大学で教えることになったウォルターは、家族とともに中国へ渡り、一年滞在したのである。幼いカールトンだけは親戚に預けていった。列車でカナダを横断したあと、ヴァンクーヴァーから船に乗って東京に行き、上海を通って南京に到着した。グレースは息子を地元のキリスト教共励会の行事に参加させ、そこで十三歳のジョージは聖パウロの複雑な伝道旅行の地図をつくったりしていたが、それよりも新天地で出会う目新しいものごとのほうに心を奪われていた。当時の日記には、毎日学校へ向かう道すがら豚にえさをやったこと、赤ん坊が真っ二つに切られたのを見たと自慢している子どもたちがいたこと、墓地で遊んだことなどを書き留めており、墓地では「人間の脚の骨をポケットに入れたけれど、とっておくのはやめた」。ホイットマン一家にとっても中国に移り住むのは楽なことではなかった。ジョージも妹メアリも「外国の悪魔」を意味する「洋鬼子（ヤングイズ）」という蔑称で呼ばれ、登校途中によく他の子どもたちから石つぶてを浴びせられた。しかしジョージの目は広い世界へ開かれ、さらに一家がセーレムへ戻る際に、カルカッタ、デリー、ボンベイ、アデン、エルサレム、カイロ、コンスタンティノープル、ブカレスト、ウィーンにも立ち寄ったことで、その目はいっそう大きく開かれることになった。

高校時代のジョージは、ささやかな商売と、学生新聞での試みと、高校の卒業記念アルバムで「革命家風」と評された少々奔放な身なりで知られていた。十五歳のとき、大恐慌が起こった。おじ二人が職を失い、突如街に失業者があふれると、彼は社会正義に関心を示すようになり、母親の教会には背を向けた。だが彼が変貌をとげたのは、ボストン大学でジャーナリズムを学んでいたときだった。一九三三年、「大学での一年目」と題するエッセイで、ジョージは次のように書いた。

大学に入ったとき、僕はキリスト教の迷信を心から信じ、資本主義制度と、資本主義的帝国主義の道具である軍事制度の忠実な支持者だった。それから八か月にわたって、経営学部で提供される思索および精神の柔軟体操のための糧に照らしてこのような思想を再考した結果、僕の「思考工場」はまったく異なるものを生み出すに至った。一言でいえば、僕はラディカルに——社会主義者、無神論者、平和主義者になったのだ。

一九三五年に科学とジャーナリズムの学位を取得して卒業するにあたって、魅力的な誘いを受けた。『クリスチャン・サイエンス・モニター』紙から記者見習いとして招かれる一方で、父親からは科学の教科書を共同で執筆しようと説得された。しかし、どちらも丁重に断った。生まれ変わった「思考工場」に突き動かされ、ジョージは別の方向へ向かった。世界を探検し、民衆と交わりたかったのである。

西へ向かい、列車に飛び乗り、スラム街で眠り、見知らぬ人々の親切に頼って暮らしながら、ジョージはアメリカを底辺から見た。むろん、もめごともあったが、相手はもっぱら地元の警察だった。浮浪者を取り締まる厳しい法律のせいで、旅行中に五十回以上も投獄されたと言う。一番ひどかったのはユタ州で、警察が列車内を徹底的に捜索し、流れ者を見つけるとすぐさま刑務所に放りこんだ。ある町では七日間拘留されたあげく、荒野に放り出された。今度顔を見せたら六か月の禁固刑にするぞと警告され、わずかな所持品の入ったバッグとともに取り残された。

たまにこのような目に遭うこともあったものの、こうした暮らしがやみつきになり、さらに壮大な計画を思いついた。歩いて世界を一周しようというのだ。十一万三千マイルの旅で、うち三万マイルは徒歩である。一九三六年にカリフォルニアを出発し、何か月も歩きつづけて、メキシコを通りぬけた。メキシコではユカタン半島のマヤ族に会い、そこからベリーズに入ってカリブ人に会った。当時はまだ道路のない場所も多く、苦労してよじ登ってジャングルを通りぬけ、沼地の中を歩いて渡った。疲労困憊して椰子の木の下に倒れこみ、きっとこのまま死ぬんだと思ったこともある。ところが、ジョージの話によれば、地元の人たちが彼を見つけ、肩に担いで村に帰り、母乳を飲ませて生き返らせてくれたという。

「この世にこれほどすばらしい生き方はない」とそのときジョージは書いた。「この壮大な世界を徒歩でさまようこと、歩き、踊り、歌い、読むこと――生命の書を読むこと」

一九三七年にパナマに到着すると、健全な肉体をもつ男ならだれでもパナマ運河で働けるという話にそそられた。近くの建設現場で仕事をもらい、「発破係」として働いた。連日、夜明けから日暮れまで岩場を駆けまわり、地表を爆破できるように削岩機で穴をあけて爆薬を詰めた。港町クリストバルのＹＭＣＡに滞在しながら、社会主義的な調査もつづけた。地元民の搾取について書き、パナマ運河地帯における労働者の死亡率の統計をとった。すでに左翼雑誌『新大衆（ニュー・マッシズ）』の支持者であり、トルストイとマルクスの著作を残らず読んでいたジョージは、政治的に次の段階に進む用意ができていた。パナマから母親に送った手紙で彼は宣言した。「僕はコミュニストです。この先ずっと、徹頭徹尾、紛うかたなくコミュニストでありつづけるでしょう」

先に進む準備ができると、ジョージはマトソン汽船の仕事を見つけ、パナマからアジアへ向かう五千トンの砂糖輸送船リフエ号に乗りこんだ。モスクワに向かって歩きつづけるつもりだったが、組合問題から乗組員の反乱が起こり、船はハワイに停泊した。ジョージは数か月ハワイにとどまり、浜辺で暮らしながらポリネシアの言葉の基礎を習った。しかし、旅の勢いはもはやなく、結局、アメリカ行きの船に乗ってボストンに戻った。

旅を終えたジョージは、世界のシステムを変えなければならないと確信した。ハーヴァード大学でロシア語を勉強して将来に備えるために、ケンブリッジに部屋を借りた。「来るべき荒海の上に燦然と輝く唯一の指針にして灯台がある。それはソヴィエト連邦である」とジョージは一九四〇年に書いている。この新時代の夜明けを促進するために、『レフトワード（左へ）』という雑誌を始めようとした。この雑誌では「アメリカの大学のファシズム的傾向」というような記事を大きくとりあげる予定だった。ジョージはアメリカの一般の労働者や中産階級の市民に政治的洞察力が欠けていることを激しく非難し、弟のカールまで運動に引き入れようとした。カールが十代の頃、ジョージはよくロシア語の表現を教え、多少なりとも「いい考え」を表す言葉はこれだけだと力説した。

憧れの地を訪れる旅費を稼ぐために給仕見習いとして働き、その後、また貨物船で働けるように全米海員組合への加入を求めて交渉した。ところが、真珠湾が攻撃され、アメリカは第二次大戦に突入する。ジョージは二十八歳で軍隊に召集されたが、部隊長が彼の風変わりな性質を考慮したのか、グリーンランドの辺鄙な基地に送られることになった。二年間、北極圏に暮らし、たまにやってくる兵士に薬を出したが、むしろ好奇心旺盛なイヌイットに渡すことのほうが多かった。それでも、戦争が終わると、ハリー・トルーマン大統領から「考えられうるかぎりもっとも過酷な任務を」引き受けたことに感謝する手紙が届いた。

帰国すると、マサチューセッツ州トーントンのマイルズ・スタンディッシュ基地に勤め、このときに最初の書店を開業した。「本を読まないのは読み方を知らないより悪い」と宣言して、トーントン・ブック・ラウンジという店を開く。主な常連客は基地の人間だったが、海外勤務の兵士にも本を送った。除隊通知を受け取ってから、メキシコシティで本屋でもやろうかと思って、在メキシコのアメリカ商務官あてに外国からの投資の詳細について問い合わせる手紙さえ書いた。だが、むしろヨーロッパのほうにそそられた。フランスで援助活動のボランティアを募集しているという記事を読み、大西洋を渡ることにした。

フランスに到着すると、まず戦争孤児の施設でボランティア活動をしたが、その後パリに移った。当時のパリはアメリカ人にとって魅力的な場所だった。人々はナチスからの解放者を大歓迎していたし、物価が安いため、少ない資金でも贅沢な生活ができた。ジョージがパリで暮らす気になったのは別の理由もある。反共運動が始まっており、彼のような思想をもつ者たちはアメリカでは歓迎されなくなっていたのである。

ジョージは結局、ソルボンヌ大学でフランス文明の講座をとり、サン＝ミシェル大通りのオテル・ド・スエズの安い部屋で暮らすようになった。金をかき集めて本を買いあさり、ちょっとした英語書籍のコレクションができると、占領に疲弊し、物不足に悩む街では英語の本もまた不足していたため、彼の部屋はたちまち臨時図書館と化した。毎週何十冊もの本が貸し出され、ジョージは貸した本の記録を几帳面につけていたので、アーサー・ミラーの新作戯曲『セールスマンの死』が一番人気のある本だと気づいたこともあった。月平均八回も貸し出されていたからだ。オテル・ド・スエズで暮らしはじめて間もない頃、部屋の鍵をなくし、ドアに鍵をかけるのをやめた。ある日、授業から戻ると、見知らぬ人が二人、部屋の中で彼の本を読んでいた。財産の共有と共同生活を信奉する彼は感激した。ただひとつ残念だったのは、コーヒーぐらいしか出せるものがなかったことだ。それ以来、訪れる人のためにいつもパンとスープを用意しておくようになった。

本がごちゃごちゃとあふれ、みんなのためのシチュー鍋があるこの狭苦しいホテルの一室が、ジョージ・ホイットマンのシェイクスピア・アンド・カンパニーのささやかな萌芽となった。彼はパリに住む貧乏なアメリカ人のほぼ全員をもてなしたが、その中にソルボンヌでフランス文学の博士号を取得しようとしていたロレンス・ファーリングという若手詩人もいた。のちに名字を一族の本来の名前ファーリンゲティに戻すことになるこの詩人は、かつてコロンビア大学に在学中、ジョージの妹メアリと恋仲になったことがあった。詩人はフランスに着くとさっそくジョージを捜し出し、復員兵援護法で給付された資金を使ってジョージから本を買いはじめた。ガリマール社の『失われた時を求めて』完全版もその中にあった。

「初めて会ったとき、ジョージは窓のないちっぽけなホテルの部屋にいた。三方の壁には本が天井まで積み上がっていて、彼は床にすわって携帯用のコンロで自分の夕食を温めていた」ファーリンゲティは回想する。「これぞ本物の愛書家だってわかったよ」

二人は友だちになり、ジョージはアメリカの母にあてた手紙の中で、ファーリンゲティは「去年の夏に初めて小説を書いて以来、フランス人作家の一群からもてはやされている」と書いた。ファーリンゲティはパリを出てサンフランシスコに向かうと、そこでやはり書店を開いた。有名なシティ・ライツ書店である。この店はいまでもシェイクスピア・アンド・カンパニーの姉妹店だ。

一九四〇年代末、ジョージはパリが活気を取り戻すのを見て、ずっと夢見てきた書店を開くときではないかと思った。まず、十七区で試しにある場所を借りてみて、次にサン＝ジェルマン＝デ＝プレ近くの物件を買おうとした。セーヌを隔ててノートルダムの向かいにある、通りに面した店をついに見つけたのは、一九五一年のことだった。もとはアラブ系の小さな食料雑貨店だったが、経営困難におちいり、オーナーたちは店を安く売却してもかまわないと思っていた。債権者に差し押さえられると思ったからだ。当時、ジョージは三十七歳、二十年近く放浪生活を送っていた。金はたいしてなかったが、父から薦められた株を、特にバス・アイアンズ・ワークスというメイン州の造船会社の株をもっていた。二千ドルを少し超える程度だったが、戦後のパリで商売を始めるには充分だったから、すべてを書店に賭けることにした。店を開いたのは一九五一年八月だった。

当初、店の名はル・ミストラルといった。それはジョージの当時のガールフレンド、ジャクリーヌ・トラン＝ヴァンの愛称であるとともに、南仏を吹きぬけるあの激しい北風の名前でもあった。店は狭く、現在のメインフロアの半分しかなかったが、彼はその小さな空間を最大限に利用した。「与えられるものは与え、必要なものは取れ」というマルクス主義の信条を実践し、この精神に基づいて書店をつくった。一日目から、泊まる場所のない友人たちのために店の奥にベッドをしつらえ、腹をすかせた客のためにスープをぐつぐつ煮込み、本を買う余裕のない人々のために無料の図書館も運営した。一九五一年八月十五日、最初の作家に寝る場所を提供した。劇作家のポール・エイブルマンだ。彼はのちに『声が聞こえる』などの小説を書くことになる。

「おそろしく寝づらくて居心地が悪かったよ」エイブルマンはそのときのことを回想して言う。「でもジョージの親切はありがたかったし、ほかに行くところもなかったからね」

当時のパリはふたたび輝かしい文学の時代を迎えており、ジョージの書店はその非公式なクラブハウスとなっていた。ヘンリー・ミラーとアナイス・ニンは常連だった。ジョージとアナイス・ニンとの親密な関係は今日まで絶えず憶測の的となってきた。近くのムッシュー＝ル＝プランス通りに住んでいたアメリカの黒人作家リチャード・ライトは店で朗読会を開き、彼の息子はついにカウンターの仕事を手に入れた。アレグザンダー・トロッキは店の奥に文芸誌『マーリン』の事務所をつくり、編集者で作家のジョージ・プリンプトンと、有名な文芸誌『パリス・レヴュー』のグループもよく立ち寄っていた。あのサミュエル・ベケットまでもが店内をぶらついていたが、ジョージによると、二人ともたいして話すことがなかったので、ほとんどすわってにらみあっているだけだったという。

それからビートニクがやってきた。ウィリアム・バロウズは病理的な奇形について調べるためにジョージの店を図書館代わりに使い、アレン・ギンズバーグはワインをひっかけて店の正面の遊歩道で詩集『吠える』を朗読する勇気をふるいおこし、グレゴリー・コーソは初版本を盗んでは金に換えて、さまざまな嗜癖を満足させ、ブライオン・ガイシンと残りのメンバーは、二、三ブロック先のジ＝ル＝クール通りにあるホテルで、ケルアック風のブルースを生み出していた。

一九六三年、ジョージは五十歳の誕生日を祝い、その一年後に店の名を変えた。昔からシルヴィア・ビーチのファンであったジョージは、シェイクスピア・アンド・カンパニーという名は「三つの言葉でできた小説」であると讃美していた。ビーチとお茶を飲んだこともあり、時おりビーチがル・ミストラルを訪れることさえあった。一九六二年にビーチが亡くなると、ジョージは彼女の蔵書を買い取り、一九六四年、ウィリアム・シェイクスピア生誕四百年に、店の名をシェイクスピア・アンド・カンパニーと改めた。勝手に名前を盗み、金儲けをしていると中傷する者もいるが、ジョージが抜け目のない人間だったら、そもそも自分の店を、不満を抱え、新しいものを生み出そうと必死になっている者たちの聖域になどしなかっただろう。

店の名前は前よりも文学的になったが、店自体はどちらかといえばいっそう政治的になった。ジョージはパリに立ち寄った反体制派や作家たちに宿を提供しつづけたばかりでなく、「パリ自由大学」という連続講義を開き、ヴェトナム戦争への抗議集会を長年にわたって主催し、一九六八年の五月革命の際には学生たちを本のあいだにかくまった。シェイクスピア・アンド・カンパニーはＬＳＤの名誉学位を出していて、卒業証書として「戦争をやめて愛しあおう（Make Love, Not War）」と書いたバッジを渡すんだなどと言って人をからかうことさえあった。

一九七〇年代、八〇年代、九〇年代と、あっという間に過ぎた三十年間を通じて、店は着実に成長し、ジョージの評判も上がる一方だった。店は一部屋一部屋拡大をつづけて、ついには建物の三フロアを占めるようになり、ファーリンゲティはこうして広がっていく店を「巨大な文学の蛸（たこ）」と呼んだ。店を拡大するたびにジョージは必ずベッドを追加し、パリのセーヌ左岸にはただで泊まれる奇妙な本屋があるという噂が世界の隅々まで広まった。何千もの人々が訪れ、ジョージはみんなに泊まっていくように勧めた――少なくとも収容できるだけの人数は受け入れた。ある世代の作家や放浪の旅人たちがここで宿を借り、食事をふるまわれ、のちにその子どもたちも世話になった。

二〇〇〇年一月に僕がシェイクスピア・アンド・カンパニーでお茶をごちそうになっ

た頃には、すでに四万人を店に泊めたとジョージは人に言っていた。彼が育ったセーレムの人口より多い。僕は店を出たあと、次の泊まり客にしてもらおうと決心した。

6

お茶会のあと、僕はすっかり有頂天になり、ホテルの部屋まで六階分の階段を苦もなく駆け上がった。部屋の狭い窓から何時間も身を乗り出し、周囲の屋根に突き出た粘土の煙突から煙が渦を巻きながらのぼっていくさまを見つめていた。真夜中をだいぶ過ぎてからようやく寝ようとしたが、クリスマス前の子どものようにそわそわして眠れなかった。

イヴの話によれば、ジョージは途方に暮れた人間や貧乏な物書きを歓迎するという。僕は両方の条件を満たしている。手持ちの金は底をつきかけ、目の前の選択肢も乏しいことを思えば、あの雨の日曜の午後、シェイクスピア・アンド・カンパニーにたどりついたのは運命だったのだと結論を出すまでにたいして時間はかからなかった。脅迫じみた深夜の電話を受けて以来、初めて将来の夢を描きはじめた。あの本屋ですごい小説を書いて、天才と認められ、莫大な富と名声に恵まれるかもしれない。もちろんばかげた妄想だが、暗い日々がずっとつづいたあとで突然やってきた、喜びいっぱいの楽観的な気分に酔いしれた。最後のチップを賭けて回るルーレットの円盤を見つめるギャンブラー並みにアドレナリンが出るのを感じた。窓の外で空が白みはじめる頃、ようやく眠りに落ちた。

翌日の午後、僕は廊下の先にあるバスルームで全身をくまなく洗い、おまけに一番上等なシャツのしわを伸ばすためにシャワーの外側につるしさえした。ひびの入った鏡の前に立って笑顔を練習し、自己紹介の稽古をする。どうにも自信がない。出かける用意ができた頃には不安でたまらなくなり、メトロの四号線でホテルから書店までほぼ一直線で行けるのに、目の前の使命についてじっくりと検討できるように、わざわざ歩いていくことにした。

一歩一歩書店に近づくにつれ、ますます不安が高まり、初めてのデートと就職面接を千回分混ぜ合わせたかのように胃がきりきりした。僕のような者が泊めてもらいに行ってもいいのだろうか。そもそも受け入れてもらえるのだろうか。加えて絶えず頭から離れない、もうひとつの心配もある――これからどうやって生きていけばいいんだろう？

オルナノ大通りのアフリカ系食料雑貨店と貸し電話屋(コールショップ)を通りすぎ、バルベスで高架になったメトロの鉄の梁の下を通ると、男たちがコートのポケットから金のチェーンを出して売っていた。北駅を過ぎ、さらに東駅を過ぎるとき、電車に飛び乗って別の街で運試しをしたっていいじゃないかと心の声がささやいた。三回ほど決心がゆらぎ、きびすを返してホテルに帰ろうとした。が、そのたびに向きなおり、シェイクスピア・アンド・カンパニーへ向かって歩きつづけた。ほかに道はなかった。

苦悩しつつ歩いていたら、僕の名前を呼ぶ声がした。フェルナンダだった。血色のいい頬をした黒髪の若いブラジル人女性である。サンパウロ出身の学生で、二年間お金を貯めてパリにやってきた。彼女とは語学学校で出会った。乏しい予算でやりくりしているのはクラスで僕らだけだったので、ほかの学生たちがカフェでお昼を食べているときに、僕とフェルナンダは公園でサンドイッチを食べながら、あやしげなフランス語でさかんにおしゃべりした。

僕がパリでの日々を至極漫然と過ごしていたのに対して、フェルナンダは目いっぱい効率的に観光スポットをめぐり歩いていた。ありとあらゆる美術館やギャラリーをまわり、劇場やオペラハウスの割引パスを見つけ、多くのパリっ子以上にメトロの路線網に通じていた。その日、彼女はポンピドゥー・センターの無料展覧会から出てきたところだった。おかげで気がまぎれたのがありがたく、コーヒーでも飲まないかと誘った。

ボーブール通りの陰気なブラッスリーにすわって、一番安い飲みもの、すなわち小さなエスプレッソと、水をふたつ頼んだ。フェルナンダはすぐに僕の動揺に気づき、僕は話を聞いてくれる相手がいるありがたさを感じた。金が尽きかけているのに、事情があってカナダに帰れないことを説明し、鬱々と街を歩きまわったこと、みじめなまでに何の展望もないことも話した。それから前日シェイクスピア・アンド・カンパニーに立ち寄った話になった。フェルナンダは熱心に耳をかたむけ、何か所かもう一度くりかえすように頼んだ。すっかり理解すると、椅子に深くすわりなおし、真剣な目つきで僕を見た。

「神様のお告げよ」

信仰を捨てたカトリックの家庭に生まれた僕は、霊的な問題に時間をさくことはめったになかった。現代科学でいまだに説明できない存在の神秘を説明する名詞として、神という言葉を使うのにやぶさかではなかったが、それだけの話だった。一方、フェルナンダは信心深く、パリでも十を超える教会で礼拝していた。彼女とはすでに何時間も答えが出ない問題について話しあったことがあったので、その言葉を聞いたとき、僕はなんとなくほほえんだだけだった。「神なんて本当は存在しない、人間が必要とする発明品なのだ」といういつもの議論をひとくさり始めようとした刹那、彼女の顔が希望に輝くのを見て思いとどまった。

「泊めてくれって言いに行かなきゃだめよ」フェルナンダは断言した。「そうなる運命だったのよ。きっとそうよ」

そして僕が答える間もなく立ち上がり、ショルダーバッグから街の地図を引っぱり出した。

「そのジョージって人がいいと言ってくれるように、あたしお祈りしに行くわ」そう言って、ブラッスリーのドアから飛び出していった。

僕は止めなかった。そのときの僕は得られるものならどんな助けでも受け入れただろう。

シェイクスピア・アンド・カンパニーはセーヌ左岸のまさに河岸にある。店の戸口の前に立って、力いっぱいリンゴの芯を投げれば、楽に川面に届くほどセーヌに近い。この戸口の前からは、シテ島のすばらしい景観が望まれ、ノートルダム大聖堂、パリ市立病院、堂々たるパリ警視庁の建物をつくづく眺めることができる。

書店の実際の住所はビュシュリ通り三七番地である。この通りはサン゠ジャック通りから始まる奇妙な石畳の道で、一ブロック進むとサン゠ジュリアン゠ル゠ポーヴル教会の公園に出て、さらに二ブロックつづき、レティフ゠ド゠ラ゠ブルトンヌ広場で終わっている。書店はビュシュリ通りのサン゠ジャック通りに近い側にあり、都市計画上の幸運で、通りの南側に建物があるだけなので、見事な眺望に恵まれているのである。

通りのこちら側は歩行者専用だが、このあたりが比較的静けさを保っている理由はそれだけではない。モントベロ河岸通りのせわしない車の往来と書店を隔てる小さな公園もあるし、歩道はビュシュリ通り三七番地の前で広がって、ほとんどシェイクスピア・アンド・カンパニー専用の遊歩道となっている。さらに最後の仕上げというべきは、遊歩道に立つ二本の桜の若木と、その脇に壮麗な姿を見せている緑色のウォレスの飲用噴水である。こうしたすべてが相まって、パリ中心部の狂乱と喧噪のただなかで、この店には驚くほど静かな雰囲気が漂っていた。

書店そのものはといえば、実は店には入口がふたつある。向かって右側に店の本体があり、僕がお茶会の日に入っていった幅の狭い緑の戸口がついている。あの有名な黄色と緑のシェイクスピア・アンド・カンパニーの木製看板と大きなはめ殺しのウィンドウがあるのはこちらである。本店の左側にもうひとつ小さな店の正面がある。こちらは古書室だ。古色蒼然たる書物がずらりと並んだ書棚のほかに、机とふっくらした素敵な肘掛け椅子が置かれ、それからもちろん、多少きしむとはいえ問題なく眠れるベッドも一台ある。

フェルナンダとコーヒーを飲んだあと、店に着いた頃には、日が暮れかかり、街灯がまたたきはじめていた。夕暮れの中で本店のウィンドウがやわらかな黄色い光を放ち、カウンターにはしわくちゃのスーツを着てどこか遠い目をした年配の男がいた。前の日に写真を見ていたから、それがジョージだとわかった。最後の深呼吸をして勇気をふるいおこし、店に入った。

ドアがぎいっと音をたてて開いたが、彼はウィンドウを見つめたまま物思いに耽っている。店内の不ぞろいな照明のもとで、乱れた細い白髪と、顔に刻まれた細いしわが見てとれた。だいぶたってから、彼は夢から覚めたかのように頭を振り、ふりむいて僕を見た。信じられないほど薄青い目だった。

「何か？」と問いただすように訊く。

あまりにも不機嫌そうなしわがれ声に、思わず一歩後ずさった。僕は口ごもり、あらかじめ稽古した言葉は消え失せ、自分は物書きでほかに行くところがないというようなことをぼそぼそ言うしかできなかった。

「長居はしません」と最後に言った。「態勢を立て直すまででいいんです。ちょっと窮地におちいってしまって」

彼はその場に立ったまま、あの色の薄い目で僕を値踏みしていた。時間が止まったような気がした。

「本を出したことがあるの？」

僕はうなずいた。

「自費出版？」

自費出版専門の出版社を利用するのは金でセックスを買うようなものだが、ある意味ではそれ以上に恥ずべきことだ。娼婦を訪れるのは少なくとも私的な行為だが、金を払って自分の本を出すのは、せっぱつまった創作欲を公然と人目にさらすことだ。不安にさいなまれていたにもかかわらず、僕は侮辱されたように感じた。僕が書いた犯罪ものはとうてい一流の文学などとは呼べないが、それでも自分の仕事には誇りをもっていた。

「違います」僕は怒りを声に出さぬように努めた。「これまでで最高の本とは言えないけど、本物の出版社から出しました」

ジョージは僕の言葉を打ち消すかのように、手で払いのけるような仕草をしたが、顔にはしだいにほほえみが浮かびあがってきた。

「本物の作家なら頼んだりしない。入ってきてベッドで寝るだけさ。きみ、きみはここに泊まってもいい。ただし、ほかのろくでなしどもといっしょに下で寝るんだ」

こうして事態は一変した。

7

翌日の午後、ホテルを引き払い、わずかな所持品を入れた鞄を持って書店に行った。ジョージはカウンターで、山積みになった古本のペーパーバック小説に、先が丸くなった鉛筆で値段をつけていた。一冊とりあげると、表紙を見て、中をちょっとだけ読み、ひとり笑いをうかべ、とびらに値段を走り書きする。僕が挨拶すると、最初だれだかわからないようだったが、やがてぱっと目を輝かせて、ふふっと笑った。

「カナダの作家か。来なさい。上にきみのお昼を温めてある」

彼はマラマッドの『アシスタント』を脇に置き、店の奥で本を棚に並べていた背の高い金髪の女性を大声で呼んだ。彼女はカウンターの仕事を引き継ぎにやってくると、立ち止まってジョージの頬にキスした。

「この子は僕の娘代わりなんだ」ジョージはうれしそうに言った。「お茶会に呼ばれて礼状を送ってきたただひとりの人間でね。それで店で働いてもらうことにしたんだ」

その女性は控えめな笑顔を見せた。「あたしピア。ここに移ってくるんですって?」

僕はまたもや言葉をなくすほどの並はずれた美人と対面していた。黙ってうなずくしかできない僕を、ジョージがとうとう狭い階段のほうに引っぱっていった。

「春になったらいっしょに中国に行ってくれって彼女から頼まれてるんだ」ジョージは僕がまだピアを見つめているのを見逃さなかった。「休みがとれるかどうかわからないがね。店の仕事が忙しすぎるからな。年中忙しい」

彼について階段を上がり、例の子ども用二段ベッドを通りすぎ、執筆用の小部屋がある狭い廊下を抜け、窓からノートルダムを望む正面の部屋に入った。若い男が机にすわり、大きな音を立ててタイプライターを叩いていた。日に焼けた整った顔立ちにほどよく乱れた髪、丈夫そうな白い歯をしたアメリカ風のハンサムだった。

「ジョージ! 書いてるよ!」男がどなった。

ほめてもらいたかったようだが、ジョージはうなっただけで、自分の鍵をいじっていた。失望した男はうさんくさそうに僕をじろじろ見た。

「新入りだ。作家だよ」ジョージは言う。「古書室で寝てもらうつもりだが、あっちが片づくまでここのベッドで寝ることになる」

タイプライターの前の男は、それを聞いて当惑した表情を見せたが、口を開く前に、ジョージは僕を共同の階段のほうに引っぱっていった。お茶会が開かれた三階まで上るのではなく、廊下の向こう側にあるドアを開け、入れと合図した。

なんとも奇妙な部屋だった。ふたつのベッドそれぞれの上に金箔仕立ての巨大な鏡があり、入っていく僕らの姿を映し出していた。壁には赤いフェルトの壁紙が貼ってあるが、大きな木製の本棚が五つもあって、壁をあらかた覆いつくしている。うち三つはメインベッドの上にあぶなっかしく吊され、寝ている人の上にいまにも本がなだれ落ちてきそうだ。奥の隅にある小さな戸口はさらに小さなキッチンに通じており、不ぞろいに積み上がった缶詰と古新聞の吹きだまりのあいだに、スープの鍋をのせたホットプレートがあった。部屋の中央にはがっしりした木の机が鎮座し、すぐそばにノートルダムを望むもうひとつの窓があった。ジョージは机に寄せた木製の回転椅子を自分で引いた。「会計士が来るから準備していたんだ」ジョージはそう言いながら、ベッドにすわるよう身振りで指示した。「今日はちょっと書類が散らかっているけど」

ちょっと散らかっているなどというものではない。ベッドには僕がすわれそうなほんのわずかな隙間があるだけだ。床や椅子や棚、その他部屋の中のありとあらゆる表面同様、ベッドにも書類が散乱していたからだ——請求書、納品書、手紙、領収書、帳簿、出版目録といったものだが、どれもしわくちゃか、さもなくばコーヒーの染みがついており、その両方のこともあった。特にひどいのは机そのもので、ごちゃごちゃした書類の山に加えて、放置されたディナープレート、空のグラス、飲みものがいっぱいに入ったグラス、小銭用の鉢、レモン・メレンゲパイらしきものがつぶれて底にこびりついているガラス瓶なども散らばっている。ジョージは部屋を見渡し、両手を上げて、ゆっくりといらだちを表した。「昔はもっときれいだった。もうきれいな状態を維持するのは無理みたいだな」

少々手に負えない事態になっているのは認めざるをえないが、散らかっているほうがなんとなくロマンティックですよ、と僕はきっぱり言ってみせた。僕に言わせれば、そもそもジョージが書店を経営しつづけていること自体が奇跡だった。僕の知っている高齢者といえば祖父母ぐらいのものだったが、全員八十六歳になっていた。その冬、彼は八十六歳になる前に死んでいたし、晩年に書店を経営するなんてだれひとりできなかったはずだ。ジョージはシェイクスピア・アンド・カンパニーを経営しつづけてきただけではない。生きた本の博物館と貧しい作家のための簡易宿泊所をつくりあげたのだ。

「そう思うか?」ジョージは自分がなしとげたことの大きさがまったくわかっていないかのように、遠慮がちなほほえみをうかべて言う。「書店を装った社会主義的ユートピアを運営していると言いたいところだが、時々自分でもわからなくなる」

何か黒いものが視界をかすめた。一匹の猫がひらりと机に飛び乗り、コーラが半分入ったグラスを納品書の山の上に倒した。ジョージは猫をぴしゃりと叩いたが、猫は平然と見返すと、二番目のベッドに飛び移り、今度は出版目録の箱を床に落とした。ジョージは甲高い笑い声をあげ、こんなに散らかっているのはおまえのせいだと猫に言った。

こうして僕は正式にキティに紹介されたわけだが、これはお茶会の日に窓枠から僕に挨拶したあの猫だった。アンネ・フランクの日記が好きなジョージから、アンネの想像上の友だちにちなんだ名をつけられた猫は、この本の城に君臨する女王のようだった。破壊に熱中しているキティを見て、ジョージはキッチンに行き、彼女をなだめるために缶詰のエサを入れた皿を持ってきた。猫が食事をしているすきに、彼は椅子に戻り、本題に入った。

「自伝は持ってきた？」

自伝というのは、この書店の重要な伝統のひとつだった。一九六〇年代、パリが熱く燃えていた時代、学生たちが反乱に立ち上がり、（少なくともフランス当局の見解では）共産主義者が見過ごせないほど大きな影響力を振るっていた時期に、ジョージは当局の監視対象となった。別に意外なことではない。彼は米仏両国の共産党のメンバーだったし、何年も前から政治的な急進派や社会的に望ましくない者たちを店に泊めてきたからだ。しかし、監視対象になったことで何かと不都合が増えたのは間違いなかった。

警察は圧力をかけるために、ホテルに適用される条例に従うようジョージに命じ、店に泊まった者をひとり残らず報告させた。彼は宿代を受け取ったためしがなく、すべての客を友人と見なしていたのだから、これは法の拡大解釈もいいところだったが、シェイクスピア・アンド・カンパニーの宿泊者全員のパスポート番号と生年月日、その他重要な情報を書きとめるよう求められたのである。しかも観光ホテルと違って、報告書を毎日提出するばかりか、セーヌをはさんだシテ島の警視庁本部ではなく、店から歩いて九十分もかかる聞いたこともないような警察署まで出しに行く必要があった。

しかしジョージはめげなかった。まず、毎日の警察署通いを楽にするために自転車を買った。次に、この手続きにひねりを加え、泊まり客にとっての創造的な課題へと変えた。無味乾燥な個人情報をただ書きとめる代わりに、自分の人生と、店にやってくるまでの経緯を短い文章にまとめるように頼んだのである。この慣習は警察のいやがらせが終わってからもずっとつづき、いまやジョージの手もとには、驚くべき社会学的資料が保管されている。一九六〇年代から現在までに書かれた何万人もの自伝、過去四十年にわたる放浪者たちの広範な調査記録である。自分の人生を文章にすることは、多くの人にとって告白の機会となり、ファイルボックスからあふれるほどの書類の中には、愛と死、近親姦と薬物中毒、夢と失望の物語が語られ、そのすべてに親指大の顔写真が添付されていた。

シェイクスピア・アンド・カンパニーに泊めてほしいと頼んだとき、ジョージからこの伝統のことを聞き、課題の重みを痛感した。文章を書くことにこれほどの不安を感じたのはしばらくぶりだった。

新聞社で働いていた頃は、文章の技術などというものは、まともな昼食にかかる時間より少ない時間で千語の原稿を書き飛ばすという日々の習慣にまぎれて影が薄かった。僕はちょっとした器用さと練習によってドラマをでっちあげられることを学んだ安っぽい魔術師になった。悲劇的な事故、陰惨な死、打ちひしがれた母親――日々の犯罪報道でおなじみの誇張法のせいで、記事を書くことはインパクトのある形容詞と単純な名詞を材料とするレゴの組み立てのようなものと化した。

しかし、店の文学的伝統と、新しい家主にいい印象を与えたいという願望が負担となり、僕は行きづまってしまった。前夜はホテルの部屋で何度も何度も自伝を書きだしては、自分の言葉の陳腐さをののしり、くしゃくしゃに丸めた紙くずの山の中に投げ捨ててばかりいた。ジョージは僕の人生と家族がどういうものか知りたいのだとわかっていた。ようやく朝四時頃、安物のコート・デュ・ローヌの助けを借りて、父とのあいだに生じた悲しい不和について書くことに決めた。

新聞社で僕にいろいろ教えてくれた先輩の中にウォロスチャックという人がいた。調査報道に取り組む有名なジャーナリストで、僕よりいくつか年上だった。彼が誇る業績の中には、世界最大のフライドポテト帝国を崩壊寸前にまで追いこんだ長年の確執に迫ったベストセラーや、ある博物館所蔵の貴重なファベルジェの卵のコレクションを贋物と暴露した記事、第二次大戦中に十五歳のイギリス人少女を誘惑し、はからずものちのエリック・クラプトンの父となったカナダ人兵士の身元を突きとめたことなどが含まれる。

僕が新米犯罪記者として働きはじめて間もなく、ウォロスチャックが調査報道記者の花形として雇われた。たまたま机が隣同士だったため、何気ない会話から始まった関係は、彼からある怪しげな仕事を頼まれたのをきっかけに、深い友情に発展した。ウォロスチャックは街に越してきた際に、だまされて家賃がむやみに高いアパートを借りてしまったことに気づき、契約を踏み倒して逃げようとしていた。僕の役目は彼のアパートから真夜中に家具を運び出す手伝いをすることだった。大家の目を盗んで、僕と同じアパートのもっと安い部屋に移るためである。

こうして信頼を獲得すると、ウォロスチャックは僕に目をかけてくれるようになった。ジャーナリズムの学校では学べないことを僕に教えてくれたのは彼だった。非公式な情報源の見つけ方、公式な情報提供者を巧みにほめておだてる方法、警察に仲間として扱ってもらえる話し方などといったことである。

日刊新聞内部の権力関係や序列がよく見えるようになったのもウォロスチャックのおかげだし、仕事に熱中しすぎないよう忠告してくれた唯一の人間も彼だった。僕が机で昼飯を食べるのを許さず、オーウェルの『動物農場』に登場する働き者の馬の無惨な運命を見ろとよく言っていた。自動車欄の担当者から新型のリンカーン・コンティネンタルの試乗を頼まれるという胸がときめくようなチャンスがめぐってきたときには、だれもいないハイウェイまで行って、時速百四十マイルで飛ばしてこいよとけしかけたりもした。ウォロスチャックから頼まれて、僕らは非公式なパートナーになり、チームを組んで調査にあたり、車で街をまわって非公式な情報提供者に会ったり、コーヒー店に長時間入りびたって記事のアイデアを出したりした。

僕が電話で脅迫を受ける数週間前に、ウォロスチャックはとある警察関係者から高名な心臓外科医に関する情報を入手した。国際的評価の高い心臓研究所の所長であるその医師は、人工心臓の発明者で、長いこと上院議員も務めていた。情報提供者によると、この医師が街でも指折りのいかがわしい通りで娼婦を拾って逮捕されたという。名声ゆえに公に罪に問われることはなく、男たちに性病や路上の売春の悲惨な現実について教育する「ジョン・スクール」というプログラムに送られるだけで済んだ。このプログラムは個人のプライバシーを守ることになっていたが、ウォロスチャックの情報源は確かだった。尊敬される医師の恥ずべき転落を望んでいる者が警察内にいるのは明らかだった。

うちの新聞はこのニュースをひどくほしがったので、僕らは街で事実を探った。証拠が集まると、医師が心臓移植をおこなっている病院を訪ね、僕らの知っている事実を突きつけた。医師はどもりながら全面的に否定した。僕らがさらに強く迫って、あなたの側の言い分も明らかにしたほうが身のためではないかとしつこく言ったところ、医師は受話器を取り上げ、いますぐ出ていかないと警備員を呼ぶぞと言った。

ウォロスチャックと僕は医師の口から確認がとれず不満だったが、その後の展開にはびっくりした。僕らが病院を出たあと、医師は国内で有数のPR会社に連絡し、彼らの助言に基づいて、その日の午後に記者会見を開くことにした。かたわらに妻と子どもたちをすわらせた医師は、部屋にひしめく記者とテレビカメラの前で罪を告白した。家族の許しを乞い、最後に、みずからの無分別の責任をとるために、また新聞記者のしつこい取材攻勢もあるため、国立心臓研究所の所長を辞任するつもりだと発表した。

医師が自分の地位に固執したら、あるいは議員を辞職しただけだったら、国民は堕落しやすい人間の本性を示すありがちな事件としてこれを受け流したかもしれない。毎日人の命を救っている職からおりると言ったことで、彼は世論をめぐる闘いに勝ったのだ。全国でラジオのトーク番組がマスコミのやり口を非難した。政治家や専門家は医師に戻るよう懇願し、僕らは勤め先の新聞社からも見捨てられた。編集主任はウォロスチャックと僕の活動は自発的なものだと言い、会社は医師の復職を求める請願を始めた。街娼を訪ねるのは外科医の健康に危険をおよぼすおそれがあり、したがって正当な公共の問題であるという主張にはだれも耳をかたむけなかった。

何よりやりきれなかったのは、父にまで疑われたことだ。父は自分の不満や失望をめったに表に出さない人だ。僕の仕事に関しても、その不道徳な面について何か言うようなことはいっさいなかった。一度、父の勤める高校の教職員に衝撃を与えた重大な交通事故を記事にしたことがある。学校の同僚が父に向かって、なかなかいい記事だ、家族も書いてもらって感謝していたと言った。それを聞いて、父は僕が思いやりのある、ことによると道徳的といってもいい記者なのだという印象をもった。父にはそれで充分だった。医師のスキャンダルに僕がからんでいることが夕食の席で明らかになると、父は頭を振り、どうしてそんなまねができるのかと訝っていた。

ジョージは僕の自伝の中のこのくだりを読み終わると、うなずいて、散らかった机の上に置いた。「もっと話が要るな」と言いながら、手で一蹴するような仕草をした。「長くする必要がある」

だが顔にはほほえみがうかんでいた。彼はポケットに手を入れて鍵の束を取り出すと、僕の掌にのせ、しっかりと握らせた。

「ここで自伝を書き上げなさい。必要なだけいていいから」

キッチンではスープの鍋から湯気が立ちのぼっていた。ジョージは立ち上がり、二皿のペッパースープと一本のバゲットを持ってきた。熱いカフェオレを注ぎ、それぞれのカップを鉛筆でかきまぜると、腰をおろし、僕の目を見た。

「あのね、ふつうは作家には朝ベッドを直すこと以外は何も頼まないんだが、きみは……きみは違う」

いっしょにスープを食べながら、彼はシェイクスピア・アンド・カンパニー書店で僕がなすべき最初の大仕事について説明した。それはある老詩人をめぐる異例の事態と、不愉快な追い立ての仕事に関わるものだった。

8

二か月前の僕は注目を浴びる職業につき、人もうらやむ給料をもらい、つややかな黒いドイツのセダンをリースで乗りまわし、おしゃれな中心街に部屋を借り、クローゼットには安くはないシャツやジャケットがずらりと並んでいた。それがいま、持ち金は数百ドルしかなく、仕事も仕事につける見込みもなく、服は古い鞄に詰めこみ、ぼろい書店のベッドを住みかとしている。だがよくよく考えてみれば、これほどうれしいこともなかった。

ジョージからゆっくり休むように言われ、僕は店の図書室に戻った。さきほどの若い男がまだ机でタイプを打っていた。もっとも、これ見よがしの態度はすっかり影を潜めていた。僕の姿を認めると、体をそらせ、値踏みするようにじろじろ見た。

「じゃ、あんた作家なんだな」としかめ面で言う。

「本当のことを言うとジャーナリストなんだ。作家のうちには入らないっていう人もいるだろうけどね」

ささやかな自己卑下が効いた。男は顎の筋肉をゆるめ、大きな笑みをうかべて立ち上がった。

「ハハ！　そりゃいいや」彼はやけに力をこめて僕の手を握った。「おれ、カート。Kのカート、カート・ヴォネガットと同じ」

Kのカートは大げさに片手を振り上げながらタイプライターのうしろから出てきて、これからシェイクスピア・アンド・カンパニーの公式ツアーをすると宣言した。立ち上がった姿を見ると、僕より背が高くて優に六フィート数インチ（約百九十センチ）はあり、厚ぼったい灰色のコートを着こんでいた。

「この店には暖房がない」僕の視線に気づいて彼は言った。「寒さに慣れることだ」

まずカートはまわりにある本を指さした。ここは図書室だ。この階にある本はどれも売り物ではなく、店内での読書のみ認められている。全部で一万冊以上あり、シェイクスピアの戯曲から大統領の伝記、十九世紀に書かれた熱帯の鳥類に関する論文からジュリアン・バーンズの最新刊までそろっている。「信じられるか?」カートが言う。「金にもならないものに半分ものスペースを割く店がどこにある?」

次にさきほどの階段に出て、数段上った踊り場に案内された。クローゼットの戸かと思っていた木製のドアをカートが開けると、穴の両脇に溝を刻んだ足置き場がついた、しゃがむタイプの汚れた陶製便器が見えた。臭かったが、中をのぞきこんで、これぞうな水道の蛇口と、水で流すときに使うプラスチックのバケツを見せられた。これがシェイクスピア・アンド・カンパニーのトイレだった。ジョージはここにまで本棚を取りつけていた。下段に置かれた本のページが湿っているのに気づいて、ちょっとげんなりしたが、湿気のせいだと自分に言い聞かせた。

「これがおれたちのトイレ。上のアパルトマンにはいいトイレがあって、バスタブもついているんだけど、そっちは大事な客や有名な作家のためのものなんだ」カートはうらやましそうに言う。「おれたちはあんまり上には行かないけどね」

ふたたび図書室に戻ると、カートは正面の部屋の壁に沿って並ぶ、赤いビロードで覆われた二台の狭いベッドを指さした。これはジョージの好む呼び方を借りれば、この「流れ者ホテル」の正式なベッド十三台のうちの二台だという。古書室に一台、下の本店に二台、図書室に六台、それから三階のアパルトマンにさらに四台。これらのベッドに加えて、必要に応じて寝場所に早変わりする隅っこや隙間も数か所ある。カートによると、夏の盛りにはいちどきに二十人も滞在するという。概して冬のほうが静かだが、これは店に群がる放浪者が陰気なパリの雨を嫌って寄りつかないからだ。そのとき店に滞在していたのは、僕も含めてちょうど六人だった。

「あんた運がいいよ」と彼は言いつづけた。「おれが来たのは十二月の終わりでさ、大晦日を過ごしにきた客でいっぱいで、二晩も床で寝なきゃならなかったんだぜ」

正面の部屋と奥の部屋をむすぶ狭い廊下に僕を案内すると、カートは別のドアを開けた。今度は本当にクローゼットで、ナップザックが不安定に積み重なり、間に合わせにとりつけた棒にシャツが何枚も掛かっていた。カートは僕の鞄をその山の中に押しこみ、ナップザックが転げ落ちるのを止めようとしてドアの中に身をかがめた。

「ここが荷物置き場。貴重品は置かないこと」そして薄笑いをうかべて付け加えた。

「妙なものがなくなるから」

カーテンのかかった例の狭苦しい小部屋の前を通りすぎた。この店には実際に書ける場所なんかないじゃないかと思いきって文句を言った物書きのためにつくられた場所だという。それから二段ベッドと子どもの本がある部屋に入った。カートはたくさんの手紙や写真が貼りつけられた鏡の脇で立ち止まった。この店で恋に落ちたカップルから送られてきたものだ。シェイクスピア・アンド・カンパニーで将来の配偶者に出会った者は六十人以上にのぼるという伝説がある。何しろ恋が生まれやすい店だから、実際はもっと多いかもしれないとカートは言う。

次の扉口をぬけ、前にスープをつくっている二人の男に出くわした部屋に入った。そのときの話をすると、カートは笑い、あの二人はアルゼンチン人で、独自のニーチェ的哲学を実践しているんだと言った。彼らはどうやら人生のすべての瞬間を、それが永遠につづくかのように信じて、できるかぎり充実したものにしようと努めているらしかった。「食事も服もワインも何もかも分けあっていたよ。実はいかれてるんじゃないかな」

二人組はその朝発ったから、部屋は空いており、ベッドを選ぶことができた。二台のベッドのうち大きいほうに腰をおろし、これから泊まる部屋に慣れようとした。ここはフィクション・ルームという部屋で、そう呼ばれているのも不思議ではなかった。書棚にはハードカバーの小説がぎっしり詰まっており、ちょっと見ただけで、昔だれかに強く薦められた本が二十冊以上見つかった。フォークナー、カポーティ、ヘッセ、カミュ、リッチラー――二十世紀の名作が広く網羅されていた。

家具としては、鏡つきの戸棚と、政治関係の雑誌が整然と並んだ木のテーブルがあった。もう一台のベッドは、大工の苦労をしのばせるもので、本棚と本棚のあいだにねじこまれ、長さがたった五フィートしかない。アルゼンチン人の片割れのほうはよほど背が低いか体がやわらかかったにちがいない。窓もひとつついているものの、書棚にふさがれてろくに光が入ってこない。本の隙間から薄れゆく陽射しがうっすらと見分けられる程度だ。いささか狭苦しい部屋ではあったが、実家の近くの市立図書館のような感じがして、悪くなかった。

　僕はベッドに腰をおろしたが、カートは何か言いたげな様子で本の背をいじっていた。彼は咳払いをひとつしてから、気にかかっていたことを口に出した。

「ジョージはほんとに言ってたの？　下の古書室で寝ていいって」

　僕はかすかにうなずいた。ペッパースープを飲みながらジョージから頼まれた仕事というのがそれだった。サイモンという謎めいた詩人に関するものだ。一九九〇年代半ば、そのサイモンがどこにも行くところがなかったときに、ジョージは店のベッドを提供した。一、二週間で出ていくだろうと思っていたら、サイモンはそれから五年以上も店にとどまりつづけた。ジョージの並はずれて豊かな親切心もさすがに涸れはてた。

　実は、かつてのサイモンはこの書店共同体の役に立つメンバーだった。店のあちこちで仕事を手伝い、若い作家の相談にのり、上の図書室で自作の朗読会をした。しかし状況は変わってしまったとジョージは言う。ここ何年かサイモンは悪い習慣を覚えた。レジから金を盗む、客が来ても古書室のドアを開けず、ベッドから出なくてすむように隠れている。最悪なのはいい本を読むことさえしなくなったことらしい。「推理小説だよ」

ジョージは腐ったブドウを吐き捨てるように言った。「閉じこもってくだらん推理小説なんか読んでるんだ」

この悪循環にいやけがさしたジョージは、うまく交渉してサイモンを立ち退かせ、空いた古書室を生活と執筆の場として使ってほしいと僕に頼んだ。ただし、慎重にやるようにと釘を刺された。見知らぬ老詩人の件についてだれが何を知っているかわからなかったので、僕は黙っていた。

「あの部屋が空いたらおれが使いたいと思ってたんだ」カートは傷ついた声で言った。「あそこはものを書くには絶好の場所だから……」

カートは首を左右に振り、また本をいじりだした。僕は同宿の仲間を動揺させたくなかったので、すぐにこう言って安心させた。まだ何も決まってないし、不可解なことだらけだから、詩人と直接話してみるまでよくわからないんだ。カートはこの説明を受け入れることにしたらしく、水泳中につった脚が急によくなったかのように、自信に満ちた態度をとりもどした。

「それがジョージなんだよ。シェイクスピア・アンド・カンパニーでは万事そんな調子さ。何が起こるかわからないんだ」

わだかまりが消えると、カートは僕の隣にすわって話しはじめた。彼はフロリダ出身で、子どもの頃から映画をつくるのが夢だった。ビデオ店で働いて、過去のB級映画はほとんど見尽くし、大学でも映画を学んだ。二、三年前に、チャンスをつかもうとニューヨークに行き、『ビデオラングラー』という映画台本を売りこんだ。フロリダのビデオ店の若い店員が、ある朝返却口に間違って入れられた脅迫ビデオを見つけるという話だった。だが最初はうまくいかず、その後もまったくの不運つづきで、パリに行けば事態が変わるのではないかと考えた。

国を変えても運は向いてこなかった。若い女性から自分のところに泊まるよう誘われたと思ったら誤解だったし、銀行のＡＴＭで金を引き出していたら強盗にあった。運悪く、手数料を何度もとられるのがいやで、ほぼ全財産を引き出したときだった。

「あいつの銃を奪い取ればよかったんだ」カートは悲しげに言った。「スタート用のピストルだってわかってたのに、体が動かなかった」

ほかに頼れるところもなく、泊まる場所もなくなり、だれかにシェイクスピア・アンド・カンパニーを勧められてここに来た。そこでカートはあっさり目標を変え、いまは映画台本を小説に書き直しているところだった。意欲満々の若手作家の雰囲気を漂わせながら、毎日カフェでメモを走り書きしたり、図書室でこれ見よがしにタイプライターを叩いたりしていた。

「ジョージのためにもうひとつ別の自伝を書きたいんだ」彼は真剣な調子で言った。「ここに来ておれの人生はすっかり変わった。いまじゃ物書きだもんな。これが天職だったんだ」

だが、いくら懸命に文学者めいたポーズをとろうとしても、まだ映画青年の匂いが抜けなかった。話しながら映画監督の名前を当てさせたり、絶えず人生を映画の場面にたとえたりする。おれがパリに来たときはさ、ほら『デッドマン』でジョニー・デップが開拓時代の西部の辺境の町に来て、気がついたら仕事も金もなかったっていう場面があるだろ、ちょうどあんな感じだったんだよ、といった具合である。カートの肉体にまで映画への愛がはっきりと刻みこまれていた。背中に映画フィルムの巨大なタトゥーがあったのだ。それは左の肩胛骨の先から背骨の根元に下り、そこから右肩へ上って大きなV字形を描いていた。彼の夢は、フィルム上のすべてのコマに自分の人生の重要な出来事を描きこみ、肌の上に消えることのない自己讃美を刻みつけることだった。ニューヨークとフロリダを詳細に描いたコマを見せ、今度シェイクスピア・アンド・カンパニーも描いてもらう予定だと打ち明けた。

「ジョージはすごいよ、すごい人だ」シャツを下ろして観賞会をしめくくりながら、カートはくりかえした。

ひと月近く店で暮らしているカートは、ここにも最低限のスケジュールがあることを知っていた。店の正式な営業時間は正午から深夜零時までだが、ジョージは大勢つめかける客のために早めに店を開けることが多かった。店の居住者は朝起きて、歩道に展示する本の箱を運び出し、客が来る前に床を掃除するのが重要なルールだった。そのほかにジョージは全員が毎日一時間ほど店の手伝いをすることを望んでいた。本の整理でも皿洗いでもちょっとした大工仕事でもいい。さらに理想としては、各人が一日一冊図書室の本を読むことが求められていた。カートによると、ノルマをこなすために戯曲や中編小説を選ぶ者が多いが、彼は長編小説に取り組んでいるという。その証拠に、ページの隅の折れた『北回帰線』をポケットから取り出してみせた。

もうひとつ重要な点は閉店時間だ。シェイクスピア・アンド・カンパニーは深夜零時に閉店するので、居住者はそれまでに店に戻って、本を運び入れ、戸締まりの手伝いをする必要がある。閉店時間は事実上の門限でもある。戸締まりしたあとは店内のベッドに戻るのが難しくなるからだ。ドアから入れてもらう手はずを整えておくか、窓に石を投げてほかの居住者を起こしてもいい。一番いいのは店の鍵を手に入れることだ、とカートは目をきらりと光らせながら言った。

「いまはガウチョが鍵を持ってる」

ガウチョというのは三か月前からシェイクスピア・アンド・カンパニーで暮らしているもうひとりのアルゼンチン人で、徐々にジョージの信頼を獲得し、鍵の権利も手に入れた。居住者に規律を守らせ、店を見張り、時には銀行との取引やその他の管理業務も手伝った。そのガウチョも間もなくある女性を追ってイタリアに旅立つ予定で、彼がいなくなると空白が生じるだろう。だれかがジョージの補佐役を務めなければならず、だれがその役目に伴う鍵束を託されるかをめぐって憶測が飛び交っていた。カートは明らかにその鍵をひどくほしがっていた。

彼の話を聞きながら、僕はポケットの中の鍵束に触れ、これが彼の求めてやまない鍵なのだろうかと考えた。だが黙っていた。友情の芽をつぶしたくなかったし、ましてやこの仮の宿の中に敵をつくりたくはなかった。シェイクスピア・アンド・カンパニーが本に囲まれた幸せなコミューンのように見えたとしても、やはり社会的階級制度のようなものがあるのは確かであり、それをよじ登らなければならなかった。

僕らの話は下からのどなり声にさえぎられた。言葉は聞き分けられず、むしろさかりがついたカリブーの鳴き声とも鋼鉄の罠に前足をとられたハイイログマの吠え声ともつかない音だ。そのわめき声の正体が何であれ、カートは飛び上がって階段に向かった。

「ガウチョだ。行かなきゃ」と肩越しに叫ぶ。

あの声にはなんとなく気が進まなかったが、勝手のわからない場所では従うしかない。階下には山羊ひげをはやした背の高い男がおり、フェドーラ帽をしゃれた角度で斜めにかぶっていた。これがガウチョだな、と思った。男は身をかがめて、カウンターにすわっている女性と話していた。ソフィという若い女優だとカートが教えてくれた。オックスフォードを一年休学してパリのジャック・ルコック演劇学校に来ているという。ピアの場合と同じく、ジョージはある日彼女のあふれるような魅力に打たれ、カウンターの仕事を提供したのだった。

「どこにいたんだ」ガウチョは顔を上げてカートを見るとどなった。「夕めしの時間だぞ」

カートは急いで謝り、この新入りに店を案内していたと説明した。ガウチョはそれを聞いて胸をぐいとそらした。

「どのくらい泊まるつもりだ?」

「さあ」僕はその質問にとまどいつつ答えた。「しばらくのあいだ」

「一週間だ。この店には一週間以上いられないんだ」

僕は半信半疑で肩をすくめた。「ジョージは好きなだけいていいって言ってくれたけど」

ガウチョは顔をしかめた。「ジョージの言うことは聞くな。人がよすぎる。みんながみんな好きなだけいたら場所がなくなるじゃないか。いいか、一週間だぞ」

このときカートが忠誠を示してくれた。発言権を得るためにコホンと咳をしてから、ジョージは彼に古書室に住んでいいと約束したんだと告げた。ガウチョはうなり、僕のほうにずいと一歩近づいた。

「あの詩人をどうするつもりだ?」ガウチョは僕につめより、僕の胸を指で小突いた。まずいことになりだしたちょうどそのとき、店のドアがぎいっと開いた。お茶会の日に図書室で仏語中国語辞典を持っていた黒髪の男だった。

「やあ来たね」彼はそう言って、いかにも親しげに僕の腕を軽く叩いた。「いらっしゃい」

自分はアブリミットだと名のり、カートとガウチョのほうを向いた。「もう行かないと一番いい料理を食べそこねるよ」

差し迫った夕食にはガウチョの怒りも勝てなかった。ガウチョはゆっくりと僕の胸から指を引っこめ、背を向けた。三人がドアから出ようとしたところで、アブリミットがふりかえった。

「夕ごはん食べに行かないの？」

僕はためらったが、アブリミットはふたたびほほえみ、カートは手を伸ばして僕を引っぱっていこうとした。ガウチョでさえしぶしぶうなずいた。一時休戦らしい。

9

ホテルで倹約生活をしていた数週間のあいだに、パリでただもしくはただ同然で食事をする手段をいくつか編み出した。クリニャンクール通りには、金曜の夜、グラス一杯のビールさえ頼めば、クスクスと野菜が無料で食べ放題のレストランがあった。七区の大きなアメリカン・チャーチでは、最小限の説教を聞けば、ほぼ無料でピザ食べ放題の夜があった。それに四フランのバゲットをいつでも買えたし、スーパーマーケットには驚くほど安いチーズが無数に並んでいた。

とりわけすごい方法を教えてくれたのは、僕が通っていたフランス語学校の先生だった。アンヌは夫を亡くしたあと語学教師になった品のいい女性だった。僕らのような新参者にパリの魅力を手ほどきするのが大好きで、がさつな犯罪記者の僕を洗練させることにたまたま興味をもったようだった。アンヌは見る価値のあるオペラや本を薦めてくれたが、特にすばらしかったのは、栄養たっぷりのパリの「ヴェルニサージュ」の世界を教えてくれたことである。

ヴェルニサージュとはワニスを意味するフランス語「ヴェルニ」から派生した言葉である。画家が自分の絵を発表する前夜、仕上げにワニスを引くことから転じて、展覧会のオープニングパーティもヴェルニサージュと呼ばれるようになった。パリのような芸術の都では、つねにどこかのギャラリーが作家を売り出そうとしており、ワインやオードヴルで客を誘っている。これはジャーナリストや作品を買ってくれそうな客にふるまわれるものだが、きちんとした身なりをして、適切なふるまい方さえわきまえていれば、こうした催しはうまい食事にありつくチャンスにもなる。

アンヌは左岸で最高のヴェルニサージュの世界を知っており、新しい作家や知り合いに会うために会場をまわっていたのに対して、僕のほうはともすれば食い気に走りがちだった。こういう場面での作法は簡単だ。まず作品を注意深く見てまわり、作家にお世辞を言い、それからおもむろに食べものの置かれたテーブルの周辺をうろついて、一日分のカロリーにあたる量をむさぼり食うまで離れない。左岸のあるギャラリーがほうれん草とサーモンのミニサイズのキッシュを何百とふるまった晩もあれば、セーヌに停泊した船の上で寿司と日本酒をごちそうになったこともあった。特に好きだったのは、あるレバノン系の画家のためのパーティで出たアラブ料理で、ホンモス、タブーリ、カフタ、それからずらりと並んだなんとも見事なファラフェルだった。

その夜、シェイクスピア・アンド・カンパニーを出ると、カートもあとの二人も、僕の方法をそんなのは素人のやることだと一蹴した。だれもがほとんど無一文で、しかも下のほうの階にはまともな調理の設備もなかったから、居住者はみなゴミあさりの達人になっていた。おれたちのやり方を教えてやる、今夜からさっそく始めるぞ、と彼らは宣言した。

書店を出て左に向かい、サン＝ジャック通りを渡ってユシェット通りに入った。この狭い道は、かつてはパリでもっとも風紀の悪い通りのひとつで、初めてパリにやってきた若きナポレオン・ボナパルトが住んだのもここだった。現在は観光客向けのけばけばしい移民街となり、密集したギリシア料理店がシーフードの串焼きを店頭に並べたり、肉の焼ける香ばしい匂いを漂わせたりして、客の気を惹こうと競いあっている。店の入口には客引きが立って群衆相手に陽気にふるまい、見込みのありそうな団体を見ると、その足下でわざと安物の皿を叩き割って足止めしたりもする。

シェイクスピア・アンド・カンパニーの居住者たちは見るからに皿を割るに値しない一団だったため、その通りをすんなり通りぬけた。サン＝ミシェル広場に出て、水を噴き出すライオンの石像を過ぎ、サン＝タンドレ・デ・ザール通りの花屋や流行りのバーの前を歩き、サン＝ジェルマン大通りを通ってマビヨン通りにある陰鬱な灰色の建物にたどりついた。入口には二人の警備員がだらしなく立っていたが、カートは、ここの人間のような顔をしてまっすぐ入れと言った。連続した階段を上ると、ベンチがずらりと並んだ巨大なカフェテリアに出た。料理を受けとるカウンターには長蛇の列ができていた。

ここはパリに十数軒はある学生食堂のひとつだった。政府の助成を受けているため、たっぷり一食が十五フラン、米ドルに換算するならたった二ドルで食べられる。厳密には学生証がなければ利用できないのだが、列の中には僕らのような偽学生が大勢混じっていた。小さな子を三人連れた一家や、スキンヘッドの頭皮に鋲を埋めこんだカップル、シャツの胸全体とズボンの脚の部分に得体の知れないさまざまな染みをつけた酔っぱらいなどである。

色鮮やかな食券と引き替えにもらえるのは、ロールパン二個、具だくさんの野菜スープ、厚切りのブリーチーズ、ぴりっとしたディジョン風マヨネーズを添えたゆで卵半分、メイン料理としてグリルしたラム肉、じゃがいものソテー、インゲン豆、ストロベリーヨーグルト、さらにはアーモンドスライスを添えたハニースポンジケーキ一切れまでもがデザートとしてついてきた。手に持つトレーにひとつひとつ食べものが加わっていくにつれ、僕はこれぞパリの安い飯の頂点だという仲間の意見に同意したくなってきた。

僕らは長いベンチにすわり、食事中はカートが見張りを務めた。手をつけていないチーズやパンの大きな塊を残して席を立つ人がいると、カートは即座に走っていって、獲物をつかんだ。店のみんなの分の夜食を調達するのが目的だった。

「よく見てろよ、次はおまえの番だからな」ガウチョが僕に言った。

この奇妙な食事のあいだじゅう、アブリミットは僕の新聞社での仕事とカナダの報道の自由について質問しつづけた。最初の日に持っていた辞書からもわかるように、アブリミットは中国から来たのだが、自分は中国人ではないと強調した。中国の北西部に住む少数民族ウイグル族なのだという。テレビ記者、ドキュメンタリー制作者として五年以上働いたが、当局の検閲と、ニュースを肯定的に伝えるよう強制されることに不満を抱くようになった。二年前、三十歳になるとすぐに、なんとかビザをとって西へ向かい、まずイスラエルのキブツに立ち寄り、その後パリへ、このシェイクスピア・アンド・カンパニーに移ってきた。

「みんなここで自分を発見するのさ」アブリミットはそう言って肩をすくめた。

食べながら無上の幸福を感じた。単純に腹いっぱいになるまで食べられてうれしかったせいでもある。僕はいつもやせているほうで、身長六フィート一インチ（約百八十五センチ）に体重百七十ポンド（約七十七キロ）だった。しかしパリでの貧乏生活の中で、節約のために極端に食事を切りつめた。一日三食の代わりに一食にして、今夜は有望なヴェルニサージュがあるという日には何も食べなかった。その前の週に、ただで体重計が使える薬局の前を通り、ちょっと量ってみた。デジタル表示に七十四キロと出て、ノートでポンドに換算してみて驚いた。百六十三ポンドぐらいだった。強制的な節食やら長時間の散歩やらで七ポンドも減っていた。そこへジョージのペッパースープとこのカフェテリアのボリュームたっぷりのディナーのおかげで、塩分と脂肪分が突然流入し、体が喜んでいた。

書店に来てからのハイな状態もまだつづいていた。ピンチの中でこんな突飛な解決策が見つかったのは奇跡に近かったし、宿無しになる恐れが――最悪の場合、親に金を無心するはめになる恐れが消えて、僕は有頂天になっていた。もちろん、状況を冷静に考えてみれば、前よりほんの少しましになったにすぎないことに気づいただろう。相変わらず金も仕事もなく、将来の計画もなく、本屋のベッドはこの上なく安定した住みかとは言いがたい。しかし悪名高い古書店に移り住んだ当日に、理性的な考えが入りこむ余地はなかった。僕は地球上のまったく異なる地域からやってきた社交的でおもしろい三人の男と食事をしていて、互いにとりとめのない話を交わし、友だち同士のように笑っていた。実に楽しかった。

だれにも言わなかったけれど、その日は僕の誕生日でもあったから、このカフェテリアでのディナーを特にうれしく感じたのだった。僕はその日、二十九歳になった。いつもはパーティなどは避け、誕生日なんてものは母親が祝うものだとばかにしていたのだが、その日はひとりぼっちでないのがうれしかった。あの書店を見つけていなかったら、その夜も侘びしいホテルの部屋で過ごし、翌日また長い散歩をする以外に何の見通しもなかっただろう。少なくともシェイクスピア・アンド・カンパニーでは、明日という日は未知の可能性を無限にはらんでいた。

ディナーを食べ終え、カートが集めた残り物の袋もずっしりとしてくると、僕らは奮発して下の階の自動販売機で二フランのコーヒーを買った。ほかの三人は今夜の計画について話しあっていた。アブリミットは近所のカフェで中国語のレッスンをする予定で、カートは昼間、書店で本を見ていた若い女性からワインを飲まないかと誘われていた。ガウチョはイタリアへの出発準備でいくつか回るところがあった。アブリミットとカートが先に行き、学生用カフェテリアの玄関ホールにはガウチョと僕が残された。二人きりになると、ガウチョはさきほどと同じ険悪な顔つきで僕のほうに向きなおった。

「ここのボスはまだおれだからな。憶えとけ」

いい気分だったのに、怒りが湧き上がってきた。僕は人間の中の悪と善はすべて、動物的な行動と人間的な行動とにすっきり分けられるという持論をもっている。動物的な面とは、なわばりに入ってきたよそものを攻撃し、すべてのメスとつがい、食料と所有物をひとりじめしたくなる卑しい本能を示す。一方、人間的な面とは、自分の行動の必然的な結果を予測できる過度に発達した脳の産物であり、よそものと争わないほうが安全を確保するうえでより効果的であること、一夫一婦制のほうが健全な繁殖に有利であること、共同体の仲間で資源を分けあうことで個人が守られることを教えてくれる。僕の前に立つガウチョは、自分が上位のオスであることを誇示したがっている人の姿をした犬以外の何物でもなかった。

「見張ってるからな」ガウチョは警告した。「うまくごまかせると思うなよ」

返事をする間もなく、彼は背を向けてパリの夜の中に消えていった。

10

ガウチョの態度には腹が立ったものの、シェイクスピア・アンド・カンパニーへの帰り道に僕の心にかかっていたのは、もっと緊急の用件だった。ジョージからきわめて難しい仕事をまかされて、自分が役に立つことをぜひとも証明したかった。うまくいけば一石二鳥になるかもしれない。詩人をうまく追い出してジョージに喜んでもらえれば、ガウチョも引き下がるしかないだろう。ヘラクレスのように退治すべき怪物や掃除すべき牛小屋があるわけではなかったが、僕はちょっとヘラクレスになったような気分だった。

店に着くと、古書室にはだれもいなかった。シャッターは開いていて、中の明かりはついていたが、ドアには鍵がかかり、獲物の影は見えなかった。サイモンはまだ帰っていないにちがいないと思って、本店のほうに戻った。ウィンドウの近くにすわって入口を見張ろうと思ったのだ。

カウンターには青白い顔に黒っぽい髪の男がいた。スマートな黒のスーツの上着に青いシャツ、黒いネクタイという一分の隙もないいでたちだった。見た目は細身のパンツに細いネクタイの一九八〇年代のモッズを思わせたが、それよりはるかに不吉な感じがした。挨拶をしに近寄ると、男はカウンターの奥の隅へ後ずさり、怪訝そうに眉をつり上げた。

僕は緊張を解こうと急いで自己紹介し、しばらくこの店に泊まることになったと説明した。僕が差し出した手はいささか長く宙づりになっていたが、彼はおずおずと僕の挨拶を受け入れた。

「きみのことは聞いたよ……」ロンドン北部のアクセントが色濃い英語で彼は話しはじめた。まだ身を守るように隅のほうにうずくまっていたが、ふと夢から覚めて、一瞬どこにいるかわからなくなったかのように、自分の姿勢をチェックし、頭をぶるぶる振ってから、急にしゃんとすわりなおして笑顔を見せた。

「ああ、やあ。最近おれどうかしてるんだ」彼はその点を強調するために手のひらで左耳を二回強く叩いてみせた。「耳がおかしくってさ。それでどうも落ちつかないんだろうな」

カウンターの脇にある緑色の金属製の椅子を礼儀正しく僕に勧めて、彼は話をつづけた。「楽にしてよ。さっきは失礼して悪かった。夜は変なやつが入ってくるから、いつもちょっと……」指を顎にあて、適当な言葉を探す。「……不安なんだ」

そしてレジの下に手を入れ、ぎょっとするほど長い金属の柄がついた、巨大な黒い懐中電灯を引っぱり出した。殺傷能力の高い武器を携行できない警備員が好んで持つようなものだ。

「万一に備えてこいつを置いてる」彼は笑顔をうかべ、懐中電灯を実に優しげになでた。シェイクスピア・アンド・カンパニーにまつわるものは（人も物事も）万事変わっていることにだいぶ慣れた僕は、それはいい考えだねとだけ答えた。

彼は夜勤のルークだった。ここに来るまでは、何年も世界を放浪していた――ブルース・バンドでハーモニカを吹きながらスペインとギリシアをまわり、旧式のワープロと小説のメモを詰めこんだ重いバックパックをかついでニューヨークからリオへ行き、インドとタイも方々まわった。ロンドンのいかがわしいジャズの店で働いたこともあるが、最後にした仕事らしい仕事は「マペット」の仕事で、これはスタジアムのロック・ショーで音響装置や足場を設置する技術係のひとつだった。

「頭の上にレンチを落とされてやめたよ」そのときの痛みを思い出したのか、頭をさすりながら言う。

ルークは前年の四月にパリに来た。ポケットには三百ドルしかなく、漠然と建設現場で働こうかと考えていた。到着して二日目にたまたまシェイクスピア・アンド・カンパニーの前を通り、仕事はないかと訊いてみることにした。ジョージは夜勤の仕事と店内のベッドを提供し、必要なものはそろった。

少し前にパリ北端の、僕がいたホテルから遠くない場所にアパルトマンを見つけたが、月曜から土曜の夜八時から深夜零時まで、いまでも店で働いていた。店を深夜まで開けておくデメリットのひとつは、予想外の連中を引き寄せてしまうことだ。だから、時々棚の整理をしたり、驚くほどひっきりなしにやってくる深夜の客に本を売るだけでなく、泥棒や酔っぱらい、そして夜が更けるにつれ数を増す、訳のわからないことをわめきちらす頭のおかしな人間たちを追い払うのがルークの主な仕事だった。

「ほら来た！」ルークが急に大声をあげると、確かに店の正面にある桜の木のそばで、千鳥足の酔っぱらいが夜空に向かって叫び、安物のボルドーの空瓶を振りまわしているのが見えた。

ウィンドウ越しに見ていると、ルークは酔っぱらいの腕を優しくつかみ、耳元に二言三言ささやき、店から離れたところへ導いた。酔っぱらいはサーカスに連れて行ってもらう子どものように満面に笑みをうかべた。一分ほどで戻ってきたルークは、大げさに両手をはたいてみせた。「あいつのことはゴジラと呼んでるんだ」

シェイクスピア・アンド・カンパニーのカウンターにルークとすわっていると、ひどく落ちつかないことがわかった。若者が凶暴な虎の潜む扉と美しい娘のいる扉のどちらかを選ばざるをえない『女か虎か』という話があるが、同じような究極の選択に絶えず直面している呪われた男を見ているようだった。ドアがぎいっと開くたびに、彼はたじろいで身構える。入ってきたのが友人やおもしろそうな観光客、あるいは、できることなら若くてかわいい女性なら、にっこり笑って最大限親切にもてなす。だが、すこぶる異様な夜の訪問者のひとりなら、跳び上がってドアを指さし、叫ぶ。「出てけ！　出てけ！　**出てけ！**」

僕はこの一番新しい知り合いがすっかり気に入ってしまった。反逆者めいた魅力がありながら、黒いスーツを着てすわっている姿は人当たりがよかった。ルークからだれを待っているのかと訊かれたとき、僕は自分の使命を打ち明けるほど気を許していた。

「ジョージらしいな」僕の話をすっかり呑みこむと、ルークは言った。「あの人は人をそういう気まずい状況に追いこむんだ。どうなるか見たくてね。そういうところがアナーキストなんだよ」

ルークによると、一九九五年にシェイクスピア・アンド・カンパニーに住みついた頃のサイモンは、破滅しかけたアル中だった。ジョージの監視の下で立ち直ったものの、酒をやめて数年たつのにまだ店にしがみついていた。店に長く滞在すればするほど社会から離れていき、社会から離れれば離れるほど店を出られなくなるという悪循環だった。

シェイクスピア・アンド・カンパニーの若き暴れん坊、カートとガウチョが手を組んで、サイモンを追い出そうとしていた。二人とも詩人のことが気に入らず、不信感をもっていた。サイモンは彼らよりずっと年配で、どことなく人を見下すようなところがあり、たいへんな変わり者だった。歯にも問題があり、実に英国的な笑顔の持ち主だと言われていた。ガウチョはサイモンが金を盗んだとジョージにしつこく訴え、彼の怠慢の例を絶えず指摘していた。ルーク自身も疑念を抱いていることを認め、サイモンを悪習から抜け出させるには強い一押しが必要だと信じていた。

「ジョージが自分から出ていってくれと言うことは絶対にないだろうね。そういうのは性に合わないんだ——争いごとが嫌いだからね。きみみたいな人に頼むのはよくわかる」

ジョージが見知らぬ人間に責任ある仕事をまかせるのはめずらしいことではないらしい。ルークはパリに住むジョージの古い友人のひとりを例に挙げた。一九六〇年代のことだ。ジョージがカウンターで店番をしていたときに、その男性が店に入ってきた。ジョージはこれからちょっと出なければならない用があるので、そのあいだ店を見ていてほしいと彼に頼んだ。男性は英語の小説を買いに来ただけだったが、引き受けた。ジョージは注文のために郊外の書籍倉庫まで行って、四時間後に戻ってきた。たまたま来たその客はその間ずっとカウンターの番をしており、売れた本すべてと受けとった金について詳しく報告した。

「わかるだろう。ジョージには人を見る目があるんだ」ルークは言った。「見込みがはずれることはめったにない」

もう一時間以上ルークと話していたので、問題の変人サイモンがそのあいだにこっそり戻っていないかどうか確かめに行くことにした。外に出ると、古書室の前に出ていた本とベンチは消え失せ、ウィンドウのシャッターは下り、ドアの窓まで頑丈な板で覆われている。しかし中にはまだ明かりがともっていた。

こうしたすべてを僕らが気づかないほど静かにやってのけたことに驚いて、僕はドアを強くノックした。二回ノックする。三回目に格調高いイギリス英語でいらだたしげな返事がかえってきた。

「なんだい？」

「サイモン？ 僕はこの店に移ってきたばかりなんだけど、ジョージからあなたと話すように頼まれたんだ」

長い沈黙があった。「疲れてるんだ」ようやく彼は言った。「それに気分も悪くてね。今日はひどい目にあったんだよ。いまはちょっと無理だな」

「でもジョージがどうしてもって言うんだ。五分でいいから話せないかな？」

「勘弁してくれよ。今日はひどかったんだ。明日の朝また来てくれよ。いいだろう？」

僕は本店にこそこそ逃げ帰った。サイモンをあっさり取り逃がしてしまった自分に腹が立った。ルークは訳知り顔にうなずいた。

「こっそり入ったんだろう。この件が始まってからなるべく目立たないようにしてるからね。ずる賢いんだ」

僕ががっくりと肩を落とすのを見て、ルークは笑った。

「大丈夫。また明日があるさ」

午前零時になると、僕はルークたちが本の箱を運び入れ、店じまいするのを手伝った。それから、一日の出来事にすっかり疲れきって階段を上がり、本に囲まれた初めてのベッドに倒れこんだ。

11

すぐに目が覚めた。目が開いた瞬間、短距離トレーニングを終えた直後のように、あるいは泡立つ海から上がった直後のように、すべてがくっきりと鮮やかに感じられた。僕はいつも目覚まし時計のボタンをいじりながら、ベッドの中でぐずぐずして、学校や会社に十分、二十分、いや三十分遅れるもっともらしい理由をでっちあげようとするタイプだった。ところが書店で迎えた最初の朝は、なかなか目が覚めないということも、眠気がからみついてくることもなかった。潑剌とした気分だった。

フィクション・ルームの中は薄暗く、何時かわからなかった。だが店内は震えるほど寒く、吐く息が白くなった。手早く服を着ると、もう一枚セーターを着こみ、カナダから持ってきた毛糸の帽子もかぶった。

アブリミットが正面の部屋の机にいて、文法の練習をしていた。僕が近づくと、人差し指を口にあて、ガウチョが体を丸めて眠っているところを指さした。アブリミットの右手の親指と人差し指のあいだにEという文字と漢字一字がインクで書いてあるのに気づいた。毎朝、今日はどの言語で考えるか思い出すために、FかEの字を手に書くようにしているんだと彼は説明した。

「頭を鍛えないとね」声をひそめてそう言って、指でこめかみを叩く。

まだ十時前で、ジョージはモベール広場の青空市場に行っていた。ジョージが戻ったら店を開けると聞いて、僕は部屋に戻り、明かりを見つけ、書棚から本を一冊取った。『ロリータ』だった。読み進むにつれ、なぜいままでこの小説に出会わなかったのだろうという驚きが深まった。小児性愛者の忌まわしい行為について報道するのは都会の新聞の宿命だから、子どもへの性的虐待の実例は前からよく知っていた。幾度となく、起訴された男の証言を法廷で傍聴したり、被害者の母親に話を聞いたりしたが、ナボコフを読むまで、病んだ心がこれほどいとおしげに語られるのを聞いたことはなかった。

十一時少し前にジョージがあらわれたが、その服装は寄せ集めもいいところだった——頭には色あせた青い野球帽がぼろきれのようにぐにゃりとのっかり、ボタンのとれた赤いブレザーに鮮やかな紫のシャツ、ズボンは足首のかなり上までしかなく、服に合わないソックスがむきだしになっていた。キャンバス地の買い物袋はポロネギでいっぱいだった。

「何読んでる」彼は問いただし、僕の本の表紙を指ではじいた。

表紙を見せると、ジョージはよろしいというようにうなずいた。「僕は『青白い炎』

のほうがいいけどね。しかしね、なんといっても一番すばらしいのはロシア文学の名作だよ。特に好きなのは『白痴』だな。僕はムイシュキン公爵にちょっと似ているような気がするんだ。自分の夢の世界の中で、現実をまるで把握できないまま、全力を尽くそうとじたばたしてる」

仕事にとりかかる時間だったので、自分のオフィスにポロネギを置きに行くジョージといったん別れ、急いで階下に下りた。カートがステンドグラスのあるアルコーブの反対側のベッドにおり、六人いる店の住人の最後のひとり、ボローニャ出身のイタリア人女性がロシアの本のコーナーで寝ていた。二人を揺さぶり起こし、もうじき開店だと言った。

店の前では、ガウチョが荷物を出しに行くから手伝えないと説明していた。ジョージはアブリミットと並んで空をじっとにらんでいる。いつものようにどんよりした曇り空だった。

「全部出せ」ジョージはどなった。

「でも降るんじゃないですか？」

「ばか言うな！」ジョージはアブリミットにさっと近寄り、色あせた野球帽で背中を叩きはじめた。「なんだおまえは？　頭おかしいんじゃないか？」

アブリミットが答える間もなく、ジョージは店に飛びこんだ。夜間、外の本箱はすべて、歩道の陳列台にする厚板や木枠などといっしょにカウンター周辺に積み上げておく。

ジョージは長い厚板をむんずとつかみ、店からよろめき出た。僕は八十六歳の体を案じて、助けに走ったが、ジョージは忌々しげに板を振りまわしただけだった。

「何やってんだ、まぬけ。スツールをとってこい」

店内で傷だらけの古びたスツールをふたつ見つけて持って行くと、ジョージはその上に厚板をのせて、正面の大きなウィンドウの前に棚をつくった。カート、アブリミット、イタリア人女性は安いペーパーバックの箱を運び出していたので、このすきに古書室を見に行った。シャッターは開き、ドアの窓の板もはずされていたが、中にはだれもいなかった。また逃げられた。

そのあいだにカートは一九六七年の『ブリタニカ大百科事典』の完全なセットを運び出す作業にかかっていた。ジョージが店の前に長く出しておけば売れるはずだと言い張ったのだ。アブリミットがそれを指さして僕に耳打ちした。「ジョージは時々おかしなまねをする。古い百科事典なんてだれがほしがると思う?」

異論を感じとったジョージは、まわりを蹴散らしてカートを手伝いに行った。戻ってくる途中、GからNまでの巻をアブリミットの腹にドスッとぶつけ、高笑いしながら立ち去った。

歩道に本を陳列し終えて、店内の掃除整頓も済むと、みな散っていった。ジョージはカウンターにすわり、コーヒーを飲みながら『インターナショナル・ヘラルド・トリビューン』を読んでいる。彼は長年、ニュースをむさぼり読むのを習慣としてきた人で、若い頃は労働問題や貧困の研究、ソ連の政治動向に関する切り抜きを集めた膨大なファイルをもっていた。しかし、いまでは新聞を指ではじき、資本主義のプロパガンダだと不平を言うだけだ。時刻は十一時十五分で、正式には正午まで店は開かない。ピアもまだ来ていない。

「何か手伝うことはありませんか」

ジョージはうなって僕を手で追い払ったが、いい印象を与えたい一心で僕はなおも迫った。「ここの本を片づけましょうか」僕はカウンターの端に不安定に積み上がったペーパーバックの山を指さして言った。ジョージは目も上げず、軽く手を振って承諾した。僕は本を棚にしまいはじめたが、すぐに邪魔が入った。

「そこじゃない、ばかたれ！」彼は一冊のハードカバーを僕の胸に投げつけた。「それを美術書の棚に入れてこい」

そんなふうに二人で一時間近く働いた。僕は棚に本を並べ、ジョージは接客し、大声で指示を飛ばし、正午すぎにはピアが自転車でやってきた。ピンク色のシルクのスカーフを巻き、店まで自転車をこいできたせいで頰には赤みがさしていた。ジョージは十五分遅刻だというようなことをぶつぶつ言ったが、頰におはようのキスをされてすぐに機嫌を直した。

「ちょっとお願いがあるんだけど」ジョージが上に行ってしまうと、ピアが言った。「ゆうべは最悪だったの。五分ほどカウンターを見ててもらえる？」

僕が返事をする前にピアはドアから出ていった。

シェイクスピア・アンド・カンパニーのカウンターにすわっているのは、大きな船の舳先にいるような感じだ。カウンターは入口の近くにあって、ウィンドウに面しているから、店の大部分は背後に広がっている。客はどっと入ってくると同時に脇を通りすぎ、本の並ぶ部屋部屋に消えていく。客を監視するには、痛いほど体をひねり、変な姿勢で身を乗り出すしかない。この配置の利点は眺めがすばらしいことだ。カウンターから、遊歩道を行き来する通行人や、二本の桜の木、それから、その向こうにあるシテ島の影を眺めて楽しむことができる。

ピアが出ていくとすぐに、何をすればいいのかさっぱりわからないことに気づいた。レジには冷たい飲みものやら熱い飲みものやらがあれこれこぼれてこびりつき、現金の引き出しは傾いて飛び出し、しわくちゃの五十フラン札と百フラン札が見えている。これだけでも充分ごちゃごちゃしているが、さらにカウンターの上には小銭が散らばり、五十フラン札が二枚床に落ちてくしゃくしゃになっていた。ためしにレジのボタンを押してても、どれも役に立たないらしく、そうこうしているうちに客が近づいてきた。

「これはおいくら?」

険しい顔つきの女性が『移動祝祭日』の新しいペーパーバックを持っていた。ヘミングウェイのパリについて読みたがる観光客が多いため、ジョージはこの本を何十冊も常備していた。シルヴィア・ビーチの元祖シェイクスピア・アンド・カンパニーについて、ヘミングウェイは回想録の中で丸一章を捧げているが、その店と現在の店を混同する観光客もたまにいた。この本にジョージのサインを求めることさえあって、彼を大いにいらだたせていた。

念入りに調べても、アメリカでの価格しか見つからなかった。「十二ドルとなってますね」僕は言わずもがなのことを言った。

女性がドルからフランに正確に換算するためにハンドバッグの中の電卓を探していたとき、僕はレジの脇に四角い白い紙が貼ってあるのに気づいた。$＝10、£＝12と書いてあった。このレートに従えば、百二十フラン払ってもらうことになるが、彼女は公式レートでは一ドル七フランに近いと指摘した。同意せざるをえず、彼女は素早く計算し、八十四フランを払うためにクレジットカードを出した。

僕は必死にクレジットカード用の機械を探すはめになった。磁気カードリーダーとキーパッドのついた最近の機械を探したが見つからない。カウンターの下にもぐり、カーボンで複写する旧式のスライド式装置がないか調べてみた。ない。女性はしだいにいらしてきたが、硬貨で六十八フランしか持ち合わせがないと言う。困り果ててお金を受け取り、ジョージに僕の不手際がばれる前に急いで彼女を店から追い出した。

次の客にどう対処しようか考えながらすわっていたら、カートが入ってきた。

「ピアがカフェ・パニスで友だちとすわってたぜ。やられたな」苦々しげにかぶりを振ると、これから上で書きものをすると宣言した。

「待って！　カート！」僕はあわてて叫んだ。「クレジットカードは取り扱うの？」

カートは片方の眉を吊り上げて僕を見た。「おい、シェイクスピア・アンド・カンパニーには電話もないんだぜ。クレジットカードなんて無理に決まってるだろ」

今度はひょろひょろした若い男が来て、ガルシア＝マルケスの『コレラの時代の愛』を買い、ありがたいことに現金を出してくれた。スタンプを押してくれと言われて、ほんの少したじろいだ。お茶会の日にイヴがしてくれたことを思い出し、スタンプ台を見つけて、優しそうな目のシェイクスピアが描かれた書店のロゴをページに押した。男が出ていくと、若いカップルが店に入ってきた。女のほうがガイドブックを広げて読んでいる。

「ここがシェイクスピア・アンド・カンパニー。ジョイスの『ユリシーズ』を出版した店で、オーナーは詩人のウォルト・ホイットマンの息子なのよ」と権威ありげに言う。

男のほうは退屈そうな目で聞いているだけだった。間違いを訂正しようと思ったが、二人はさっさと店を出て、次の見どころであるパリで二番目に古い木に向かった。コンクリートの支柱で支えられたその木は、店の近くの公園にあった。

三十分後に戻ってきたピアは詫び言を並べ立てた。「どうしてもコーヒーを飲みたかったの。もうびっくりするくらい困ったことになっちゃって。もうへとへと」

とても説明できないくらい込み入った問題なの、と言って、幾度かまぶたをぱちぱちさせ、カウンターの席についた。僕の心は彼女の意のままだったので、必要ならいつでも代わるからというようなことをぼそぼそ言うしかできなかった。急にひどく恥ずかしくなり、急いで立ち去った。

二階ではカートがまた猛然とタイプライターを叩いていた。キーを叩く猛烈な音の中で、仕事の邪魔だと文句を言うので、廊下を渡り、ジョージの部屋のドアをノックした。

「何かすることはありませんか？」

机の上に書籍目録を広げ、先が丸くなった鉛筆で注意深く注文書に書きこんでいたジョージは、怪訝そうな顔を上げて僕を見た。

「外に出て街を楽しんでこい」

僕はその場から動かなかった。「できれば何かお手伝いしたいんですが」

「どうして書かないんだ」

「僕は夜書くんです」

彼はため息をつき、鉛筆を置いた。「仕事が遅れに遅れていてね。本当は下のカウンターでお客さんの相手をしたいんだ。すべての楽しみはそこにあるからな。なのにここでこんなことをしなきゃならない」

ジョージは僕の前で目録を振ってみせ、もっと近寄れと手招きした。「ひどいだろう？」と販売促進中の本のリストを指す。「『兵法』がビジネスに役立つ本として挙げられている。世も末だな」

目録を脇へのけると、ジョージはポケットに手を入れ、赤い二百フラン札を取り出した。

「そんなに手伝いたいなら、川の向こうにチェダーチーズを置いているマークス・アンド・スペンサーがある。パリではそこでしか手に入らない。ストロングをふたつ買ってきてくれ」

ジョージは頭を掻き、まだ何か考えていた。

「近くにエドの店もある。パリで一番安い店だ。種なしのオリーブ。それからビール。瓶入りの安いドイツ・ビールがある。小さいケースが十五フラン。いいか、強いほうだぞ」

強いほう？

「わかるだろう」叱りつけるように言う。「強いほうだよ。値段はふつうのと同じだ。さあ行ってこい」

リヴォリ通りのシャトレの塔の近くにあるマークス・アンド・スペンサーはすぐに見つかったが、チーズの冷蔵ケースはなかなかの難題だった。チェダーチーズは六段階あり、その中に「ストロング」と「刺激的（バイティング）」があった。並び方から察するに、「バイティング」は「ストロング」よりもさらに強いらしい。問題は、ジョージが「ストロング」という言葉を名詞として使ったのか、形容詞として使ったのかだ。これは手ごわい。僕は通路を三回もぐるぐるまわり、ジョージの声の抑揚を思い出そうとした。ジョージは要するに極端なものが好きなのだろうという結論に達し、「バイティング」をふたつ買った。

すぐ近くにエドの店があった。万国共通のディスカウントストアのスタイルに則った食料雑貨類のディスカウントストアだった。段ボールに入ったままの商品が積み上がり、ジャンボサイズがあり、レジには長い列ができ、レジ袋にも金を払う必要がある。北米のディスカウントストアと大きく異なるのは、置いてある商品だ。シャンパン、ノーブランドのフォアグラ、冷凍の鴨肉の切り身、七種類のマスタード。ここには美食の伝統が深く根づいている。

オリーブもビールも簡単に見つかった。強い種類はアルコール度六・九パーセントとはっきり書いてある。通常のビールは四・五パーセントだ。ただひとつ気がかりなのは、八十六歳の人がアルコール度の高いビールを飲んでいいかどうかだが、その朝、ジョージが厚板を軽々と振りまわしていたのを思い出し、強いほうのビールの六本パックを買った。

レシートと正確なおつりを添えて食料品の袋を手渡すと、ジョージはチーズを引っぱり出した。ラベルをチェックすると、至極満足げにウィンクしてみせた。

「きみの昼飯をつくっておいた」と言って、焼いたタマネギ入りの手づくりハンバーガーをキッチンから持ってきた。

ジョージは一本ずつビールを開け、半分ほど氷を入れた自分のグラスに注いだ。食べながら、僕は昨夜サイモンに会いそこなった話をし、今日話してみると約束した。ジョージはうなずき、昼間は客のために古書室を開けておいてほしいという話をくりかえした。

「推理小説なんて」とため息をつく。

僕は三十分ほどカウンターにすわった話もしたが、クレジットカードを振りまわす女に値引きせざるをえなかったことは黙っていた。ジョージは店の歴史を誤解している観光客の話に特に関心を示した。

自分のシェイクスピア・アンド・カンパニーが昔のシルヴィア・ビーチの書店と――実際に『ユリシーズ』を出版した店と――間違えられたことをジョージは少し気にしていた。しかし、偉大な詩人ウォルト・ホイットマンが彼の父親だという誤解は、間違いなくジョージ自身の責任だった。ホイットマンはジョージが憧れるヒーローのひとりだったが、それは『草の葉』のためばかりでなく、前世紀の転換期に詩人がブルックリンで反逆的な出版者として奮闘したせいでもあった。尊敬のあまり、外の壁にまでウォルト・ホイットマンの肖像を飾って、訪れる人を迎えていた。しかも一九四〇年代に初めてパリに来た頃、ジョージはよく詩人の隠し子から生まれた孫のふりをしていたし、母親に家系図を調べてほしいと手紙で頼んだことさえある。噂は『ニューヨーク・タイムズ』や『ワシントン・ポスト』、『インディペンデント』の紙面にまで載った。ジョージが年をとり、ますます年齢不詳になるにつれ、噂はさらに大胆になり、ウォルト・ホイットマンの本当の息子だという声もあらわれた――詩人はジョージが生まれる二十一年前の一八九二年に世を去っていたのだが。そういうわけで、あのホイットマンの親戚なのかと尋ねる客が時おりやってくるのはなんら不思議ではなかった。

「そうだと答えることもある」ジョージは肩をすくめた。「いいじゃないか？　あのホイットマンが僕の父親だと思うことで幸せになれるなら」

それにジョージの言葉は必ずしも嘘ではなかった。彼の父親は確かにウォルト・ホイットマンという名の物書きだった。もっとも、書いたのは叙事詩ではなく、科学の教科書だったけれど。

僕は食べ終わると立ち上がり、昼食のお礼を言った。彼は別れの挨拶代わりに鉛筆を振ったが、僕がドアにつく前に呼び止めた。

「待て！　これを読みなさい」

とページの隅が折れたペーパーバックを押しやった。『白痴』だった。

そのあとずっと正面のウィンドウに張りついてサイモンを待っていた。夕闇が深まり、夜が訪れ、ルークがやってきた。

「まだだめなの？」

それから一時間かそこらルークと話したが、僕は十五分おきに立ち上がって古書室の様子をチェックした。昨夜の失敗をくりかえしたくはなかった。九時頃、カートが店に入ってきて、赤ワインの瓶を突き出した。

「十一フランの特価品だ」とにこにこして言う。

サイモンを待っているから上でいっしょに飲めないと言うと、カートは首を振った。

「なんならおれがサイモンの荷物を放り出してやるぜ」

そこまでする必要はないと言ったら、カートはまたもや詩人の文句を言いはじめた。そのとき何かがこすれるようなかすかな音を耳にして、僕は店の正面に突進した。黒いつばに花柄の布バンドの帽子、七〇年代風の茶色いスエードのトレンチコート、曲がった銀縁の眼鏡をかけた背の高い男が立っていた。やつれた顔をして、カールしたぼさぼさの白髪が帽子の下から飛び出ている。僕が突然あらわれたのにびっくりして、笑って狼狽を隠そうとした。わずかに残ったぼろぼろの歪んだ歯がなるほど実に英国的だった。

「サイモン?」

12

「サイモン?」僕は重ねて言った。「今朝、話をすることになってたじゃないか。一日中待ってたんだよ」

男は古書室にベンチを運び入れようとして持ち上げたところだった。ベンチをいったん下ろすと、背筋を伸ばし、おもむろにコートの襟の埃を払った。

「ああ……ああ、やあ、きみか」彼の目は身を隠す場所でも探しているかのようにきょろきょろしていた。「これから探しに行くところだったんだ。まず店を閉めようと思ってね。ほら、天気が悪くなりそうだから」

パリの夜空を暗い雲が覆っていたものの、それ以外に雨の降りそうな気配はまったくなかった。それでもサイモンは大雨の最初のしずくを待ち受けるかのように長い指を広げてみせた。その説明を受け入れるしかなかったので、僕は正式に自己紹介をして、いっしょに古書室の店じまいを終わらせた。ルークは成り行きを見ようと本店の戸口に立っていたが、僕がサイモンにつづいて彼のねぐらに入っていくとき、励ますようにうなずいてみせた。

中に入ってドアの鍵をかけ、鉄の棒でシャッターを固定すると、古書室が要塞のように感じられた。ドアの窓を保護する頑丈な木の板を軽く叩きながら、夜中にうろつくごろつきどもから身を守るためにこれが必要なんだとサイモンは言った。

「あいつらは朝までひっきりなしに金切り声をあげたり喧嘩したりしてるんだ。前にドアにおしっこをかけた酔っぱらいまでいて、隙間から入ってきて床に水たまりができた。ああいうやつがガス室で死んでいくのをガラス越しに見せられたって、まるっきり胸が痛まないね」

しかし、こんなふうにバリケードを築いた部屋の中にいると、閉所恐怖症めいた不安を覚えずにいられないし、おまけに狭苦しい男所帯に特有の臭いが鼻をつく。室内に取りこんだ箱やベンチが雑然と積み重なったあいだを縫って進み、クッションの入った革張りの肘掛け椅子を見つけてすわった。サイモンはさっそく前夜のことを詫びはじめた。

「とんでもないことがあったんだよ。川べりを歩いていたら、ローラーブレードを履いた女が悪魔のようにビューッと走ってきて、僕をはね飛ばしたんだ。あんなのは法律で禁止すべきだよ。実にアメリカ的だね。どうしてふつうに歩けないんだ？　なんだって足の下に車輪なんかつけて時速百マイルで突進して、罪のない歩行者にぶつかって地面に叩きつけなきゃならないんだ？　腕を折るところだったよ！」

しゃべりながらサイモンはオレンジ色や青色のフォルダーからフォルダーへと書類を移し替えていた。でたらめに動かしているように見えたが、邪魔するのもためらわれた。

「実は、ジョージから話すように頼まれたんだけど……」とうとう僕は口を切った。

サイモンは真っ青になり、片手で待ったをかけた。膝をついて、ベッドの下を必死に探り、緑色の厚紙の箱を探しあてた。とびきり大きな安堵のため息をついて箱を開け、ラベルに「ネオ・コディオン」と書かれた茶色い半透明の瓶を取り出した。

「気分が悪い。このひどい天気だし」とドアのほうを顎で示した。「これは胸のつかえに効くんだ」

彼は手を口にあて、少しばかり咳をした。かなりわざとらしい感じがした。それから瓶を口まで持ち上げ、ぐっと飲みこんだ。

「キャプテン・コディのミッドナイト・レンジャー部隊が助けに来た」手の甲で口をぬぐいながら彼は言った。

フランスで合法的に販売されているコデインの驚くべき効果についてはすでに耳にしていたが、じかに見るのはこれが初めてだった。カナダでは、コデインは阿片からつくられる一般的な鎮痛剤で、ちょっとした手術のあとや、ひどい歯痛の際などに医者から処方される。新聞記者をしていた頃、先輩のウォロスチャックはよくコデインをたっぷり含んだ鎮痛剤タイレノール3の錠剤をガールフレンドたちから集めていた。会社で特にいやなことがあった日など、僕らは彼のアパートにすわりこみ、それぞれひとつかみの錠剤を呑んでから、アニメ専門チャンネルを二、三時間だらだら見た。悪くない気晴らしではあったが、特にすごいわけではなかった。

しかし、フランスでは、コデインはそれだけでひとつの産業となっている。薬局では甘いコデイン・シロップの六オンス瓶や、ライトブルーのコデインの糖衣錠二十錠入りの箱を、十二フラン、すなわち一ドル半ちょっとで売っている。錠剤一粒、あるいはティースプーン一杯でもタイレノール3並みのコデインが含まれているし、おまけに医師の処方箋なしでも買える。もっとも、国は一日に買えるコデインを一箱ないし一瓶のみと制限しており、あまり頻繁に買いに行くと、ほぼ確実に薬剤師ににらまれる。とはいえ、光る緑の十字が目印の薬局はパリの至るところにあるから、コデインをためこむのは簡単だし、コデインの甘美な魔法にかかって過ごした夜については数多くのシュールな話がある。

このような幸運がゆるされている理由をめぐってさまざまな憶測がはびこっていた。仏領インドシナで阿片とヘロインの中毒になって帰国した労働者全員に対して、ソフトな解決策を提供する必要があったのだと主張する声もある。僕が気に入っているのは陰謀説だ。こうした安売りのコデインは、ともすれば革命に走りがちな国民を慰撫するためにあてがう安価かつ甘美な精神安定剤だというのである。サイモンもだいぶ気分が落ちついたらしい。

「パリの冬ときたら」彼はため息をついた。「湿気が骨に染みこんでくる。あのじいさんはここで暖房を使うといやがるんだ。電気代がかさむからね」

そしてもう一度ごくりと飲み、わざとかすかに顔をしかめてから、ふたを閉め、瓶をベッドの下に戻した。サイモンが落ちついたので、本題に戻った。

「詳しい事情はよく知らないんだけど、ジョージはあなたが店に長居しすぎていると言うんだ。僕にこの部屋に移ってほしいという話で、今週にも出ていってもらうように話をつけることになっているんだ」

「ジョージがそう言ったの？　出ていってほしいって？」

僕がうなずくと、サイモンはがっくりと椅子の背によりかかり、天井を見上げた。

「行くところはあるんでしょう？」

「友だちはいるよ、うん、行くところはあると思うけど、急に言われても困るよ。時間がほしい。いまは真冬だし、路頭に迷うわけにはいかない。外は寒い」

サイモンは帽子をとり、乱れた白髪をなでつけた。だんだんと手の動きが荒々しくなり、髪の毛をこすりとってしまうのではないかと不安になった。ついに怒りに駆られてベッドをバンと叩いた。

「だれの仕業か知ってるだろう？　隣のあのガキどもだ。ガウチョとあのにやけた腰巾着。なんていったっけ？　胸くそ悪い名前。カーート。そうだ。あいつらがわがもの顔にあたりを闊歩して、今度は僕がここを出ていくべきだと決めこんだ。ジョージに僕の悪口を吹きこんだんだ。僕がこの文明社会と、この社会が生み出した人間たちをどんなに憎んでいるか、だれもわかってくれない」

興奮したサイモンは、ふたたび手をベッドの下に突っこみ、何やら探しまわって、缶ビールらしきものを引っぱり出した。タブを引き、中身をのどに流しこむ。ペリカンが魚を丸呑みにするように、一息で飲み干してしまった。

「大丈夫、ノンアルコールだから」と熱心にラベルを見せる。「ビールの味はするけど、一パーセントもないんだ。でも言っとくけどね、こんな目にあったらまた酒を飲みたくもなるよ。耐えられないよ。助けてくれ」

すがりつくような目で見つめられ、なんと言えばいいかわからなかった。服装は悲惨な状態だし、シャワーもキッチンもない書店に五年間も暮らさざるをえなかったことから見ても、金のあてがあるとは思えない。短時間話した印象から判断してよければ、平凡な仕事の厳しさに適応できるタイプではなかった。

「二、三日待ってくれないかな」そう頼む彼の目には偽りのない絶望がにじんでいた。

このあたりでサイモンは黒いウェストポーチをいじりだし、プラスチックのねじぶたがついたガラス瓶を取り出した。ふたを開け、ハシッシュの大きな塊を引っぱり出す。

「ひょっとしてきみは吸わない？　寝る前にはたいてい一服するんだ。今夜はこれが必要だな」

こうしてなんとも複雑怪奇な一夜が始まった。サイモンの頭の中を一ダースもの思考の流れが同時に通りすぎ、ランダムプレイで聞くCDのように会話から会話へとでためめに飛んだ。その間ずっと複数の声色とアクセントを使い分け、あるときは中年のアメリカ人女性、あるときは十九世紀の植民地の役人、あるいは戦後の男子生徒、六〇年代のラスタ、ロンドン訛りの警官、さらには悪魔というぐあいに衝動的に切り替わった。ひとりの男の話というより、大勢の妙ちきりんなステレオタイプや脇役たちの話を聞かされることになった。

「この前BBCワールドサービスを聞いていたら、警察が通話を監視する手段についてレポートしていた。まったくどこで盗聴されてるかわかったもんじゃない！　警察とも めたことがないとは言わないよ、何しろ六〇年代のロンドンに住んでいたんだからね。一度に二千マイクログラムのLSDをやると、百万匹のミッキーマウスが百万の小さなスクーターに乗って頭の中を轟々駆けまわっているような気分になったよ。ああ、確かに警察とは知り合いだったけど、実になごやかなもんだった。『やあ、サイ、また悪さをしてないだろうね？』『おや、スティーヴン巡査、今夜は外で残業代を稼いでるんですか？』いやいや、つい昨日のことみたいだ」

ふたたびコデインをぐびりと飲む。

「僕が初めて来た頃からパリは変わった。うるさすぎるし、観光客が多すぎる。ローラーブレードを履いたアメリカ人も多すぎる。あの哀れっぽい声をしたやつらが――『ランディ、エッフェル塔の写真を撮るからカメラ持ってきて、ランディ、バゲットを持った男の子のはがき、素敵じゃない？』――あんなのが栄えあるイギリス人の子孫だなんて冗談だろう？　もっとも、アメリカ人がインディアンをおとしいれて殺しまくったのには、古き英国も誇りに思うだろうけどね。リンゴは木から遠くには落ちないっていうじゃないか。われわれイギリス人が犯した残虐行為の数々を見てごらんよ。要するにわれわれは世界中で強姦して殺しまわって略奪品をエセックスに持ち帰ったんだからね。僕だって無関係とはいえない。僕の一族はどこで財産を手に入れたと思う？　伯父の祖父かだれかがビルマで略奪したんだよ、もちろん。うちにはまだ彼がお土産として持ち帰った処刑用の剣があるんだ。柄には切り落とした首の数を示す刻み目が二百十七もついていた。なんだかいやーな感じがする代物なんだ」

もう一本マリファナ煙草に火をつける。

「家庭環境も楽じゃなかった。父はユニークな人でね、毎週日曜には僕を馬に乗せた。ギャロップで駆けていく馬の上で小さなサイモンは死ぬ思いだったよ。森の中を突進しながら、小さなサイモンの首を叩きつける木を探している馬がいやでたまらなかった。父は悪い人じゃないんだが、いや、そう、悪い人でもあったな。父が僕の存在を何年もずっと隠していたせいで、僕は里親の家や私立学校で暮らすことになって、ああいうところでは、かわいい金髪の少年はとんでもない目にあうんだ。ペドフィリアは見つけ出してつかまえるべきだよ。裸にして逆さづりにして皮をはぐべきだよ」

こんな調子で、異様な脱線に次ぐ脱線がとぎれなく一時間もつづき、それらの断片をつなぎ合わせると、この狂った目をした詩人の生涯がうかびあがってきた。サイモンは一九四〇年代にロンドンで生まれた。英国軍人の紳士と若いスコットランド人看護婦が戦時中に関係をもって生まれた子どもだった。最初はレックスと名づけられた。父親から認知されず、シングルマザーの望まれない子どもとして、里親の家庭や知り合いの家などを転々とし、確かな居場所も信じられるものもまったくない状態で育った。

そのような滅茶苦茶な状態が数年つづいたすえに、父親はついに妻に告白し、隠し子を正当な家庭に連れてくることにした。レックスは突然サイモンという名前に変えられたが、これはまだましなほうだった。新しい母、新しい兄弟、新しい家、新しい学校、新しい生活——ただでさえ悩み多き彼の頭はますますこんがらかってしまった。結局、サイモンがティーンエージャーになる頃には、状況はだれにとっても耐えがたいものとなり、父親はサイモンを家から出すため、ロンドンの広告代理店の仕事を世話した。サイモンは昔から言葉のセンスが良く、学校の詩のコンテストで優勝したことさえあったほどだから、その仕事は彼に合っていた。生き馬の目を抜くような業界で彼は名を上げ、若きスターとなった。しかし一方で六〇年代ロンドンの放埒に耽り、毎晩のように麻薬とカクテルを混ぜたものを体に流しこんでいた。ドイツ・ビールを売るためにヒトラーのプロパガンダ・フィルムを使ったキャンペーンを計画して――「民族（アイン・フォルク）、帝国（アイン・ライヒ）、ビール（アイン・ビーア）」――突然失職すると、気晴らしのための麻薬を消費する側から、増えてきた友人知人に麻薬を提供する側へとすんなり移行した。

彼のささやかな商売は大繁盛したが、くるぶし丈の毛皮のコートやメルセデスのスポーツクーペを手に入れる一方で、麻薬の不法所持で告発されるという不愉快な経験もした。刑務所は免れたものの、この事件がきっかけとなって、イギリスを出る時期だと確信した。彼はフランスへ向かい、それからスペインへ行き、またフランスに戻り、ビジネスマンに英語を教えて金を稼ぎ、頭の中で激しく渦巻くものを鎮めるためにノートにとめどなく詩を書きつづけ、そして絶えず、それこそ絶えず酒に溺れていた。

五十歳になる頃には、アルコールは楽しみから習慣へと変わり、さらには病気の域にまで達していた。パリに戻っても、仕事もなければ金もなく、友人も日に日に減っていた。ある日、アパルトマンを追い出されて、シェイクスピア・アンド・カンパニーと、前に詩をほめてくれたその店主を思い出した。一時しのぎのつもりだったが、二〇〇〇年一月の時点ですでに五年もつづいていた。

「ここに来て酒と手を切った。あのつらさはきみにはわからないよ。じいさんは本当に良くしてくれた」サイモンは愛情のこもった口ぶりで言い、ジョージの話が出たことで、僕らは当面の難問に戻った。

シェイクスピア・アンド・カンパニーが本当に作家の避難所だとすれば、この詩人はまだ現実世界に追い出される用意ができていなかった。立ち退き命令を完全に実行できないことで、ジョージを裏切る結果になるのが怖かったが、心の底では、この男をこんなに長く庇護してきたのだから、カートが大胆にも申し出たように、詩人の荷物を無造作に路上に投げ捨てるなどというまねは、ジョージも望まないはずだという確信があった。

ちょっと交渉しただけで、僕らはある計画について合意に達した。もったいぶって握手を交わすと、彼は僕をドアまで案内し、今夜は驚くほど楽しかったと礼を言った。僕の背後で戸締まりをする直前、サイモンはドアの隙間から手を突き出し、さきほどあちこち動かしていたフォルダーのひとつを渡した。それには詩がいっぱい入っていた。どの詩も実に優美な筆跡で書かれ、うっすらと描かれた動物や木、蝶を追う鳥などのスケッチが欄外に散らばっていた。

「興味があったら読んでもいいよ」サイモンは目を伏せて言った。

本店に戻り、経緯を話すと、ルークは頭を振った。心配なのはジョージの反応のほうだった。

13

ポリー・マグーズは薄暗いトンネルのようなバーで、ひびわれたオレンジ色のビニールの座席に傷だらけの木のテーブルが並んでいた。壁という壁には古いフランス映画のポスターが描かれ、モハメド・アリ風のボクサーのシルエットがはがれかけている場所もあれば、店の名前のもとになったウィリアム・クラインの映画『ポリー・マグーお前は誰だ』のポスターもあった。店の奥には褐色の酒瓶を棚に並べたカウンターがあり、少し離れた脇のほうにはいつ見ても故障中の公衆電話があった。

いわゆる昔流行った店である。一九七〇年代にヘロインが大流行した頃には、店の経営者はジャンキーたちに盗まれないようにコーヒースプーンに穴をあけた。ジム・モリスン御用達と称する数あるパリの店の中でも、ここは彼が近くのホテルに住んでいた頃、よく飲みに通った店だった。この店のバーテンダーたちは錚々たるフランス人女優と次々にベッドをともにしたという噂もある。

ポリーはいまでもいかしていた。ちゃんと金を払う最後の客が帰る気になるまで、つまり、たいてい朝の六時か七時まで開いていた。夜中に飲める場所といえば、サービス料の高すぎるディスコか明るすぎるカフェしかない街で、ポリーは得がたい贅沢だった。毎晩のように客が文字どおり店の前へあふれ出し、まじめに帰って寝るか深夜のテレビでも見ようと思っている通行人は、人の肘や火のついた煙草をかき分けて帰宅しなければならなかった。それでもこのバーにはまだ親密でプライベートな雰囲気が残っていた。店内のもめごとを処理するモーロは、やってきた客と必ず握手をしていたし、兄のようにぶっきらぼうな愛情をこめて雑多な常連客を見守っていた。いつ行っても、午前三時に店の奥で恋人とゆっくり酒を飲めるし、外の席で友だちと酔っぱらって騒ぐこともできる、そういう店だった。

ポリー・マグーズの一番の魅力は、少なくともシェイクスピア・アンド・カンパニーの住人にとっては、その場所にあった。書店を出てビュシュリ通りを左に二十三歩進み、さらにサン゠ジャック通りを四十八歩進めば店の扉の前に着く。この距離がなんとも魅力的だったので、書店のだれかがパジャマ姿でぶらりと寝酒を飲みにくるということもまったくないわけではなかった。

その夜、ポリー・マグーズはガウチョのお別れパーティの会場となっていた。彼は翌週にパリを発つ予定だったので、カートが念のために早めにお祝いを準備したのである。三か月にわたってガウチョはシェイクスピア・アンド・カンパニーの顔役であったから、ほとんどの常連が挨拶に来ていた。

前に食ってかかられたこともあるし、僕としては店に残って本を読んでいたかったのだが、アブリミットとカートが来いと言ってきかなかった。サイモンと会ったあとにポリーに行ってみると、大人数のグループが正面のテーブルを囲んでいた。真ん中にはバーボンの瓶を前にしたガウチョの姿があった。話しながらガウチョの黒い目は熱狂的にきらめき、「ガウチョ」というあだ名が彼にぴったりであることに僕は初めて気づいた――ガウチョとは南米のカウボーイ、社会の周縁に生きる荒くれ男たちのことを指す。

僕は一パイントのビールを奮発して、カートの隣にすわった。すでにわかっていたことではあるが、カートは積極的にタトゥーを見せびらかすほうで、体のほかの部分を露出するのもいとわなかった。スポーツ選手のようにいい体をしていて、暑いからとか気持ち悪いからとかいう口実さえなしにいきなり脱ぎはじめ、まわりの若い男女を喜ばせていた。ポリーではすでにアンダーシャツ姿になり、タダ酒を求めてせっせとテーブルをまわっていた。気のあるそぶりをしたり、口をとがらせたり、肉体を誇示したりしているうちに、ひとりまたひとりと態度をやわらげる。相手の熱意のほどはおごってくれる飲みものの種類でわかる。ちょっとおもしろがっている場合はビール小ジョッキ一杯、本当に素敵だと思った場合はまるまる一パイント、その夜の孤独を慰めてくれる相手を見つけたと思った場合はウィスキーをタンブラー一杯。

このようなホルモンむんむんの光景の向こう側にイヴがいた。僕をお茶会に誘い、シェイクスピア・アンド・カンパニーのおかしな世界に案内してくれた女の子だ。ただでさえ薔薇色の頬が店の暑さでいっそう火照り、顔にグラスを押しつけている。僕が書店の住人になったことを知ると、近くの席に割りこんで、正式に歓迎の挨拶をしてくれた。

あの店はあたしの家のようなものなの、とイヴは言った。彼女はまだ二十歳で、ドイツ中部からパリに一年間働きに来たのだという。三か国語に堪能なため、ヨーロッパのとある大企業のコールセンターの仕事が簡単に見つかった。だが、パリでの暮らしにはまた別の困難が伴っていた。イヴにはパリが冷淡で人間味のない街のように思え、シェイクスピア・アンド・カンパニーに出会うまではとても孤独だった。

ジョージに出会ってすべてが変わった。イヴは書店で食事をとるようになり、本に囲まれた奇妙な暮らしに徐々になじんでいった。いまお茶係（ティー・レイディ）をしているのよ、と誇らしげに言う。毎週日曜日に書店に行き、巨大な鍋でお茶を沸かし、カスタードクッキーの皿を配り、ゲストを楽しませるのがお茶係の務めである。イヴが上のお茶会に誘ったのは僕が初めてではなかった。パーティに新顔を補充するのも仕事のうちだった。

「あの店が大好きなの。お店のためならなんだってする」イヴはアルコールの魔力に慣れていない様子でくすくす笑いながらささやいた。「あたしジョージに憧れてるの。あんなにすばらしい人に会ったのは初めて」

その夜は、ボローニャから来たイタリア人女性もいた。僕と同い年で、結婚生活が崩壊しはじめてパリに逃げてきたという。友人からシェイクスピア・アンド・カンパニーは自分を忘れるのに絶好の場所だと聞いて、しばらく自分を忘れてみたいと思ったのだ。

ジョージはいつもの歓待の精神で彼女を迎え入れた。

テーブルの向こうの端ではアブリミットがまわりの注目を集めており、この店の水っぽいビールで着々と酔っぱらいつつあった。彼の話はやたらと脱線した。最初のうちは西洋文化全体をばかにしていた。「僕らがシルクロードを使っていた頃、きみたちはまだ洞窟に住む猿だった。中国が大文明を築いていた頃、きみたちの先祖は棍棒で殴りあっていたんだ」と吠えたかと思うと、たちまちそんな侮辱は忘れてしまい、共産主義中国に飽き飽きしたこの男は、テーブルをバンと叩き、資本主義こそ人類を解放する理念だと宣言する。ジョージの新共産主義書店にかぶれているまわりの者たちは声高に異議を唱えていた。

その夜のポリーには、イタリア人にアルゼンチン人、ドイツ人、中国人、アメリカ人とイギリス人が集い、だれもが命の輝きにあふれ、パリにいる喜びに酔っていた。ビールをすすり、煙草を吸いながら、これからの旅やつくりたい映画、書きたい本について話した。全員の瞳の中に夢のようなものが輝いていた。

これがパリのいいところだ。ここでは夢もまた金と同じように単純に過不足の点から説明できる。僕の生まれた街は、人が何かを求めて出ていくような、官僚的な首都だった。トロントやモントリオールへ、あるいは、さらに何かを渇望してやまない人間はニューヨークやロサンジェルス、ロンドンへ。そのため、人生の歓びを貪欲に追求し、根拠もなく将来を楽観するような住民の数は減少する。あとに残るのはだらだらとつづく妥協の感覚だ。子どもの頃からソフトウェア会社の事務員になりたいと夢見る人間などだれもいないように、僕の街で暮らすことを夢見る者などだれもいない。

パリのような場所では、夢が空中に充満し、あらゆる通りをふさぎ、居心地のいいカフェのテーブルを占拠している。詩人、作家、モデル、デザイナー、画家、彫刻家、俳優、監督、恋人たち、現実から逃げてきた者たちが、この「光の街」に大挙して押しよせる。あの夜、僕らのテーブルは、めざす神殿を見つけた巡礼者の歓喜にあふれていた。あの夜、新しい友人に囲まれ、シェイクスピア・アンド・カンパニーにいるという安心感の中で、僕も同じように感じていた。希望は世にも美しい麻薬である。

真夜中に近づいた頃、店内は満員で汗ばむほど暑く、血管から血が流れ出るように人が通りにあふれ出た。これだけ混雑していると、各グループのあいだの境界線も失われ、客はみな千鳥足の椅子取りゲームさながらに店内を歩きまわっていた。トイレに立ったり、帰った者がいると、モーロはふらふらしていただれかをすかさず椅子に押しこむから、僕らのパーティは変形しながらしだいに大きくなっていった。

ガウチョはその間ずっと、次々にお別れのキスや社交辞令の挨拶を受けていた。サイモンから不平を聞かされたばかりだったので、僕は皮肉な目でそれを眺め、乾杯がくりかえされるたびにおざなりにグラスを上げていた。ガウチョはふと立ち上がって店内を得意げに歩きまわり、僕のすぐそばで足を止めた。そして勝ち誇ったようににやりと笑い、隣にすわった。

「つらくあたったと思ってるだろう」ガウチョは話しはじめた。「ろくでなしだと思ってるかもしれないな。おれはかまわない。ジョージを守るためにこうする必要があるんだ。いまにわかる」

ガウチョは顔を近づけるために、かぶっているフェドーラ帽を押し上げた。彼の息はバーボンの匂いがした。

「さあ、何か訊いてみろよ。みんなガウチョに何かしら訊きたがる。だれかが店を焼き払おうとしたときのことは知りたくないか？　ジョージがアナイス・ニンと寝ていたって噂が本当かどうか知りたくないか？　さあ。なんでも答えてやるぜ」

ガウチョは太っ腹なところを見せてそう言ったが、何を訊けばいいのかわからなかった。シェイクスピア・アンド・カンパニーについてどれほど詳しいか見せつけたがっているのは明らかだが、その手にはのりたくなかった。その代わり、店にいる者はみな何か書いているということを思い出し、ガウチョに何を書いているのかと尋ねた。

「おれが書いてるもの……」ガウチョはとまどいを見せた。用意してあった答えのリストはどこかへ行ってしまったらしい。カートのビール・グラスに手を伸ばし、ごくごく飲んでから話をつづけた。

「みんなおれにジョージのことを訊くのに……」しばらくためらってから、声を落としてさらにつづけた。

「ブエノスアイレスの友だちに時々手紙を出していて、旅の話を書いた。あくまで手紙で、書き方も手紙なんだけど、友だちは出版社で働いてるから、まとめたほうがいいと思うかもしれない……」ガウチョはきまり悪そうに首を振った。「でもおれは物書きじゃない。物書きなんて絶対名のれないよ」

そして彼は急いで初めてちゃんとした自己紹介をした。本名はエステバンといい、ガウチョというのは旅の途中で身につけたあだ名だった。彼はジョージをいかに尊敬しているかという話をし、いつかアルゼンチンで自分の書店を開くかもしれないと言った。シェイクスピア・アンド・カンパニーのような、ただしこれほどたくさんのベッドはない店にするつもりだった。

まるで仮面がとれて、シェイクスピア・アンド・カンパニーの恐るべき補佐役ガウチョではなく、旅人エステバンの顔に戻ったかのようだった。互いの敵意はポリー・マグーズの蒸し暑い空気の中に溶けていき、おそらくはアルコールの魔法もあずかって、僕らは友情に乾杯した。

夜も更けた。何人かは書店に帰ってルークが店を閉じるのを手伝い、しっかり寝るためにそのまま残った者もいた。バーでは相変わらずみな肩を寄せあい、次の酒もやってきた。冷や水を浴びせるように、終電の時間が迫ってきた。

パリのメトロは午前一時頃に止まる。遠くから来ている場合は、ここでつらい決断を下さなければならない。あきらめて終電をつかまえるか、夜遊びをつづけて、あとで長時間歩いて帰るか（あるいは高いタクシーや危険な夜のバスを使うか）、どちらかを選ばなければならない。僕らのテーブルでも、そっと腕時計をチェックして、穏健な参加者がさらに姿を消した。

三時になると、あれほどにぎやかだったパーティも数人しか残っていなかった。その中に、磁器のように白くなめらかな肩をした美女が――お茶会の日、僕に煙草はないかと尋ねたあの女性がいた。彼女の名はマルシュカといい、母親がアメリカの石油会社の重役を務める金持ちと結婚したため、ポーランドからパリに移ってきた。表向きは大学生だが、カフェやシェイクスピア・アンド・カンパニーに入り浸っていた。この晩、彼女はほぼ最初から最後までカートの移り気を嘆きつづけていた。彼にはすでにウィスキーを一杯おごっていた。

五時には店もほとんど空っぽになり、カウンターでパスティスを飲んでいる二、三人と、奥のボックスでひとりの女の愛を求めて張りあっている男が二人残っているだけだった。早朝に犬を散歩させている人が、窓越しに前夜からの酔っぱらいをのぞきこんでいった。いつの間にかエステバンと僕だけになっていた。

もう帰る以外にすることがない。外に出ると、街灯が濡れた石畳に反射し、三日月がノートルダムの上にかかり、セーヌの川面からかすかな霧が立ちのぼっていた。世界が僕らを中心にまわっていると思っても無理からぬことだった。

まだその夜を終える気になれず、二人で書店の前の遊歩道にたたずみ、エステバンは店を出る理由を語った。この店で恋に落ちたのだという。それは本物の恋で、彼女と近々結婚する。二人でイタリアに移り住む予定で、彼女はアパートを見つけて彼が来るのを待っている。

それからエステバンはだしぬけにこちらを向いて、僕の腕に触れた。「ジョージからおれの鍵を受け取っただろう?」

どうしてわかったのだろうと思いつつ、鍵束を渡した。彼は鍵を通した輪に指をすべらせ、ちっぽけな陶製のイコンを探し出した。赤い衣の聖母マリアが青い背景の中に描かれていた。

「おれが入れたのがわかったら、ジョージに殺されてたな。あの人はこういうの嫌いだから」

エステバンは憂いを帯びた声で六つある鍵のひとつひとつを確認し、それがどこの鍵で、どう使うかを説明した。説明が終わると、ため息をつきながら僕に返した。「昨日ジョージに返したばかりなのに……」

そしてまた黙りこんだ。どこかで小鳥がめざめ、東の空には薄紅の曙光が射しはじめた。

「出ていくにはいまがちょうどいいときなんだ」彼はようやく口を開いた。「いまならまだ遅すぎない。まだガウチョはみんなに好かれてる。おれのことをよく憶えていてくれるだろう。ジョージが選んだのなら、あんたは大丈夫だ。でも気をつけろよ。この店で人生が変わるかもしれないからな」

さっきから忍び寄っていた疲労感がいまやずっしりとのしかかってきた。僕は疲れきっていて、立っているのがやっとだったが、エステバンはまだ動く気配がなかった。彼を店の外に残して、鍵を使って中に入り、ドアを少し開けたままにしておいた。

14

ジョージは昔から何をしでかすか予想のつかない人だった。就職の話を蹴ってパナマまで歩き、メキシコの放浪者（バガブンドス）とともに列車の下にしがみつき、赤の他人を住まいに招き入れた。おまけに失踪癖もあった。

なかでも印象深いのは、一九四七年、初めてパリに滞在した際の失踪事件だ。当時、彼はソルボンヌでフランス文明の講座をとっており、心理学も学ぼうかと考えていた。リビドーと死の本能を結びつけたパーソナリティ理論に出会ったからだ。だが、それよりもむしろパリのボヘミアンの世界にかかずらっていた。いくつかの文学サロンをまわり、おびただしいガールフレンドとつきあい、ロシア貴族と食事をし、ゴドレフスカ伯爵夫人のような人々から田園地帯の城に招待された。フランス語での詩作さえ始め、たとえば「午後に綴れる詩（ポエム・エクリ・ダン・ラプレミディ）」の中には次のような一節がある。

彼方で物悲しい雨が
一輪の花の　娘の
つかのまの恋を引き裂く
午後が
暮れゆく間に

めまぐるしい生活の中で、アメリカの家族に連絡をとらないまま数か月が過ぎた。グレース・ホイットマンは心配のあまりパリのアメリカ大使館に手紙を書き、息子を捜してほしいと頼んだ。書記官が調査して返事を書き、ジョージは「元気そう」で、「あなたにすぐ連絡するような話だった」と伝えた。

こうした前歴を知っていても、ガウチョのお別れパーティの翌日、ジョージがいきなり姿を消したときはうろたえた。

「いなくなった?」

「手紙を受け取って、飛び出していった」アブリミットが答えた。

時刻は午前十一時、残りはみな二日酔いで店内をふらついたりベッドにうつぶせになったりしているのに、アブリミットただひとりは勤勉を絵に描いたようだった。彼は朝八時から図書室の机につき、片手にFの字を書き、文法の本を広げていた。

「手紙を読んで、すごく変な顔してね。僕がいなくても店を開けてくれって言ってたよ」

これまでにもジョージが一日中姿を見せなかった日は何度もあるし、一度など宿泊者のだれにも告げずに、一か月のイギリス旅行に出かけたこともある。アブリミットはそう言って僕を安心させようとした。店員たちは交替で勤務し、宿泊者は店内を掃除し、アブリミットは売上金をファイルホルダーに隠していた。

「ここで暮らすつもりなら、心配とは縁を切ることだね」彼はそう忠告し、アポストロフの使い方の練習に戻った。

開店時間になり、本の箱を外に運び出し、その日最初の客を迎えると、僕はあらためて、人間にそなわった善を信じるジョージの姿勢に心を打たれた。こうして赤の他人同然の一団が、かの有名なシェイクスピア・アンド・カンパニーを運営しているのだ。この僕にしても、ジョージと知りあってまだ四十八時間にしかならないのに、彼の店とベッドルームの鍵が僕のポケットにある。警察公報とホーム・セキュリティ・システムの世界から来た者の目には、こうした信頼はほとんどばかげているように見えた。

店が開くと、僕は古書室の席についた。ジョージの主な不満のひとつは、ここ何か月かサイモンが日中もたびたび古書室の鍵を閉めて、客を入れようとしないことにあった。

僕はサイモンと申し合わせて、午後を古書室で過ごし、客を迎えることで、これを改善することにした。サイモンはそのあいだ店を離れていることになっていた。

一日目の朝、サイモンは約束を守って出かけており、空っぽの古書室は比較的きれいな状態だった。カウンターのうしろに落ちつき、ジョージがどこかに行ってしまってよかったと一瞬思ったりもした。前夜は、追い出しはひとまず中止するのが当然だと思ったが、冷静に考えてみると、明らかな裏切りではないかという気がしてきた。ジョージは僕にベッドを提供する代わりにひとつ頼みごとをした——それは店から詩人を追い出せということだったのに、僕は失敗したのだ。ポケットの中には店の鍵があり、エステバンとのわだかまりも解消したというのに、今度は僕が追い出されるのではないかという恐怖が忍び寄ってきた。

少なくとも古書室で働いていれば、気をまぎらすものには事欠かなかった。数分おきに店の扉が開き、ゾラの最初の翻訳を探すアメリカ人研究者や、きわめてめずらしい十七世紀の野鳥観察ガイドについて訊きに来た鳥類学者、キュリー夫妻に敬意を表すべくパンテオンに行こうとして道に迷ったオーストラリア人物理学者などが入ってくる。とぎれることなくやってくる風変わりなゲストを相手にトークショーの司会をやっているようなもので、みな少なくともしばらくのあいだは店にとどまって話をしていきたがる。孤独なホテル暮らしと街歩きのあとだけに、僕はさっそくこの千客万来の騒ぎを歓迎した。

だが、困った事件もあった。午後の半ば頃、ぱりっとした黒いスーツに黒いカウボーイシャツの男が入ってきた。シャツの胸元が開いており、切れた大動脈から炎が噴き出ている赤い心臓のタトゥーがのぞいていた。手にはフィルターのない煙草を持っていた。「すいません」男はこの上なく丁寧に言った。「ひょっとして火はありませんか」

男は銀色のジッポを親指でカチカチして、オイル切れであることを示した。カウンターの引き出しで見つけたマッチを渡すと、それで煙草に火をつけ、やはりきわめて丁重に礼を言った。

少ししてウィンドウをノックする音がして、その男が二本目の煙草を挙げてみせた。実に紳士的な物腰だったので、桜の木の下で一服しながら読む本を借りていいかと訊かれたとき、僕は何のためらいもなくうなずいた。一九二〇年代に出たバーナード・ショーのハードカバーを一冊選ぶと、男は愛想よく握手をして店を出た。しばらくして外に目をやると、男も本も消えていた。

動顚して体が震えた。サイモンの件の処理だけでも心配なのに、古書室で働きはじめたばかりでもう高い貴重な本をなくしてしまったのだ。

古書室の戸締まりをした頃には夜もすっかり更けていた。日中は何十人もの客をもてなし、幾度となく観光客の質問に答え、おまけに三冊も本を売った。僕はチームに貢献するメンバーになった気がした。ただひとつ残念だったのは、ジョージが通りかかって、僕が熱心に働いている姿を見てくれなかったことだ。

腹の虫が鳴き、アブリミットとカートは例の学生向けカフェテリアに行ったのだろうかと思って、図書室に上がった。だれもいなかったので、部屋を横切って階段の吹き抜けに出ると、驚いたことにオフィスのドアが開いていた。中ではジョージが机の上にかがみこみ、一枚の紙を凝視していた。ノックするとびくっとして、その紙を急いで納品書の山の下に押しこんだ。

「何の用だ」とうなる。

サイモンの件のような微妙な問題を切り出すときではないと悟り、廊下に引き下がろうとしたが、ジョージはゆるさなかった。

「きみが下にいるのを見た。詩人は出ていったということかね？」

「あのう、厳密にはそうじゃないんですが、でもそれに近い、非常に近い……」僕はうっかり口をすべらせた。

ジョージは片方の眉を吊り上げて説明を促したので、僕は前の晩にサイモンを見張り、古書室の戸締まりをしているところをつかまえた話をした。それを聞いてジョージがくすくす笑ったため、僕は残りの話を大げさな身ぶりを交えて語って聞かせたが、サイモンが飲んでいたものについては注意深く黙っていた。最後に僕はこう言った。サイモンも店を出なければならないことはわかっているけれど、少なくとも何日か金を工面する時間が要る。そのあいだ二人で古書室を共有することにして、僕は日中、客のために店を開けておいて、夕方にものを書き、サイモンは夜眠りに来るけれど、できるかぎりシェイクスピア・アンド・カンパニーに姿を見せないようにする。こういうかたちになって、気を悪くされたのでなければいいんですが……と僕は神妙に付け加え、宣告を待った。

「詩を見せられたか？」長い間があって、ジョージは訊いた。

古書室で客が来る合間に、サイモンから渡されたフォルダーを最後まで読んだ。詩はあまり読んだことがなかったし、サイモンの作品は難しくて、一篇一篇を二回以上読まなければならなかったが、すばらしいと思った。イメージがくっきりしていて、いくつかの行はいつまでも頭の中で鳴り響いていた。

「ハッ！」フォルダーを受け取ったことを認めると、ジョージは弾けるように笑った。「はめられたな！　気が合うとわかってたんだ、そういう性格だからな。あいつに丸めこまれたらもう二度と追い出せないな！」

驚いたことに、ジョージは特に怒った様子も見せなかった。それどころか急に大きくにんまり笑い、サイモンがシェイクスピア・アンド・カンパニーにやってきたときの話をくりかえした。

「一週間だぞ！　一週間泊めてくれと言って、五年もいるんだからな」

ジョージは椅子の背にもたれ、初めて僕を見るような目でじっと見つめた。それから納品書の下の、さきほど読んでいた紙に手を伸ばし、立ち上がった。

15

「上で夕飯を食べないか」

上のアパルトマンに行くのはあのお茶会以来だ。日曜のように群れをなす客の姿もなく、部屋ははるかにひっそりしていた。本がずらりと並んだこの快適な隠れ家にいると、三階下にある店の喧噪がずっと遠くにあるように感じられた。

このアパルトマンは長年にわたってシェイクスピア・アンド・カンパニーの隠れ家となってきた。ジョージは食事をつくったり、昔の手紙を読んだり、本のページをめくったりしながら、数えきれないほどの時間をここで過ごしてきた。壁に並ぶ写真や『ユリシーズ』、『北回帰線』の初版本、旅の記念品などが、店の豊かな歴史を物語る。ジョージはよく自慢していた――このアパルトマンの広々とした寝室と、セーヌとノートルダムを見晴らす眺め、そして無尽蔵のすばらしい本さえあれば、部屋にいながらにしてパリで最高の休暇が楽しめるんだ、と。

ここはジョージが著名なゲストや親しい友人を泊める部屋でもあった。アレン・ギンズバーグはインドへの行き帰りにこのアパルトマンで一息つき、ロレンス・ダレルは『アレクサンドリア四重奏』を無我夢中で書いていた時期にここで酒を飲み、マーゴ・ヘミングウェイは祖父のパリを見つけるかたわら、ここでのんびり過ごした。

さらに、このアパルトマンがジョージの私生活の知られざる一面の舞台ともなったことを、僕は間もなく知ることになった。

キッチンのレンジはシュルレアリスムの傑作といってても通用しそうだった。何十年も絶えず使ってきたために表面は摩滅し、調節つまみの周囲の数字も目盛りも消えている。コンロは簡単に強にも弱にもなるし、オーブンはベイクかグリルにセットされている。ジョージが手慣れた様子でいくつものつまみをいじると、フライパンの中の細切れの肉とタマネギが息を吹き返した。とろ火にかけられたジャガイモの大鍋はすでに煮立っており、僕はフォークを渡され、ジャガイモの正確なつぶし方を指示された。

「パルマンティエ、フォレスティエール風だ」ジュージューいいだした肉を炒めながら、ジョージは料理の名を説明した。「簡単だがうまくて栄養もある」

確かにおいしそうな匂いがしたが、キッチンの状態にはいささか胸が悪くなった。お茶会の日に見たひからびたゴキブリの殻に加えて、今日は生きたやつが数匹、べたべたした瓶や空き缶のあいだを走りまわっていた。

「いいんですか？」僕はジョージの肩越しにそれを見ながら心配した。

「ふん、屁でもない」彼はせせら笑い、一、二匹叩いてジャガイモの中に入れようとした。「たんぱく質が増えるぞ。何が悪い？　たんぱく質嫌いか？」

料理を火にかけながら、ジョージは冷蔵庫からビールの大瓶を出した。僕が買ってきたアルコール度数の高い安売りのビールではなく、中国の青島（チンタオ）ビールだった。僕がラベルをチェックしているのを見てジョージはにやりとした。

「本当に好きなのはそれなんだ。そっちのほうが高いがね」と棚からグラスをふたつ出しながら言う。

このビールの生産地は、ジョージが南京で暮らした場所からそれほど離れていなかったし、実は彼は中国のものならほとんどなんでも大好きだった。父親が中国で客員教授をしていた頃は、少年時代のもっとも幸福な時期のひとつであり、青年になってからも数回、乗りこんだ貨物船が中国に寄港した際に訪れた。のちには毛沢東の政治の熱心な支持者となり、今日に至るまで、聞いてくれそうな相手を見つけては、上海こそは未来の都市だと説いている。一九六〇年代には中国政府の役人が突然店にやってきたことさえあった。彼らはジョージの共産主義志向のことを知っており、北京に来てシェイクスピア・アンド・カンパニーの支店を開かないかと誘った。

「費用は全部出すという話だったが行けなかった。こっちが忙しすぎてね。いつだって忙しいから」ジョージはつぶやいた。

ディナーの用意ができると、僕らはビールのグラスが並んだテーブルについた。ジョージは細長いバターの塊を持ってきていて、それを少しずつ切って口の中にすべりこませながら食事をした。僕はキッチンの状態を見ていたので懐疑的だったが、食べてみたら実においしくて、さっそくおかわりをした。

　サイモンを追い出しそこねた話に対するジョージの反応に勇気を得て、食事が終わってもう一本青島ビールが出てきたとき、思いきって両切り煙草の男と消えたショーの本の話をした。今度もジョージはがっかりするどころかおもしろがった。

「ここでいったい何冊本が盗まれたと思う？」ジョージは笑った。「できることなら全部あげたいところだけどね」

　店を開いて最初の五年間は、万引きが多すぎて赤字だったとジョージは言う。六〇年代と七〇年代には、左岸の書店が何軒か、悪名高い窃盗団のせいで倒産するなかで、かろうじてもちこたえた。数十年にわたって、大勢のパリの作家たちがシェイクスピア・アンド・カンパニーの好意に甘えて書斎の本を仕入れてきた。もっともひどい窃盗犯は詩人のグレゴリー・コーソかもしれない。コーソの悪癖は世界的に知られていた。ロレンス・ファーリンゲティはコーソが午前二時にシティ・ライツ書店のウィンドウを破り、レジの金を盗んだときのことをいまでも憶えている。ファーリンゲティは警察を呼ばない主義だったので、店に着いて、すでに警官がレジに粉末をつけてコーソの指紋を検出したと知ると、すぐさま行動を起こした。朝六時にコーソを叩き起こすと、できるかぎりの金を回収し、恥じ入る詩人に向かって、警察が来るから街を出ろと言った。コーソはパリでも同じくらい大胆不敵だった。シェイクスピア・アンド・カンパニーからたびたび本を盗んでは、翌日、ジョージが買い戻すのではないかと思って舞い戻ってくるのだった。

「何より悲しいのは、ほとんどの万引き犯は盗んだ本を読まないことだ」とジョージはこぼす。「すぐ金に換えるために、別の店に行って売るだけだ」

人によっては人間不信におちいるところだが、ジョージは動じなかった。何年か前、百ドルのトラベラーズ・チェックを送ってきたアメリカ人男性に希望を感じたという。二十年前にパリに留学していたとき、シェイクスピア・アンド・カンパニーから盗んだ本の代金を送ってきたのだった。

「そのショーの本を取ったのはそんなに悪いやつじゃなさそうだな。少なくとも頼んできたんだから。『与えられるものは与え、必要なものは取れ』――僕はいつもみんなにそう言ってきたんだ」

その男がまた来ないかどうか見張り、どういう人間かもう少し探るように指示されたが、それ以外は心配するなと言われた。青島ビールがもう一本開けられ、酒好きのカナダ人を自負する僕でも六十歳年上の男性についていくのがつらくなってきた。

「酔っぱらったな」ジョージはさらに二杯分注ぎながら叫んだ。ビールの泡があふれ、テーブルが濡れた。「恥ずかしいと思わんのか、平日の夜に酔っぱらうなんて」

僕が酔っていたせいか、あるいは二人とも酔っていたせいか、ジョージはポケットから手紙を出し、テーブル越しに僕に渡した。

「これから大変だぞ」彼の目に共犯者めいた表情がうかんだ。

手紙はフランス語で、不動産関係の通知のようなものだった。脳がビール漬けのうえにフランス語の読解力も乏しく、ビュシュリ通り三七番地の建物に関するものだということしか判読できない。シェイクスピア・アンド・カンパニーを買収したいという申し出だった。

あるフランス人実業家のしわざだとジョージは説明した。その男はビュシュリ通り三七番地のアパルトマンをすでにいくつも入手し、建物全体を買い取って四つ星ホテルに変えたいと考えていた。カルティエ・ラタンの中心にあり、ノートルダムに面した建物だから、確実に大儲けできるだろう。

ホテル王をめざすこの男は、すでに残りの店子にも連絡し、かなりの金額で買い取る合意をとりつけていた。唯一の障害は、単独で最大の部分を所有しているジョージだった。ジョージは店を買収しようとする男の試みをくりかえし拒否してきたが、この日の朝、新たな申し出が届いた。今度のは「終身購入」というフランスの不動産法上のめずらしい制度を利用したものだった。この条項にしたがって、代金はすぐに支払うが、建物の引き渡しはジョージの死後でいいと言ってきたのである。

「まずいだろう？　店がなくなるかもしれない」ジョージは手紙を受け取りながら言った。

僕には何がまずいのかわからなかった。ジョージが売却を拒否しているかぎり問題はないはずだ。実業家が強制的に書店を乗っ取ることはできないのだから、どんな高値を提示しようと、フランスの不動産法のどんな条項を引き合いに出そうと、それが何だというのだろう。店は安泰なのではないか？

「わかってないな」ジョージは癇癪を起こして叫んだ。「僕に何かあったら女房がこの店を相続して、即座に売り払うぞ」

女房？


僕に向かってすぐに秘密を打ち明ける人が多いことにいつも驚かされる。おそらく僕が聞き上手だからだろう。たいていの場合、聞き手は片方の耳でかろうじて相手の話を聞きながら、次に何を言おうかと考えたり、バスの停留所で待っている魅力的な男性や女性を見つめたりしているものだ。ジャーナリストにとって、すべては相手が心を開いて話してくれるかどうかにかかっている。そのためには金庫破りのように耳をすまして、何か貴重なもののありかを伝える聞き取れないほどかすかな音を待ちかまえなければならないし、もっと話してもらうためには、質問の言葉を手術道具のように注意深く選ぶ必要がある。ジョージがアパルトマンでの夕食に僕を呼んだときから、何か話したいことがあるのははっきりしていたが、たっぷりのビールとそれとない催促のあとで、ようやく自分の悩みを話してくれたのだ。

長年のパリ生活を通じて、ジョージに惹きつけられた若い女性は数知れない。彼は颯爽としていたし、ロマンティックな理想をもち、詩人のように生きていて、おまけにハンサムだった。何度か婚約したこともある。一九四八年には両親にあてて美しい婚約者のジョゼットについて書いた。彼女は結核にかかったけれど、「父さんと母さんの新しい娘に……孫の母親に」なる人だと彼は主張した。十年以上たってから、ジョージはふたたび婚約したことを知らせた。今度の相手はサン＝ルイ島に画廊をもつコレットという女性だった。しかし、こうして幾度か愛の虜になりかけたものの、初めて結婚したのは七十歳を目前にした頃だった。

一九八〇年代初頭にイギリス人の若い女性がシェイクスピア・アンド・カンパニーを通りすぎた。彼女は美しく、独創的で、本をよく読んでおり、おそろしく鼻っ柱が強かった。あるとき、店に足を踏み入れた彼女の前に、頭のおかしな露出狂が立ちふさがった。彼女はすぐさま男のむきだしの肉にしたたか蹴りをくらわした。

「だれにでもできるもんじゃない」ジョージは感動した口ぶりで回想する。

ジョージはたちまち好きになり、彼女は上のアパルトマンで暮らしはじめ、シェイクスピア・アンド・カンパニーが発行する文芸雑誌の仕事をした。彼女は二十八歳、彼は六十八歳だったが、二人はデートをし、恋に落ち、結婚した。市役所で内々の式を挙げ、新郎の付き添いを務めたのは女性――なんと元婚約者のコレットだった。こうした選択が結婚の破綻を決定づけることになったのかもしれない。

二人にとって楽しいときもあった――いっしょにオーストラリアをまわり、アメリカにも渡り、パリのロマンスもあった。だが、やがてシェイクスピア・アンド・カンパニーが邪魔をするようになった。ジョージの妻は、大勢が共同生活する書店での暮らしが耐えがたくなり、見知らぬ人間が絶えず入りこんでくることに、神経をすりへらすその日暮らしに憤慨した。ジョージによると、彼がひたすら店のために尽くしていることをねたむようにさえなり、なぜ二人きりの生活ができないのか理解できなかった。

「図書室を広げるために金を貯めていたんだが、彼女は車をほしがったんだよ。車を！　そんなもの買って何になる？」

ジョージの世界においては確かに何にもならない。そこでは市販のゴミ袋などばからしいものと見られ、金という金はシェイクスピア・アンド・カンパニーの夢の実現のために蓄えられた。人間関係においては相手に合わせることも必要だが、ジョージはすでに七十の坂を越えていたし、昔から妥協とは無縁の人間だった。妻はまず店を出て、近くのホテルに泊まった。その後、完全にパリから出ていき、二人のコミュニケーションは、双方の弁護士のあいだでやりとりされる手紙だけになった。

結婚の際にジョージは店の三分の一を譲るという書類に署名し、彼が死亡した際には、残りの三分の二も自動的に彼女のものになるらしい。いやな思い出がある場所だから、一番高い値段を示した相手に売るだけだろうとジョージは言う。あくまでも店を買収しようとするフランス人実業家の姿勢が気がかりなのは、そういうわけである。ジョージが死ぬまで待つ覚悟があれば――いま八十六歳だから、そう遠い先のことではない――

こちらが何度申し出をはねつけようと、いずれは目標を達成するだろう。

「シェイクスピア・アンド・カンパニーが豪華ホテルになるかもしれないってことですか？」

ジョージはうなずいたきり、憂鬱そうに黙りこんだ。酒盛りの楽しい気分はとうに消え失せ、彼は額入りの写真が並ぶ壁のほうをじっと見つめていた。旧友ロレンス・ファーリンゲティの写真、店のカウンターのところにいる作家リチャード・ライトの写真、それからジョージが女性と小さな子どもといっしょにシェイクスピア・アンド・カンパニーの前に立っている正式な肖像写真のようなものが掛かっていた。

16

ここにたどりついたとき、シェイクスピア・アンド・カンパニーは僕のすべての悩みに対する解決策であるように思われた。立ち直るための場所、この先どうすべきか考えるための時間、僕自身の幻滅をまぎらすのにちょうどいい、はぐれ者の集まり。見つけたばかりの避難所が危機に瀕していることを知り、僕は新規改宗者の情熱をもって店を救う方法を考えはじめた。

実に簡単なことだと思った。四万人が店に泊まったというジョージの言葉が本当なら、それだけでも強力な援軍になる。さらに、日々増大するこの店の無数のファンや、ジョージと親しい有名人のリストを加えれば、ホテル王と闘ってシェイクスピア・アンド・カンパニーの将来を守る力は充分にあるように思えた。必要なのは適切な計画だけだ。

その夜、ベッドに寝ながら、僕の記者としての経験が役に立つはずだと思った。世間は心をゆさぶる悲劇に目がないこと、きわめて痛ましい状況であれば、すさまじい反響が返ってくる可能性があることを、記者ならみな知っている。僕の住む街でこんなことがあった。家の中でうんちをした飼い犬を懲らしめるために、飼い主の男がトラックのうしろに犬をつなぎ、かなりのスピードで家の周辺を引きずりまわした。足の肉球が舗道ですりむけ、包帯を巻いた犬の写真が僕らの新聞に載ると、飼いたいという申し出が何百件も殺到した。同じように、あるシングルマザーの一家のプレゼントがクリスマス・イブの火事ですべて燃えてしまった際には、僕らの新聞が一家を助けるためにおこなった募金運動が大成功をおさめ、翌年のクリスマスには近所の人間が火事を装い、同じ幸運にあずかろうとしたほどだった。

ジョージと話した翌朝、トーク番組の司会者オプラ・ウィンフリーに偶然出くわして、シェイクスピア・アンド・カンパニーをフランスの国定記念物にという国際的なテレビキャンペーンを展開するなどという夢想に耽っていた僕は、何も考えずに古書室の扉を開けに行った。実に無造作な動きだったので、顔を上げ、カートが深く傷ついた顔で突進してくるのを見たときはぎょっとした。

「その鍵、どこで手に入れた?」カートは僕につめよった。

ここ二日間の出来事にまぎれて、カートがこの鍵束をのどから手が出るほどほしがっていたのをすっかり忘れていた。僕はぼそぼそと説明したが、カートはまだ頰を赤くしていた。

「どうしてなんだ」カートは顔をそむけた。「ジョージはおれのこと好きじゃないのかな」

僕らは気まずい沈黙のうちに開店準備を終えた。仕事が終わると、カートはコーヒーを飲みに行くと宣言した。傷ついた関係を修復するチャンスを感じとった僕は、オプラの計画はひとまず後まわしにして、おごるよと申し出た。

書店からわずか百フィートかそこら、パリで二番目に古い木がある公園の反対側に、カフェ・パニスという至福の空間がある。ウェイターたちは粋なタキシード姿で背筋をぴんと伸ばし、店の前にきれいに並んだテーブルにカップルが肩を寄せあってすわり、メニューは毎朝ダイニングルームの黒板にチョークで書かれる。一言で言うならば、フランスのカフェの偉大なる伝統をすべて忠実に守っている店である。

ひとつにはこうした雰囲気のせいで、だが何よりも近いという理由で、このカフェはシェイクスピア・アンド・カンパニーの住人のお気に入りとなってきた。朝の仕事が終わると、店の住人は公園を横切って朝のコーヒーを飲みに行き、この往復が一日を通して数回くりかえされる。だいたいいつ行っても、少なくともひとり以上の住人が店内のバーのカウンターに本を持って寄りかかっていたり、ペンで何かを書いていたりした。パニスのほうでも彼らなりに書店の変わり者たちを歓迎してきた。ノートルダムの壮麗な姿が一望できるとあって、このカフェには名も知れぬ観光客が大挙して押しよせてくる。毎日、カメラとガイドブックを手にした群れがやってきては、メニューについて同じ質問をし、コーラ一杯の法外な値段に同じ冗談を言う。こうした名前のない群衆を相手にしているウェイターたちが、常連客に愛着を覚えるようになっても不思議はない。

常連客は便宜上ふたつに分けることができる。第一のグループはノートルダムの前やセーヌ沿いの石畳の歩道で仕事をしている街頭の似顔絵描きである。おおむねすさんだ中年男で、傑作を夢見てパリに出てきたものの、現在は一枚五十フランで恋人たちや子どもたちの木炭スケッチを即座に描き上げる仕事をしていた。みないつも不機嫌で、雨が降ればこのカフェにつめかけて天気の文句を言い、雨が降らなくてもカフェにつめかけてしみったれの観光客の文句を言い、絵がよく売れた晴れの日には、やはりカフェにつめかけて酔っぱらって騒ぎ、ウェイターを罵りはじめるのだった。

そんなわけで、ウェイターがこぞって第二のグループのほうを好んだのも驚くにはあたらない。シェイクスピア・アンド・カンパニーの住人はたいていい長らくシャワーを浴びておらず、コーヒー一杯で何時間もねばっていることが多かったが、少なくとも店にいることを楽しんでいた。その朝、カートが大股でずかずか入っていったとき、彼が特に愛されていることがすぐにわかった。オムレツを運んでいた給仕見習いが通りすがりに挨拶し、頭をつるつるに剃りあげたウェイターがすべるように出迎えに来た。

「ムッシュー・カート！　今日の調子はいかがですか」

カートは若きヘミングウェイ風のポーズをとって、ものを書く苦労について思いつきの意見を述べ、相手は好意的にうなずいていた。バーではカウンターの中にいた男が手を伸ばしてカートと握手し、僕は「ムッシュー・カートのお友だち」として歓迎された。年寄りのジャーマンシェパードまでもがよろよろと立ち上がって、カートに耳を掻いてもらいに来た。

「エイモスっていうんだ」カフェの犬が満足げに足下に落ちつくのを見て、カートは言った。

この歓迎ぶりに気をよくした彼は、僕にカフェ・ライフのコツを伝授する気になった。原則はバーにすわること。フランスのレストランにおける二段階の料金体系に引っかからないためである。カフェのテーブルにつくと、単なるカフェ・エクスプレス一杯に十五フランか二十フラン払う必要がある。ドゥ・マゴやカフェ・ド・フロールのような名店ともなると、席にすわって小さなカップでコーヒー一杯飲む権利を手に入れるだけで二十五フランもかかった。だがバーで立ち飲みすれば、一般にメニューの値段の半分ですむ。カフェ・パニスでは、ダイニングルームで十五フランするコーヒーが、カウンターなら五・五フランで飲める。

この値段は実に魅力的なので、次に学ばなければならないのは、スツールを奪取することである。パニスのバーには高いスツールが四つあり、気持ちよくすわってコーヒーが飲める。スツールをぶんどりそこねると、カウンターに寄りかかって立っていなければならず、そうなるとカフェで何時間も過ごす喜びが大幅に損なわれる。ここのスツールをめぐっては書店の連中と街頭の絵描きのあいだで絶えず争奪戦がくりひろげられているため、素早く席を確保して、断固としてすわりつづけていなければならなかった。

しかし、この日学んだ何より大事なことは、下のトイレの場所だった。清潔で広々としていて、ぴかぴかの陶製の小便器がふたつあり、きわめて快適な便器を備えた個室もある。そのうえ水とお湯の蛇口がある大きな洗面台に、大きな鏡、石鹸、タオルに加えて、温風で手を乾かすハンドドライヤーまでついていた。午前中の静かな時間なら、次の人が来る前に、股間と腋の下をさっとこすって洗い、顔を洗ってひげを剃り、乾かすこともさほど難しくはなかった。シェイクスピア・アンド・カンパニーの共同トイレの状態とシャワー設備の欠如のために、カフェ・パニスが朝、体を洗う場所となっていた。

これでもまだ足りないかのように、ニコという名で紹介された例の坊主頭のウェイターが、朝食サービスで残ったクロワッサンまで僕らにくれた。「ゴミになるものですから」いささか大仰に礼を言いはじめた僕に向かって、ニコはそう説明した。

僕らは一時間ほど気持ちよく店に居座り、トイレをたっぷり使わせてもらったが、ランチ客の群れが押しよせてきてスツールを明け渡さねばならなかった。カートはすでに失望から立ち直っている様子を見せていたが、二人で長い時間をかけてコーヒーを飲んだあと、あらためてそれがはっきりした。

「ジョージはおれが無鉄砲なのを知ってるんだ」書店に帰る道でカートは言った。「だれがどう見たって鍵を預けられるようなやつじゃない。それでいいさ。責任なんてまっぴらだよ」

僕は一日中、ジョージの注意を惹こうとした。オプラ、メディアでのキャンペーン、募金活動、記念物への指定などなど無数のアイデアが頭の中に渦巻いていた。だが、僕が近づくたびに、ジョージはやることがあると言って追い払った。まるで前日その問題を話しあったことさえなかったかのようだった。

僕は当惑していらだち、ルークが仕事を始めるまで待ってから、カウンターの脇にある古びた緑の金属製の椅子にすわりに行った。彼はエチオピアのジャズの歴史に関する本を売っているところだった。客は一週間にわたる演奏会のためにパリに来ていたキューバのミュージシャンで、当時たまたまルークはキューバに特別な興味をもっていた。第三世界の方々を旅してきたルークは、地球上の富の分配方法に疑問を抱くようになった。カストロの革命後、ハバナからサンティアゴまで実際に歩いたことがあるジョージの下で働くようになってからは、毎日のようにキューバの社会主義の偉業について聞かされていた。生来猜疑心の強いルークは、何でもすぐに信じるたちではなかったが、一、二か月キューバで過ごすのもいいかもしれないと思っていた。

「まあ自分の目で見るためにね。ここより何かましなものがあるはずだから」

ハバナの文化のすばらしい点と、カストロ政権に対して大方の人間が抱くアンビバレントな思いのあいだを行ったり来たりしながら長い会話がつづいた末に、ミュージシャンは出ていき、僕はようやく不安を打ち明けることができた。

「あの、ルーク……」

「なに悩んでるのさ」

僕はろくに息も継がずにすべてをしゃべった。フランス人実業家、豪華ホテル、ジョージの元妻……。本当とは思えないほど変なことばかりだった。

「確かにありそうな話だな」ルークは平然と答えた。「みんな言ってるよ。『ジョージがいなくなったらどうなるんだろう』って」

ルークがここで集めた情報によれば、店を守るための対策が何もないばかりか、ジョージは将来のために現実的な処置を講ずることも拒んでいるらしい。これまでの計画はどれもよくいって楽観的すぎるか、ひどい場合はまったくばかばかしいものだった。特に奇抜な策のひとつは、億万長者の慈善家ジョージ・ソロスにシェイクスピア・アンド・カンパニーを寄贈しようという面白半分の企てだった。

ジョージはかねてからソロスの社会改革運動を高く評価しており、ノーム・チョムスキーやリゴベルタ・メンチュウらの写真と並んで、ソロスの写真も店の奥の「名誉の壁」に飾られていた。そのような取り決めについてソロスと話しあったことは一度もなかったが――それどころか会ったことすらなかったのだが――ソロスなら店の理念に共鳴し、ホテル王の手から守ってくれるはずだとジョージは固く信じていた。

一年ぐらい前にジョージは立派な書類をそろえて、ソロス財団に正式な申し出を送った。「ソロス氏には富と想像力があり（ここに協会を設立するにはそのふたつが必要である）、この組み合わせは大多数の人間に欠けているものだ」とそのときジョージは書いた。だが、何の返答も来ないうちに、もっと実際的な意見が優勢になり、これまで苦労して築きあげたすべてを赤の他人に譲り渡さぬように説得された。

「だからね、ふつうに見ると簡単に解決できる問題のように見えるんだよ」とルークは話を締めくくった。「でもみんな相手がジョージだってことを忘れてる。あの人は間違ってもふつうの人間じゃないからね」

17

シェイクスピア・アンド・カンパニーは社会主義的ユートピアであることを誇りとしているが、資本主義世界の圧力からは逃れられない。店そのものの存続を脅かすホテル王の存在に加えて、住人はひとり残らず金欠に苦しみ、灰色のパリの冬をどう乗りきろうかと悩んでいた。

なかでも一番つらい思いをしているのはサイモンだった。ジョージを別にすれば、ほかに三十五歳以上の住人はいない。若者は貧乏でせっぱつまっていても、その惨めさを若いときの冒険として正当化できた。心の底では、その気になれば現実世界に戻って金になる仕事につけるとわかっていた。

しかし近頃五十六歳になったサイモンは、生活苦が深刻な不安をもたらす年齢に達していた。毎夜、古書室で崩れていく彼を見ていると、このさき安定した生活基盤を確保できる日がくるとは思えなかった。サイモンも自分の状況をすっかり悲観し、最近、インドに行く友だちに、ガンジス川のほとりのヒンドゥー教寺院に供え物をするよう頼んだという。魂が生まれ変わってまた一生苦しまないですむようにである。

ジョージと話したあと、すぐに追い出されるおそれはなくなったとサイモンに伝えたが、それもつかのまの猶予にすぎないことがわかった。サイモンは相変わらず金もなければ行くところもなく、唯一の住みかを失うというきわめて現実的な見通しに直面していた。

一番手っ取り早い解決策は仕事を見つけることだろうが、何しろサイモンは十年近く定職についたことがない。たまに観光客向けレストランのためにメニューを翻訳したり、製薬会社に勤める友人のためにちょっとした添削作業をしたりすることはあったけれど、どうにか食料とたっぷりの薬物を切らさないでいられる程度の稼ぎにしかならなかった。うまくいっても、この年齢の人間を喜んで雇うところなどないことは本人にもわかっていたし、そもそもサイモンの場合、少しでもうまくいっているときなどほとんどなかった。長年にわたるアル中や、コミューンのような書店で何年も暮らすなかで、詩人はいわば「荒野の狼」のような存在に、もはや社会にとけこめない人間になっていた。

こうしたすべてが相まって、サイモンはいささか非現実的な将来の計画を思い描くようになった。シェイクスピア・アンド・カンパニーから出ていくための資金を手に入れる方法を探していて、まず考えたのは自分の詩集を売ることだった。サーモン・プレスというアイルランドの出版社が原稿に興味を示していたので、サイモンは前払い金をあてにしていた。

「春には小切手をもらえるかもしれない」と希望に満ちた目で言っていた。

だがサイモンも僕も、実現の見込みは小さく、報酬はごくわずかであることを知っていた。現代詩が大売れすることはめったにないから、仮に詩集が出たとしても、二、三千フランの収入にしかなるまい。サン＝ジャック通りの古いオテル・デ・メディシに一週間泊まるのがやっとで、新生活を始めるどころではない。

もう少し現実的な望みは翻訳の仕事だった。サイモンは店で暮らすあいだに物書きとしてちょっとは知られるようになり、最近、カリフォルニアの出版社のためにセリーヌの戯曲『教会』を翻訳したところだった。いまや彼の目標は、ノーベル文学賞を受賞したフランスの作家でヌーヴォー・ロマンの創始者のひとりでもあるクロード・シモンの長編小説を翻訳する仕事を獲得することにあった。サイモンはすでにシモンの短編小説を訳したことがあり、計画が実現すれば、報酬は二万八千フラン、すなわち四千ドル近くになるはずだった。この店では堂々たる大金である。

「そうしたらアパルトマンを手に入れて、あのじいさんが暗黒の天使のように降りてきて、このわびしい住まいから追い出すんじゃないかっていう身も凍るような恐怖からやっと解放されて眠れるかもしれない」ある晩、いっしょに古書室の店じまいをしながらサイモンは言った。

シェイクスピア・アンド・カンパニーの他の貧しい住人たちはというと、ほとんどの者はフランスで就職する権利すらなかった。アブリミットは就労目的ではない特殊なビザをもっており、カートと僕は北米の人間ならだれでも取得できる三か月の観光ビザをもらっていたが、このビザでは一か所に定住することは認められず、ましてや仕事を見つけることなどできなかった。新しいEU労働法のおかげで、例のイタリア人女性なら名目上仕事を見つけられるはずだったが、彼女はパリにとどまるつもりはなく、すでにボローニャに帰る気でいた。

もっとも勤勉なのはアブリミットで、上の図書室でひそかに標準中国語の教室を開いていた。しかし、それでは学生用カフェテリアでの日々の食事代と、月に一度のコインランドリーでの洗濯代をまかなうのがやっとだった。カートはクレジットカードに頼って生活するしかなくなっており、ポリー・マグーズでのばか騒ぎのあとは僕も似たようなものだった。

ありがたいことに、このような苦境を一時的にしのぐ手段もいくつかあった。ジョージが昔、書店の中央の部屋にコインを投げ入れる願い事の井戸をしつらえ、金に困った者が利用できる成り行きまかせの基金をつくっていた。毎日気まぐれな観光客が硬貨を補給し、近隣の宿なしはパンや飲みものを買うために、何枚かの硬貨を自由にかき出すことができた。店の住人たちもこの基金をたっぷり利用させてもらっており、汚い硬貨の中に手を突っこむのをいとわなければ、バゲット一本と丸いブリーチーズ一個を買える小銭ぐらいはいつでも手に入った。

井戸の金も尽きたら、いつでも帽子を手にすればいいとカートと僕は考えていた。ノートルダムの前に群衆に取り入っている三人組のロマの娘がいるのを僕らは知っていた。彼女たちはボスニア難民であることを複数の言語で明記したプラスチック加工のカードをもっており、人々の憐れみを乞う小道具として赤ん坊を使っていた。ノートルダムの前で長時間物乞いをしているあいだじゅう、おんぶひもをつけた子どもを順繰りに背負っていた。ある朝、カートと僕は、彼女たちがシェイクスピア・アンド・カンパニーの前のベンチにすわって大量の五フラン、十フラン硬貨をじゃらじゃら数えているのを目撃した。その収穫を見て、僕らだって何時間か手を突き出して立っていられるはずだと思った。

まったくの冗談というわけでもなかった。僕の手もとには二、三百フランしか残っていなかったから、どんなに切りつめた生活をしても、あと一週間かそこらしかもたないはずだった。なんとかしなければならない。

僕にパリで最初の仕事を紹介してくれたのは、店の常連のひとりだった。ニックはやり手のストリート・ハスラーで、この界隈をこそこそ動きまわっている姿がよく見られた。褐色の髪をうしろで束ね、四時から八時までの時間によくシェイクスピア・アンド・カンパニーにやってきたが、この時間はかわいいイギリス人女優のソフィがカウンターの係だった。僕が彼と初めて知りあったとき、ニックは緑の椅子にぼんやりすわって、ソフィを映画に誘おうとしていた。

ニックはユーゴスラヴィア育ちで、父はアルバニア人、母はセルビア人だった。バルカン半島の情勢が悪化しだすと、彼にとっては特にまずいことになった。十代の頃の彼は、好んで黒っぽいトレンチコートを着て髪を黒く染め、特別なときには爪にも色を塗るような「ゴス」だった。一九九一年十月、ベオグラードのクラブで夜通し開かれたパーティから、全身ゴスの正装に身を固めて帰ってきたら、アパートの玄関ホールで四人の兵士が待っていた。こうして彼は軍隊に入った。

義務である一年の基礎訓練はすでに終えていたため、髪を切ってテレビン油で爪の色を落とせばさっそく実戦に出せると思われた。クラブからよろよろ帰宅してから数日後には、クロアチアが支配する村を攻撃するために、十人あまりの若い兵士とともに野原を這いずっていた。あいにく、まさにこうした攻撃から村を守るために、機関銃の射手が丘の上に配置されていた。新聞から目を上げた射手が、大型の銃に狙われながら、真っ昼間に野原を進んでくる兵士たちを見たとき、その顔に驚愕の色がうかんだのをニックは憶えている。次に気づいたときには、ニックの隣にいた若者が血しぶきをあげて爆発し、他の三人の兵士は悲鳴をあげて地面に倒れこんでいた。部隊の残りは味方の陣地まで走って帰り、激怒した指揮官はつばを吐き、翌日の報復を誓った。

ニックはこういう兵隊の仕事は自分に向いていないかもしれないと思い、ほかにできる仕事はないかどうか指揮官に訊いてみた。翌朝、ニックは大胆にも不平を述べたもうひとりの兵士といっしょにサッカー場に立っていた。二人は特別な仕事を割り当てられた。そのサッカー場には金属に触れると爆発する特殊な地雷が埋めこまれていた。ニックと相棒はファストフード店で使うようなプラスチックのフォークを渡され、地雷を探し当てるために地面をそっとつつきながら、四つんばいになって競技場を横断するよう命じられた。

一時間ばかり、ニックともうひとりの兵士は汗だくになりながら厳粛な面持ちで地面をつついた。近くの道路をごとごと走ってくるトラックを見たとき、二人の若者は顔を見合わせ、怯えた兵士同士、無言のうちに互いの考えを見抜いた。運転手は隊を離れる許可を得たという彼らの話をなかなか信じず、ベオグラードまで乗せる前にライフルと軍服を藪に捨てるよう要求した。

ニックはその後まもなくユーゴスラヴィアを出た。外国での就職に必要な正規の許可証もなく、正式な難民の認定さえ受けていなかったので、自分にできるただひとつのことをした――それは街に出ることだった。まずロンドンで海賊版のテープやビデオを売った。その後パリに来て、髪を編みこむブレイディングの屋台をやったり、歩道に広げた毛布の上で安っぽいビーズの装身具を売ったりしてきたが、僕が出会ったときには、ＦＮＡＣ（フナック）という子音の多い名前の大型百貨店をだまして金をとっていた。

この仕事のすばらしい点は、違法性がきわめて少ないところだった。パリにはフナックの店舗が数店あり、売っている品物はどこも同じだが、中央コンピューターを導入しておらず、価格決定方式も統一されていなかった。そのため、ある店舗で二十五フランの値引き品の箱に入っている音楽ＣＤが、他の店舗ではまだ定価の百フラン以上で売っているという場合も少なくなかった。ニックはこの手を思いつくと、何日もかけて値引き品の箱をあさり、返品して儲けになるＣＤを買った。値引きシールをはがして、その下にある元の値札をむきだしにするだけでよかった。フナックのチェーン店に共通の寛大な交換方針を利用して、彼は未開封のＣＤを別の店舗の店員に差し出し、誕生日プレゼントでもらったがいらないので返したいと言った。

数か月間この線で励み、数千フラン稼いだ。唯一の問題は、店員が全員彼の顔を憶えてしまったことで、そのため僕のような人間に下請けに出していた。仕事を引き受けることになった日の午後、僕はシェイクスピア・アンド・カンパニーからモンパルナスのフナックまで歩き、値札の合計が四百六十フランになる四枚のＣＤを入れた袋をニックから渡された。

「間違っても慌てるな。面倒なことにはならないから」

ニックは僕を安心させようとしていたが、フナックの外で待っているときに、変装用の大きなサングラスをかける必要を感じたという事実に僕はいささか不安になった。

CDはポップ・スターのジョニー・アリデのもので、一九六〇年代にはかわいかったが、いまでは人工染料で髪を染め、すっかり日焼けしてラスヴェガスのエルヴィスのフランス版といったところである。返品交換カウンターの若い女性に、もらったんだけどこの手の音楽はあまり好きじゃなくてと言ったら、同情してうなずいてくれた。返金伝票を書いてもらったので、五十フランの長距離用テレフォンカードを一枚買い、手に入ったばかりの現金四百十フランを持って店を出た。ニックはテレフォンカードと百フランを僕にくれた。こうして僕は新聞社を辞めて以来初めての仕事をしたのである。

残念ながら、手っ取り早く大金を稼ぐ夢は、ニックからあんたにはあまり頻繁に頼めないなと言われて砕け散った。「その顔だよ。あんた変わった顔してるからな」ニックは僕の大きく突き出た鼻と肩までの赤毛を身ぶりで示した。「店員に憶えられる」

だが、節約が死活問題となる人間にとって、ジョージのそばほどありがたい場所はなかった。

替えのシャツとペーパーバック一冊だけを持って世界中を旅したジョージは、つましく暮らすすべをはるか昔に学んだ。大恐慌時代に鉄道旅行をしたときには、一回の食事と交換で庭仕事をさせてもらったり、八セントの豆の缶詰を買う金が集まるまで街の広場で物乞いをしたりした。「いつもポケットが小銭でいっぱいになるまで物乞いをつづけるやつもいた」とジョージは回想する。「僕は豆が買えればそれでよかった。ほかに何が要る？」ジョージが海員証を取得したのは、船の寝台の値段が高いからでもあった。「友だちは船でヨーロッパまで行くのに二百ドル払っていたけど、僕は二百ドルポケットに入れたまま同じ船から降りるんだ」

本屋を始めてからは、こうして身につけた知恵が何よりも大きな威力を発揮した。自分の服は手洗いし、きわめて簡素な食事をし、映画館もレストランも避けた。この方法により店のわずかな売上で生きていけたばかりか、どうにかみんなに食事を提供し、さらに店を拡張しつづけるための金を貯めることもできたのである。

こうして七十年が過ぎたいま、ジョージはたったの一フランを信じられないほど引きのばして使うことができた。どんなパンも古すぎるということはなく、どんなチーズの皮もひからびすぎていることはなかった。僕はあるとき、ピクルスの瓶を洗おうとして中に残っていた汁を流しに捨て、こっぴどく叱られた。「ごちそうじゃないか！　それでスープをつくれるのに。前はよくピクルスの汁を飲んでたんだぞ」とジョージはどなった。「何様のつもりだ？　ロックフェラーか？」

ジョージの暮らしぶりを見ているだけで、日々、極度の節約というものの勉強になった。ピーマンを二、三フランでも安く買うために何マイルも歩き、安売りの食料雑貨店でほんのわずかな主要食品を買い、着るものはもっぱら教会のバザーでまかなっていた。キッチンでは一枚のアルミ箔を黒ずんでぼろぼろになるまで使いまわし、紅茶はティーバッグで買うより少し安くなるからとまとめ買いした。

このような規律によってシェイクスピア・アンド・カンパニーは生きのびてきたのであり、半世紀にわたって無料の食事と宿を提供できたのもそのおかげだった。ジョージは金銭こそが人を奴隷化する最大の原因であることを悟り、金銭への依存を減らすことで、人間を束縛する社会の支配力を弱めることができると思っていた。

「みんな自分は働きすぎだ、でも、もっと稼がなきゃと言う」ジョージは僕に言った。「そんなことして何になる。できるだけ少ない金で暮らして、家族といっしょに過ごしたり、トルストイを読んだり、本屋をやったりすればいいじゃないか。ばかな話だ」

彼の指導のもとで、僕は数フランしか使わずに何日も過ごせるようになった。それでもジョージはまだまだだと言う。キッチンの掃除をしていたとき、スープのクルトン用にとっておくべきパンの耳を捨てているところをジョージに見つかった。その後、脂でべったり汚れたビニール袋をゴミ箱に捨てたのに彼が気づいて大問題になった。

「なんてことをするんだ」彼は絶望して頭を抱えた。「こういう袋はお客さんのためにとっておくんだ。よく洗うんだ、捨てるんじゃない。いつになったらわかるんだ」

だんだんわかってきました、と僕は言った。少しずつわかりかけてきた。

18

目もくらむような光がいきなり出現し、僕は朦朧とした眠りの中で、秘密警察か、宇宙人か、それとも世に言う死後の世界へのトンネルかとさえ思った。聞き覚えのある高笑いがして、シェイクスピア・アンド・カンパニーでまた新たな一日が明けただけだとわかった。

「パンケーキだぞ！　上にパンケーキがあるぞ！」

目を開けると、まばゆい光を放つ懐中電灯を持ち、いたずら小僧のようなにやにや笑いをうかべたジョージが僕を見下ろしていた。目的をはたした彼は、急いで立ち去り、カートにも同じように目覚ましサービスを実施していた。カートはすでに図書室の正面の部屋にあるエステバンが使っていたベッドに移っていた。僕はフィクション・ルームの闇の中、ふらふらする頭で服を手探りしながら、今度はいったい何事かとひたすら驚くばかりだった。

「ねぼすけめ！」僕とカートが三階の部屋に着くと、アブリミットが叫んだ。「やっと起きたな！　さあ、パンケーキを食べるんだ！」

これもまたこの店の大事な伝統のひとつだった。四十年以上にわたり、ジョージは毎週日曜の朝になると、泊まり客にパンケーキの朝食をふるまってきた。少なくとも週に一度はみんなで食事をともにできるようにである。確かに全員が顔をそろえたのを見るのは、ポリー・マグーズの一夜以来だった。ただひとりサイモンがいなかったが、あいつは何年もパンケーキの朝食のために起きてきたためしがないと不機嫌そうな返事が返ってきた。

ジョージはネルのパジャマに穴だらけのスリッパをはき、キッチンで生地をかきまぜていた。何枚ものパンケーキがすでに火にかけられ、カウンターの上には淹れたてのコーヒーのポットがあった。フランスの乳製品メーカーの多くはヨーグルトをガラスの小瓶に詰めて売っており、ほとんどの消費者は食べたら瓶を捨ててしまう。彼はこの瓶を再利用して、クリップからストロベリーアイスクリームに至るありとあらゆるものを入れており、いま僕らは朝のコーヒーのぬくもりを求めてこの瓶を手でつつんでいた。

僕は例のイタリア人女性の隣にすわった。彼女はアブリミットに向かって、ジョージがボローニャから来た客を特に好む理由を説明している最中だった。ボローニャはヨーロッパ最古の大学の所在地であるばかりでなく、イタリア共産党の拠点でもあるからだという。アブリミットはさっそく政治について論じようとしたが、彼女はイタリア・パルチザンの歌「ベッラ・チャオ」の、心をふるいたたせるようなくりかえし部分を歌って相手の声をかき消し、キッチンのジョージはリズムに合わせて鍋を叩いた。

歌が終わり、ジョージはキッチンから出てきて、パンケーキをみんなの皿の上にぺたぺた置きはじめた。タピオカのように白っぽく、でこぼこした代物だった。パンケーキ用のシロップが金属製のポットに入っていたが、カエデの木からとれたものなどではない。ジョージは値段が安いという理由で糖蜜を薄めて使っており、それを僕の皿にさじですくうと、全部食べろと促した。

僕はフォークでパンケーキを押さえ、覚悟を決めることにした。いつも朝は食欲がないほうだったし、伝統はともあれ、この朝食はおいしそうには見えなかった。イタリア人女性はカエルを解剖するかのようにパンケーキにナイフを入れ、カートは肘で僕をそっと小突いた。「けっこうやばいかもよ」とささやく。「ジョージは同じ生地をひと月も使うことがあるからな」

噛んでみた。まずいというわけではないが、これまで出会ったどんなパンケーキとも似ても似つかない味がした。糖蜜のくどいほどの甘みに、生地がよく混ざっていない部分は塩の味がして、全体には、だまの多い小麦粉の練り粉の味と舌ざわりがした。だが、僕が無理やり一枚食べようとしているあいだに、アブリミットは喜んで二枚目、三枚目をむしゃむしゃ食べていた。

「豪勢だなあ！」自分の分のパンケーキを持ってジョージがようやく席につくと、アブリミットが突然言った。いささかあやしげな食事ではあったものの、異を唱える者はいなかったはずだ。

日曜日はシェイクスピア・アンド・カンパニーがもっとも忙しい日で、ジョージは客が押しよせる前に店内をすっかりきれいにするよう住人たちに指示した。カートは店内全体に掃除機をかけるよう命じられ、アブリミットは窓ふき、イタリア人女性は棚の整理をすることになった。僕は店の正面にあるタイルの床を磨くことになったが、この作業にジョージは特別な関心をよせていた。過去五十年間、自分以外にこの仕事をきちんとできた人間はひとりもいない、と断言した。

「膝をついてこすらなきゃだめだ。しっかりこするんだぞ」と言いながら、バケツとくたびれたワイヤーブラシ、磨き粉の缶を僕に手渡した。

床には一週間分の汚れがこびりつき、さび色とクリーム色のタイルは古すぎて、いずれも灰色っぽく黒ずんでいたから、これはなかなか骨の折れる仕事だった。ブラシに少しだけ残っていたワイヤーもへたっていてあまり役に立たなかったが、それでも僕は三十分ばかり汗水たらして働いた。これほど熱心に掃除したのは生まれて初めてだった。気に入られたいという熱望に、ジョージに負けたくないという競争心が油を注いだ。作業が終わると、ぴかぴかになったとはいえないまでも、これ以上ないほどきれいになったという自信があった。

「見ろ！」僕の仕事を点検していたジョージが不満の声を洩らした。カウンターの下の隅にわずかな汚れが残っていたのを指さすと、ジョージは膝をついて汚れをこすり、立ち上がった。

「ふん！　近頃のやつは仕事のやり方ってものを知らんな」そう言うと、鼻歌をうたいながら別の場所を点検しに行った。

店が開くと、僕は古書室の持ち場に向かったが、ドアを開けたら、サイモンがベッドで死んだように眠っていた。

「寝過ごした?」ジョージがもう隣の店のカウンターにいると聞いて、サイモンはうめいた。

寝ぼけ声で、体もうまく動かない様子なので、見つかる前に服を着て出ていけないのではないかと心配した。だがちゃんと準備ができていた。彼は毎晩、店に帰る直前に、カフェ・パニスで持ち帰りのダブルエスプレッソを注文することにしていた。そして朝すばやく起きるために、そのプラスチック・カップをベッドから手の届くところに置いていた。

見ていると、詩人は冷えたコーヒーを一息で飲みほし、ほうれん草を食べたポパイのようにぱっと立ち上がって急いで服を着た。店から追放されている昼間、サイモンはさまざまな図書館や美術館、博物館で過ごしていた。暖かいし、静かに本を読むこともできるからだ。サイモンは帽子をかぶると、ポンピドゥー・センターの図書館に行くと言った。

「きみがうらやましいとは思わないね」急いで店を出ながら彼は言った。「日曜のここはひどいもんだからね。客がうじゃうじゃ押しよせてくる。うじゃうじゃうじゃ」

確かに続々と押しよせてくる人の群れを見て、サイモンがたまに閉じこもっていた理由が初めてわかった。ひっきりなしにドアが開き、冷たい風が流れこみ、ばかげた質問を絶えず浴びせられた。「ウィリアム・シェイクスピアは本当にここに住んでいたんですか？」著しく間違った情報を仕入れてきた客からそう訊かれたこともある。

一度ジョージが入ってきて、いっしょにいた紳士を文芸誌『パリス・レヴュー』の編集者だと紹介し、彼も店に住んでいたことがあるんだと言った。紳士は僕に挨拶し、ジョージは本を見てまわる彼をおいて出ていった。しばらくして、数ページ分のタイプ原稿をつかんだカートが飛びこんできた。

「『パリス・レヴュー』の人いる？」とつめよる。これはまずいと思い、わざと黙っていたが、無駄だった。古書室の中には二人の男性がおり、カートは近くにいた相手をいきなりつかまえた。

「あんた編集の人？」

ドイツ人の観光客は怯えた様子で首を横に振り、本物の編集者は奥のほうに後ずさった。カートは足をひきずる兎を襲う鷹のように飛びかかった。

「これを出版してもらいたいんだ」と『ビデオラングラー』の一章分を相手の手に押しつける。

編集者は苦しげな顔をし、持ち込み原稿の山に苦労しているところだが読んでみようと答えた。背中を数回、力いっぱい叩かれてから、編集者はそそくさと立ち去った。ちょっと厚かましいんじゃないのと僕はカートに言った。

「こうでもしなきゃチャンスなんてつかめないだろ」カートは鼻で笑った。

店番の苦労はやがて報われた。ゲイルという名の元気いっぱいの若い女性が、焼きたてのパンを入れたかごを持って店先にあらわれたのだ。店の住人は貧乏で有名だったので、余分なバゲットや食料品の袋に至るまで、よくカウンターに差し入れがあった。なかでもゲイルの差し入れは一番の楽しみだった。彼女はニュージーランド大使館のシェフで、パンの味からもわかるように料理の達人だった。

もうひとつうれしい驚きは、ゲイルの恋人がだれかわかったことだ。彼は桜の木の下にあるベンチにすわり、両切り煙草をふかしながら闘牛の本を読んでいた。

闘牛に関しては賛否両論ある。人と獣を闘わせるすばらしいスポーツだという者もいれば、文明人であるはずの観客の娯楽のために動物を愚弄し、苦しめ、殺すのは残酷だと主張する者もいる。何の意見ももたない人間はめったにいない。

スペインやメキシコで見られる伝統的な闘牛は三つの部分からなる。まず雄牛を怒らせ、馬に乗ったピカドールが牛のまわりを回り、牛の首に色鮮やかなリボンのついた槍を突き刺す。これが終わる頃には雄牛の脇腹を血が流れ落ち、リボンも赤く染まっている。次の段階はよく知られているもので、マタドールがケープを振りまわして、牛に突進するようけしかけ、さっと身をかわしてやりすごす。牛が疲れてきたら、最後の段階が始まる。マタドールが牛に近づいて、その目を見つめ、肩胛骨のあいだに剣を突き刺す。闘牛士がお辞儀をするかたわらで、雄牛は去勢牛の一団に引きずっていかれ、闘牛場の砂の上に血の跡が残る。

ゲイルの恋人トムと少し話しただけで、彼が人間と動物の闘いをたたえるこのスポーツを高く評価していることがわかった。

僕が目撃できた唯一のプロの闘牛はポルトガルの闘牛で、僕はこのときの経験から、闘牛というスポーツは牛を殺さなければもっと楽しめると考えるようになった。ポルトガルの闘牛は、初めのふたつの段階は同じだが、最後が違う。あれほどおもしろい見物はめったにない。

マタドールが退場すると、白い服を着た十三人の男たちが入場し、怒れる雄牛と対決する。真っ赤な縁なし帽をかぶったリーダー以外は全員が白い縁なし帽をかぶり、牛の向かい側に一列に並び、蛇のようにじりじりと近づいていく。牛が突進すると、赤い帽子の男が牛の頭に飛びかかる。角のあいだに飛びついて、牛の目をふさごうとするのだ。二番目の男が牛の背後に走っていき、牛の動きを抑えようとしっぽを引っぱり、残りの十一人も牛に組みついて押さえつけようとする。牛が膝をついたら、牛を征服したと見なされる。牛の苦労に謝意を表して、きれいな雌牛の群れが連れてこられ、雄牛は雌牛たちの性器を嗅がせてもらい、そのあとについて退場する。

いままさに牛の頭に飛びつこうとする瞬間には、ワールドカップのＰＫ戦並みの緊迫感がみなぎる。僕がポルトガルの闘牛場で過ごした日には六頭の雄牛が出た。三回は一度飛びついただけでうまく牛を抑えることができたが、二回は二度目にやっと成功し、最後の回など、十三人の男たちは四回も苦心して牛に近づかなければならず、赤い帽子の男は牛に三度も放り投げられ、歩くのがやっとというありさまだった。むこうみずな勇気とは、突進する雄牛の前に立ち、その頭に飛びつこうとする男のことだと僕は思う。

トムはこうしたより人道的な闘牛についてはあまり聞いたことがなく、さらに僕がそれを生き生きと再現してみせたのが効いたのか、考える価値があると認めた。こうして男同士の議論の絆が生まれてから、僕はバーナード・ショーの戯曲はおもしろかったかと訊いた。うれしいことに、彼は上着のポケットからショーの本を取り出し、本を貸してくれてありがとうと何度も感謝した。疑った自分がケチな人間に思えて、僕はトムに風をよけられる古書室の中の席を提供した。

トムに関して驚いた点のひとつは——特に例の朝食のあとだったので——その名字だった。彼はトマス・パンケーキという名で通っており、まさしくこの名で呼ばれる資格があった。トムの話によれば、父親はスペリー・パンケーキという名で、赤ん坊のとき、ジェネラルミルズ社のパンケーキ・ミックスの箱に写真が出たこともあったという。

トムは前年、チェコ共和国行きの飛行機の切符とギターを持ってポートランドを出た。チェコで英語を教える仕事につくことになっていた。給料をめぐる校長との諍いが放火事件にまで発展し、トムはモロッコに向かった。そこでアラビア語を習い、一匹の野良猫を飼いはじめ、旅人仲間からロンドン市外の家にただで住まないかと誘われた。イギリスに向かう途中、六十時間以上もバスに乗っていたから、ちょっとパリで降りて歩いてみることにした。

パリに着いた最初の晩、セーヌの東側にある橋の下で眠り、夜明けにギターケースを盗まれた。いつもギターといっしょに寝ていたが、ケースには服や洗面用具、北アフリカを出る際に安く買った数カートンの煙草がぎっしり詰まっていた。一日に両切りのラッキーストライクを二箱吸うトムにとって、これは大変な痛手だった。がっくりとうなだれてセーヌに沿って歩いていくと、シェイクスピア・アンド・カンパニーの前を通りすぎた。冷えた体を二、三時間温めるつもりで入っただけだったが、結局モロッコの猫ごと店に転がりこむことになった。

それが十二月のことで、その後、猫は逃げ、トムはゲイルに恋をした。ニュージーランド大使館でいっしょに暮らさないかという優しい誘いを受けて、二、三週間前に店から引っ越したところだった。

「彼女のこと、ずっといいなと思ってたんだ」トムはそう言ってウィンクした。

噂をすれば影で、店のあちこちにパンを配り終えたゲイルが戻ってきた。上機嫌なゲイルは僕ら二人をコーヒーに誘ってくれた。カフェ・パニスで僕らは素早くスツールをぶんどり、ニコとおしゃべりした。ゲイルは犬のエイモスにやる余ったパンのかけらまで持ってきていた。

店に戻ると、お茶会の真っ最中だった。イヴはカスタードクッキーを配ってまわり、大鍋の紅茶をかきまぜていた。片目の犬を連れた女性や、前の週に見た風変わりな人々の多くも来ていた。少数の新顔はびっくりして目を丸くしているからすぐにわかった。彼らの当惑を見ていると、僕自身がシェイクスピア・アンド・カンパニーに来てからまだ一週間しかたっていないのが信じられなかった。

最後の客が帰ると、僕はイヴがカップを洗い、部屋を片づけるのを手伝った。お茶会そのものにはめったに姿を見せないジョージが少ししてやってきて、僕らを夕食に誘った。チキンとラタトゥイユと中国産ビールのごちそうだった。

食事中、ジョージはあれこれイヴの世話を焼き、彼女のグラスに酒を注いだり、チキンの一番いい部分が彼女のところに行くよう気を配った。「彼女は僕のかわいいナスターシャ・フィリッポヴナなんだ！」彼は輝くような笑顔で、イヴを『白痴』のヒロインになぞらえた。「僕を本当に愛してくれるのは彼女だけだ」

イヴはそれに応えて、ジョージの頬にキスをした。八十六歳の男性が少年のように顔を赤らめるのを初めて見た。

ジョージがすこぶる上機嫌なので、店の将来の話を持ち出そうかとも思ったが、言っても無駄だと思った。彼が自分のペースで物事を進める人間なのははっきりしていたから、僕はただゆったりすわってこの夜を楽しむことにした。ジョージは長椅子の下から電子オルガンを引っぱりだしてきて、青島ビールですっかりほろ酔い加減になっていた僕ら三人は、シェイクスピア・アンド・カンパニーの公式ソングを歌った。

冷たい雨の夜に
パリの街にやってきて
シェイクスピア書店を見つけたら
ほっとするかもしれません

そこにはたいそう親切で賢明な
モットーがあるのです
見知らぬ人に冷たくするな
変装した天使かもしれないから

さらにビールが開けられ、頬へのキスがつづき、ジョージは僕の肩に腕をまわして言った。「同志よ、きみが僕のささやかな店に来てくれてよかった」

19

長年にわたって、シェイクスピア・アンド・カンパニーの遺産を守るために力を貸したいという申し出が数多く寄せられた。僕のようにたまたま店に立ち寄って心を打たれ、これが失われるかもしれないという事実に仰天した人間からの申し出もあれば、こうした文学史の宝庫の保存に献身的に取り組むおせっかいな人々もいた。だが、だれよりも真剣に助けようとしたのは、ジョージにとって大切な二人の男性、弟のカールと旧友ロレンス・ファーリンゲティだった。

カール・ホイットマンはウォルト・ホイットマンとグレースの末っ子で、ジョージの肉親で生き残っているのはこの弟だけだった。年が十一歳も離れていたので、子どもの頃、兄弟のあいだにはいくぶん距離があった。カールは兄に憧れていたが、年が近ければ生まれたかもしれない深い絆で二人が結ばれることはなかった。それ以外にも二人のあいだには微妙な溝があったが、これは宗教をめぐる両親の姿勢の違いによるものだった。

ジョージの父はニューイングランドの農家に生まれ、鋭い知性のおもむくままに大学で学び、その後、教師となり、教科書も執筆した。読書家で、歴史が好きで、世界中を旅してまわった。特筆すべきは、宗教についてはどっちつかずだったという点である。公然たる無神論者というわけではなく、単に科学とこの世の驚異に夢中で、聖なる問題について考える時間がなかったのである。一方、グレース・ホイットマンの生い立ちは夫と正反対だった。彼女は家にお抱え運転手がいて、東海岸でもっとも早い時期にロールスロイスを手に入れた裕福な家で育った。だが、それ以上に大きかったのは、宗教上の違いだった。グレースは筋金入りの長老派の信徒で、教会にすべてを捧げた女性だった。自分の子どもたちにも、わが身をイエスに捧げるよう説得し、ジョージは十三歳のとき、次のような文書にサインした。「力を得るために主イエス・キリストを信じ、神が私にお望みになることは何でもするよう努めることを約束します」――グレースは総じて夫のやり方には不満をもっていた。後年、ウォルトはホイットマン家の三階に引きこもり、本と雑誌に囲まれて暮らすようになった。

このような家庭で、子どもたちがどちらかの側につくことになっても不思議ではない。ジョージと妹のメアリは父親の歩んだ道に引きつけられた。メアリも宗教に関してはどっちつかずの態度をとり、父のように学問の世界に入った。コロンビア大学で哲学の博士号を取得後、名門女子大ウェルズリー・カレッジ、ついでヴァッサー・カレッジで教えた。一方、ジョージは神を否定する説を知ったときから無神論者を名のるようになり、書かれた言葉に生涯を捧げた。しかしカールは母親の世界を受け入れた。一家の牧師になじめずに、子どものときに自分の教会を選び、それ以来ずっと敬虔な信者だった。

カールは絶えず両方の世界を行き来してきたようだ。工学を学ぶためにコーネル大学に通い、第二次大戦中は海軍に引っぱられた。任務のため真珠湾に向かう途中、日本に原爆が落とされ、終戦が宣言された。家に戻ると、どの道を選ぶか悩んだ。家族あての手紙でジョージの数々の冒険を知り、彼の社会主義の講釈もだいたい納得できた。しかし両親は、教職につき、もっと安定した暮らしをめざして努力したほうがいいと強く勧めた。つねづね兄を尊敬していたカールは、旅の暮らしが自分に合っているかどうか、しばらく試してみることにした。国中をヒッチハイクでまわり、炭鉱で働き、鉄道のレールを敷き、カニ漁船の荷下ろしをした。一九五〇年代に母親とパリを訪れた際には、兄の熱心な勧めでロシアにまで行ったことがある。

結局、驚くにはあたらないだろうが、カールは中道を選んだ。学者兼活動家になったのである。修士号を取得したとき、彼はナッシュヴィルのフィスク大学で最初の白人学生だった。ここは一八六六年に解放奴隷の教育のために創設された大学である。まずフィスク大学の教授となり、その後フロリダA&M大学に移ると、学内の組合に関わるようになり、中米からの避難民のために働いた。ラテンアメリカの抑圧、貧困と闘うキリスト教団体「平和のための証人」でボランティア活動を始めたのも、この時期である。この団体の活動には特に熱心に取り組み、ついには幹部まで務めた。

兄と弟の人生は、家族との関係においてさらに大きく分かれた。カールは母と親しい関係を保ち、のちに結婚して四人の子どもをもうけた。一方、ジョージはめったに実家に帰らず、父親の葬儀やカールの結婚式といった重大な行事にも出席しなかった。家族はジョージのよそよそしい態度や、パリで書店を開くという決断に大きな懸念を抱き、グレースは一九五二年に夫が亡くなったあと三年間もジョージの分の遺産を渡さなかった。かつて息子の放浪の旅や共産主義について期待したように、今度も一時的なことにすぎず、いずれ帰国するだろうと期待していたのだ。

しかし、家族関係はむしろ悪化した。妹の急死という衝撃的な出来事があった際には、電報を受け取ったあとジョージは一週間以上も連絡をとらなかった。メアリ・ホイットマンは一九五〇年代に入る頃にはバッファロー大学で教えていた。ある晩、自宅で客をもてなしていたとき、夕食の席で食べものがのどに詰まり、バスルームに引き下がった。ステーキのかけらが気道をふさぎ、友人が駆けつけたときにはもう手遅れだった。メアリは一九五六年、四十一歳で急逝した。ジョージはようやく書いた家族への手紙の中で、自動車事故のせいで連絡が遅れたと弁解し、疎遠になっていることをわびた。

僕ら家族は肝心なときに力になれないことが多いような気がします――メアリや家族について何年も前からいろいろ聞いていたのに――それどころか、メアリが一九四六年に僕のトーントン・ブック・ラウンジにやってきたときから、彼女がせっぱつまっていることがよくわかっていたのに、消極的なせいで充分に励ましてやれなかった……。兄としての愛情が足りず、メアリが困難な時期を乗りきるのを助けて、いっしょに問題を解決してやれなかった。結局のところ、精神科医なんてものは、家族が与えられないものの埋め合わせにすぎないのだから。

葬儀に出なかったことや、遺産をもらうのが遅れたことに対するジョージの怒りもあって、母親との関係は悪化した。後年、ジョージは母親を深く恨むようになり、赤ん坊のジョージを母乳で育てなかったことから、罰として幼いジョージをかんだことまで、あらゆることで母親を非難した。だから一九七九年、グレース・ホイットマンの死に際して、ジョージがやはり葬儀に出席できなくても、だれも驚かなかった。

だがジョージとカールの兄弟がともに並はずれた生命力に恵まれているのは明らかだった。カールは七十歳で大学から引退すると、ニカラグアとグアテマラのジャングルを歩きまわり、「平和のための証人」の仕事の一環として、残虐行為の調査をし、貧しい村人を助けた。僕が店にいた頃、カールは七十六歳で、アフリカ、アジア、東欧を絶えず飛びまわっていた。国際教育プログラムのために各地の大学をまわって教えている妻もいっしょだった。

時がたつにつれ、二人の男は友情を育む努力をした。カールはしばしばジョージに手紙を書き、パリを通るたびに店に泊まるようになった。店を救うアイデアを思いついたのは、そんなふうに店を訪れた折りのことだった。

カールはシェイクスピア・アンド・カンパニーの将来が不確かなことを知っており、最善の策は非営利の財団を設立することだと考えた。財団がジョージなきあとの店を守り、店の歴史的地位を確実なものにしてくれるはずだった。そのためにはまず店の所有する歴史的資料を売却し、その資金で店を管理する非営利財団をつくればいいと判断した。

シェイクスピア・アンド・カンパニーに保存されている資料は確かに貴重なものだ。数多くの箱やファイルに混じって、店の創業に関わる書類や、五十年にわたりさまざまな作家から送られた書簡などもあった。アナイス・ニンの刺激的なコレクションや、歴史家のハワード・ジン、画家のマックス・エルンストといった人々の手紙、J・D・サリンジャーからの短い手紙まである。店で開かれた何百回もの朗読会やサイン会のポスター、ジョージがシルヴィア・ビーチから受け継いだジョイスの『ユリシーズ』の最初の二冊、グレアム・グリーンの旧蔵書などの初版本・稀覯本もあった。グリーンの旧蔵書は、作家の死後、ジョージがなんとか手に入れたものだ。

資料の中には、店から出ていたさまざまな文芸雑誌の記録もあった。アレグザンダー・トロッキの『マーリン』やジャン・ファンシェットの『トゥー・シティーズ』などである。トロッキのヘロインとの闘いや、ジャン・ジュネ、ヘンリー・ミラー、サミュエル・ベケットとの仕事についてもきちんと記録されているが、ジョージはむしろ穏やかな口調のファンシェットのほうを懐かしく憶えていると言う。モーリシャス出身の精神分析医であったファンシェットは、ジョージと組んで、店の二階の図書室で雑誌『トゥー・シティーズ』を五年以上も出しつづけた。この時期にジョージはファンシェットをロレンス・ダレルに紹介し、ダレルはやがてファンシェットの友人にして相談相手となった。

仕上げは、四十年にわたって店の泊まり客が書き残したささやかな自伝の数々である。アレン・ギンズバーグからジョン・デンヴァーに至るありとあらゆる人々が走り書きした人生の物語が店のあちこちにしまわれており、シェイクスピア・アンド・カンパニーを通りすぎた何千人もの生をかいま見るという魅惑的な機会を与えてくれる。驚いたことに、自伝には同じテーマがくりかえしあらわれる。主流文化に幻滅し、痛手から立ち直るための場所を求め、世界をよりよくしたいと切望する者たち。ジョージに言わせれば、一九五〇年代から六〇年代の客と現在の客が大きく異なる唯一の点は、育った家庭環境にある。「昔は離婚なんてあまり見なかった。いまじゃだれもが崩壊した家庭で育っているみたいだ」とジョージは僕に言った。

カールはこうした歴史的資料についてすでにボストン大学に相談したことがあり、先方は大いに関心を示した。パリで弁護士に会い、この計画について話しあったことさえある。ところがジョージはこの案を拒否した。資料を手放す前に、まずきちんと整理する必要があったからだ――仮住まいの住人によるずさんな作業ではなく、資格をもった司書が正式な目録づくりをしなければならない。アメリカからプロのアーキビストが協力を申し出て、費用を切りつめるため店に住みこんでもいいとまで言ってくれた。それでも時給二十ドルはかかるので、どこまでも倹約を貫くジョージはそれだけの出費に尻込みしたのである。

それでもまだ公的な財団を設立するという案は選択肢に入っていた。理事会と定款のある、国から認可された財団になれば、書店の将来は保障される。ジョージの旧友ファーリンゲティは自分のシティ・ライツ書店をこの方法で守り、ジョージにも同じことを勧めていた。

ファーリンゲティはソルボンヌで博士号を取得後、一九五〇年にパリを離れた。ジョージがル・ミストラルを開く前の年のことだ。一九五三年、ファーリンゲティはパートナーのピーター・マーティンとともにサンフランシスコでシティ・ライツ書店を始めた。彼の望みは「古代から現代に至るあらゆる時代の作家たちの絶え間ない対話の場」をつくりだすことにあった。

ファーリンゲティはまさにそれをなしとげた。店を中心とする文学的コミュニティをはぐくみ、住所不定の作家が手紙を受け取れるように手紙入れを設置し、シティ・ライツ出版を立ち上げた。そしてジャック・ケルアックやポール・ボウルズの作品を含めて二百冊近い本を出版した。ファーリンゲティがギンズバーグの詩集『吠える』の出版によって猥褻裁判の被告になると、シティ・ライツは表現の自由の象徴となった。ファーリンゲティは自身の作品でも称賛を博し、とりわけ詩集『精神のコニーアイランド』は一九七〇年代アメリカ詩のベストセラーのひとつとなった。

一九一九年生まれのファーリンゲティはジョージより六歳下だが、すでに店の将来の問題に立ち向かってきた。サンフランシスコ市もシティ・ライツ財団の設立を支援した。もっぱら文学・教養の涵養を目的とする非営利の文化教育団体である。理想を言えば、これこそジョージがパリですべきことだった。シェイクスピア・アンド・カンパニーとシティ・ライツは姉妹店なので、ジョージがファーリンゲティの財団に加わるという話さえあった。

「ジョージは別れた奥さんに店を相続させたくなかった。彼女は店をずいぶん恨んでいたからね」ファーリンゲティは回想した。「僕はその案を支持した。そうすれば僕らの店が正式に姉妹店になれると思ったんだ」

しかし、いくつもの障害があった。まず第一に、シェイクスピア・アンド・カンパニーの会計システムの問題があった。ジョージは昔からこうした商売上の実務に弱く、大学で上級会計理論の講座をとったときに二回も不可になったのも納得がいく。店における簿記は、主として緑色の元帳に架空の数字を鉛筆で書き入れる作業から成り立っており、収入や支出を把握するきちんとした方法などなかった。店の税金を処理している会計係は、ジョージが愛情をこめて「ミセス・ジンジャーブレッド」と呼んでいる女性で、執行吏を寄せつけないようにしてくれていたが、非営利財団として認可されるには、公に認められた会計システムを採用しなければならないだろう。これだけでも膨大な手間がかかる見込みで、シティ・ライツの弁護士たちは事務処理の状況を調べると、すぐさまファーリンゲティに決定を先延ばしするよう忠告した。

それ以上に心配なのは、シェイクスピア・アンド・カンパニーがなんらかの公的な認可を得るには、何十万フランもかけて修理、改修する必要があることだった。特に怪しいのは電気系統だ。その証拠に一九九〇年七月、店内で大きな火事が発生して、四千冊以上の本がだめになり、図書室の梁はまだそのときの煤で黒ずんでいた。作家のクリストファー・ソーヤー＝ローサノはそのとき店に泊まっていた。好評を博したポール・ボウルズの伝記を出版したあと、第二次大戦後のパリに集まったアメリカ人作家たちに関する著書『絶えざる遍歴』の調査をしているところだった。彼がジョージのオフィスにいたとき図書室で火事が起き、ほとばしる黒煙や、くすぶる本が店の前の遊歩道に山のように積み上がったさまを目撃した。ジョージが店の前に立ち、労働運動家ジョー・ヒルの有名な言葉を引いてみんなを激励していた姿も憶えているという。「嘆くな——団結せよ！」被害は甚大だったが、驚くべきは、これほどショッキングなかたちで危険性を思い知らされても、市の安全条例に従う努力をいっさいしなかったことだ。市役所の職員は正面の扉の幅から非常口の欠如に至るまで、ありとあらゆることに文句をつけた。

いかなる財団をつくるにせよ、最大の障害はジョージその人であることが明らかになった。何しろ五十年かけてシェイクスピア・アンド・カンパニーを築きあげてきたのだし、物事のやり方に関してはきわめて独特な考え方を貫く人でもあった。旧友のファーリンゲティであろうと財団の理事会であろうと、まだ支配権を譲るつもりはなかった。シェイクスピア・アンド・カンパニーは彼の情熱であり、人生であり、子どものようなものだった。最終的に、シティ・ライツと複合財団を設立する準備のためにファーリンゲティに送金する数日前になって、ジョージはひとりでやっていくことを決意した。

20

書店の新しい住人のことを聞いたのは、「サンドイッチ・クィーン」の店に行ったときだった。

パリの安いメシに関するカートの授業はつづいており、その日の午後は安売りサンドイッチの大いなる魅力について教えてもらった。書店を出るとき、カートは陽気な口調で授業料は今日の昼飯代でいいと言った。人におごれる身分ではなかったが、かといって断る気にもなれず、いっしょにさらなる食の冒険に繰り出すことになった。

「大丈夫、それだけの価値はあるって」と彼は強調した。「あそこのサンドイッチはここらじゃ有名なんだぜ」

書店を出て角をひとつ曲がったサン＝ジャック通りの、ポリー・マグーズの二、三軒手前に、大方の人が気づかずに通りすぎてしまう間口の狭い店があった。片腕を伸ばしたほどの幅しかないが、器用な職人がその空間をサンドイッチ・カウンターに変えていた。丸々とふとったカンボジア人女性がひとり、セロハンで包んだバゲットの並ぶガラスケースの向こうに立っている。これがサンドイッチ・クィーンのチュイで、左岸で金欠に苦しむ者たちの行きつけの店だった。

チュイはそれ相応の丁重な挨拶をしてから、サンドイッチの山をひっかきまわして、誇らしげに商品を見せた。チキンもあれば魚もあり、カマンベール、カニもどき、それからもちろん、至るところで見られる、ハムとチーズの「ジャンボン・フロマージュ」もあった。肉はみな少々変色し、パンには時たま青カビの小さな点がついていたが、何しろ一フィートもあるバゲットのサンドイッチと人気の缶飲料がたったの二十フランである。

「これで一日もたせられる」なるべく細菌に汚染されていないサンドイッチを見きわめようとしていたとき、カートがアドバイスした。「昼に半分食って、残りを夕飯にすればバッチリだぜ」

サンドイッチを持って桜の木の下に腰をおろすと、もう新入りに会ったかとカートが訊いた。彼の話によると、朝、店内の本を見てまわっていた若い女がいて、カートは彼女にシェイクスピア・アンド・カンパニーのすばらしさについて話したのだという。一時間かそこらでその女性はスーツケースを下げて戻ってきて、ジョージに泊めてほしいと言ったそうだ。

「『北回帰線』を薦めたら、彼女買ったよ」カートはにやにやして言った。

カートは悪名高い女たらしで、店を通りすぎる大勢の魅力的な若い女性たちをいつも見張っていた。ヘンリー・ミラーかアナイス・ニンの本を買う女は手近なセックスに関心があると信じており、この説を実証すべく絶えず小説売り場をうろついていた。どうやら何も知らない実験材料が彼の実験室に迷いこんだらしい。

「あんたの好きなタイプだと思うよ」彼はわざと媚びるようなウィンクをしてみせた。

カートがそういう判断に適した人間なのかどうかわからず、僕は卵とトマトのサンドイッチを黙々と食べていた。パンはかなり古くなっていて、力いっぱい顎を動かさなければならなかったが、それをぬかせば充分に食べごたえのある食事になってくれた。今度もまたカートが教えてくれたことに感謝しなければならなかった。

その晩は店で朗読会があったので、古書室を閉めたあと、聴衆に混じって席についた。アイルランド人の女性がエロティックなダンスをしながらジョイスとワイルドを朗読するという会が始まるところで、室内には興味津々のまなざしがあふれていた。

この店では開店当初からずっと朗読会が開かれてきており、ウィリアム・サローヤンからウィリアム・スタイロンまで、ありとあらゆる作家が二階の図書室で文学ファンに囲まれて話をしてきた。質の高い読者、違いのわかる人々を引きつけるシェイクスピア・アンド・カンパニーの評判はかつて天下にとどろき、カナダの作家モルデカイ・リッチラーの小説『バーニーの告白』の中には、若い作家が店に集まった聴衆に感銘を与えることに失敗し、恥をかくという場面まである。しかし、今回、アイルランド人女性がみだらな身ぶりをしながら図書室内を猛然と動きまわり、金切り声で『フィネガンズ・ウェイク』の文章を読んでいる姿を見ていて、ギンズバーグとコーソがここで定期的に作品を朗読していた栄光の時代からレベルが落ちたのかもしれないと思った。

拍手すべきかどうかとまどう気まずい間が聴衆のあいだに流れたあと、閉会が宣言された。室内はたちまちがらんとしたが、編んだ髪を長く垂らし、小麦色の肌をした女性が残り、窓際でアブリミットと並んですわっていた。黒い空洞のような目をした女性で、気がつくと、僕は彼女の瞳孔と虹彩の境目はどこにあるのだろうかと考えていた。

アブリミットが僕らを引きあわせてくれて助かった。おかげで、ぽかんと見とれていたばつの悪さが少しは埋めあわされた。彼女は笑顔で挨拶してくれたが、僕はしどろもどろで、トイレだの本だのを口実に逃げ出した。これがシェイクスピア・アンド・カンパニーの一番新しい住人、ナディアだった。

翌日は市の立つ日で、僕は光栄にもジョージの買い物のお供を務めることになった。毎朝、パリのさまざまな場所で青空市場が開かれ、果物や野菜、魚、チーズ、その他ほとんどあらゆるものを、食料雑貨品店より格安で販売する。もっとも有名なのはバスティーユのマルシェだが、さらに安く、無秩序な市が、ベルヴィル、ラ・シャペル、アリーグル広場で開かれる。われわれシェイクスピア・アンド・カンパニーの者には、幸運にもすぐ先のモーベール広場の小さなマルシェがあった。

週に三回、ジョージは露店のあいだをうろつき、ズッキーニをもう一山値切り、店じまいする直前にニンジンの値段を負けさせ、タマネギを一個おまけするように求めた。ここでは奥の手がある。午前の終わりにマルシェが閉まると、翌日までもたない商品はみな空の枠箱に放りこまれ、そのまま放置されるのだ。こうした売れ残り品をちょっとあさるだけで、ほとんどなんでも見つかるから、界隈の住民はみなマルシェが閉まるのを待ってから自分たちの買い物をした。その日はふつうに買った野菜のほかに、煮るのによさそうなリンゴ半袋、わずかに傷のあるナス、運よく道ばたの溝に落ちていたジャガイモまで見つけた。

買い物袋を店まで運びながら、僕はナディアについて訊いてみるチャンスだと思った。ジョージは怪訝な顔で僕を見ただけだった。

「彼女の自伝はとてもよかった。どうした、惚れたか?」

「まさか」僕は精いっぱいまじめな声で答えた。「われらがファミリーの新入りに興味があるだけですよ」その話題はそれきりになり、僕らは食料品を三階のアパルトマンまで運び、ジョージは昼食の用意にとりかかった。野菜シチューに入れるゆでだんごをつくっていたとき、いきなり自分のおでこをぴしゃりと叩いた。

「塩を下のオフィスに忘れてきた。取ってきてくれるか?」

目の前の棚に申し分なさそうな塩の箱があったが、これじゃないと言いはるので、急いで下に行った。小さなキッチンで別の塩の箱が簡単に見つかったが、僕の目にとまったのは、ジョージの机の上にある一枚の紙だった。ナディアの自伝だ。

ナディアはチャウシェスクによる恐怖政治の時代にルーマニアで生まれた。当時はまだほんの子どもだったが、「国民の館」を建造するために、ブカレスト中心部の歴史ある一郭がつぶされたときのことを憶えている。「国民の館」とは、ペンタゴンに次いで世界で二番目に巨大な建物となる大統領宮殿に独裁者がつけた、歪んだ共産主義用語の呼び名だった。一九八九年にチャウシェスクが権力の座から引きずりおろされると、ナディアの両親はどうにかアメリカへのビザを手に入れ、アリゾナ州に移り住んだ。当時中学生だったナディアにとって、アメリカへの移住は完全なカルチャーショックだった――新しい言語、物質的頽廃、人々の楽観主義、東欧にはなかった明るさ。

無理もないことだが、彼女はアメリカの田舎町の生活になじめず、みじめな高校生活を送ったあと、そこから逃げ出す決意をした。それはコロンビア大学で美術を学ぶための奨学金を得ることで実現した。ニューヨークの多様な文化と混沌に囲まれて暮らすうちに、ふたたび状況が理解できるようになり、幸福に似たものを感じた。教授たちの評価は高かったが、奨学金は更新されず、ナディアは学校を移らなければならなかった。怒りを抱え、描く作品は暗くなり、物の見方はシニカルになり、そして不意に別の場所に行きたくなった。

パリのことを考えたのはそのときだった。ものを書いたり絵を描いたりするために、できればただそこで暮らしたくて、フランスに来た。まずレピュブリック広場に近いホテルに泊まり、何か闇でできる仕事を見つけて部屋代にあてるつもりだった。だが仕事は見つからず、金が尽きかけた頃、書店を訪れ、カートからジョージの寛大さについて聞いたのだった。

その後、カフカの短編集を読んでいるナディアを見かけた僕は、話をするチャンスだと思ってすかさず声をかけた。

「ヘンリー・ミラーを読んでいたんじゃなかったの」そう話しかけながら、声の震えに気づかれないように祈った。

「だれに聞いたの？」彼女は食ってかかった。

僕はあわてふためいて、カートがその本を薦めたというようなことを聞いたから、ともごもご答えた。ナディアは鼻で笑っただけだった。

「あいつが『北回帰線』を押しつけたのよ。あんなくだらない本を買ったのは、泊まるところが必要だったし、そのほうが店に入りやすくなると思ったからよ」

僕はそれ以上怒りを買うのを恐れ、「断食芸人」を読みつづける彼女をおいて、すごすごと立ち去った。

翌朝、カフェ・パニスのトイレを借りに行くと、新しい住人をどう思うかとカートに訊かれた。「美人で頭がいい。でも確かにちょっときついね」僕は答えた。「なっ、そう思うだろ？」カートはすかさず言った。「おれが何か言うと必ずこきおろすんだ。女には気をつけろよ。男心をずたずたにするからな」

だれもがひとつやふたつはとっておきの悲しい話をもっているものだが、カートも例外ではなかった。すわってコーヒーをちびちび飲みながら、カートはニューヨークを離れた本当の理由を教えてくれた。

まだフロリダにいた頃の初恋の相手だった。カートに言わせると、ものすごくワイルドで、ものすごく美人で、知りあう前はモデルの仕事もしていたという。二人は小さな田舎町でじっとしていられなくなり、成功をめざしてニューヨークに向かった。『ビデオランググラー』の台本が行きづまって、家賃を払うためにふたつの仕事をかけもちしなければならず、カートの夢は無惨にも大都市の現実という壁にぶち当たった。二人の愛は日ごとにカートのいらだちに蝕まれていった。

カートは恋人が空き時間に何をしているのか疑念を抱くようになった。彼女がアパートを出るとあとをつけるようになり、ある日、ホテルのロビーに着いた彼女を、別の男が立ち上がって迎えるのを見た。二人は親密な恋人同士のように口づけを交わし、彼女は男についてエレベーターに向かった。カートは打ちのめされたが、見事に場面を演じようとした。フロントに行って、落ちついた声で部屋の番号を訊いた。イチゴとシャンパンのトレーにサインⅠ入りのカードを添えて部屋まで届けさせると、ホテルを出た。

いい話だし、話し終えたカートの目にきらりと光るものがあったと断言してもいいくらいだった。しかしカートが両手の親指と人差し指で四角いフレームをつくり、ホテルを出ていく想像上の自分の姿を切りとるのを見て、ちょっと面食らった。

「ちょうどケーリー・グラントの映画みたいにね」

21

長年の共産主義者にしては、ジョージはなかなか抜け目のないビジネスセンスの持ち主だった。商売の世界に初めて足を踏み入れたのは、まだ故郷セーレムにいた少年時代のことだった。ホイットマン家の向かいに住んでいた男性は社交的な大酒飲みで、地元の瓶詰め工場で働いていた。当時、食器棚にワインの瓶がある家庭はめったになかったので、この酔っぱらいは近所でもめずらしい存在で、ジョージ少年は当然のことながらこの手の人物と親しくなった。特別に暑い夏のこと、ジョージが男の勤める工場からオレンジ、レモン、サルサパリラのソーダを割引値段でケース買いし、街角で一本ずつ売るという取り決めが結ばれた。その後、近所の家への健康グッズの訪問販売に切り替えたが、農業の道に入ると決めたときに、その事業もやめ、両親の地下室を肥料だらけにしてきのこ農場を始めようとした。

高校に入ったジョージはホイットマン・マルティプル・プロダクツ社の名で初めて本物の商売に乗り出し、レターヘッドで「文房具、ノベルティ、ボート、グライダー、ラジオ、家電、オートバイ、本、おもちゃ、印刷、あらゆる一般商品」の販売を謳った。大人になってからは本を売る仕事に興味をもった。第二次大戦中の兵役期間の最後には、マサチューセッツ州トーントンにあった軍の病院で夜勤をし、空き時間にトーントン・ブック・ラウンジという書店兼読書室を開いたが、これは短期間しかつづかなかった。その後、ヨーロッパに発つ前に、セーレムを拠点にしてザ・ロスト・フィービという書籍通販会社を始めた。パリに着いてからは、ノートルダム向かいの貴重な場所を見つける前に、まずモンソー公園に近いクルセル大通りで英語書籍の店をやってみた。

書籍販売は富を得る確実な道とはいいがたく、ジョージはシェイクスピア・アンド・カンパニーをつぶさないために持ち前の商才をフルに活用しなければならなかった。観光客に売るポストカードを印刷し、教会のバザーで安く仕入れた中古本に大幅に高い値段をつけて売り、定価販売の新刊のあいだに比較的きれいな古本をまぎれこませ、真夜中まで店を開けて売上全体の不足を補おうとした。それでも足りないと、文字どおり訪問販売に出かけた。これまでで一番ありがたかったのは、『北回帰線』がアメリカで発禁になったときだ。ジョージはパリのアメリカ人学生たちの住まいを訪ね、猥褻な本を買わないかともちかけた。断る者はまずいなかった。

だからといって、ジョージが自分の商売の勘を特に誇りに思っているというわけではない。そうするしかないと知っているだけである。革命が起こるまで、この資本主義社会で生きていくしかない以上、できるかぎり害をおよぼさないようなやり方で経済に参加するという道を彼は選んだ。ジョージに言わせれば、ひたすら利潤を追求するシステムの最大の問題点のひとつは、人々が仲間に害をなすことで報酬を得るという点にあった。食品会社は食品に砂糖と塩を山のように入れることで売上を伸ばし、メーカーは労組の工場を閉鎖し、医療保険をカットすることでコストを下げ、石油会社はロビイストに金を払って環境保護の法律を阻止させることで自社の株式価値をつりあげる。

「どっちかと言うと無料で本を貸し出す図書館をやりたかったんだが、商売をしているという事実からは逃れられない」ジョージはそう言って正当化してみせた。「少なくとも本を売っていれば、だれも傷つけずにすむ」

こうした商売の経験すべてがいまこそ威力を発揮しようとしていた。僕が店の暮らしになじむと、ジョージは注文の手伝いや書類の整理などを口実に時々僕を自分のオフィスに呼ぶようになったが、たいていは単に話がしたいだけだった。至急話しあいたいことがあるときは、僕を捜し出して、いますぐ上に来るよう求めた。だが、むろんジョージのことだから、ストレートにはいかない。

たとえば、僕がカウンターでピアとしゃべっていたときにジョージが来たことがある。ピアが店のために企画していた中国の旧正月のパーティについて話していた。ピアもジヨージと同じく中国に関するものならなんでも大好きで、フォードのモデルだった母親が上海の歴史的地区に関する本をつくるのを手伝った関係で、中国国内を広く旅してまわったこともある。いずれは中国現代美術を売買するつもりで、アブリミットから標準中国語のレッスンまで受けており、簡単な会話ならできるようになっていた。

中国はその二月に、中国暦で四六九七年の辰年になろうとしていた。ピアがシェイクスピア・アンド・カンパニーで開くお祝いについて説明していたところへ、ジョージが戸口に姿を見せた。彼はしばらく耳をかたむけてから、本をあちこちに動かしはじめ、店内のひどい状態について文句を言った。最後に憤慨した様子で僕のほうを向き、「同志、のどがかわいてるんじゃないか」とぼそりと言った。

合図を受けとった僕は、ピアにじゃあねと言い、今度は何の話かと彼のオフィスまでとぼとぼ上がっていった。ドアを閉めた室内で、僕はジョージが攻撃は最大の防御という哲学の信奉者であるのを知ることになった。例のホテル王がすぐそばに迫り、店の将来がセーヌのように不透明な状況の中で、適切な対策は店を拡大することだと決意したのである。

シェイクスピア・アンド・カンパニーの建物には空いているアパルトマンがあった。ジョージが愛用する三階の隠れ家の、廊下をはさんだ向かい側だ。このアパルトマンからもシテ島が見え、サン＝ルイ島とその向こうを望む東側の大きな窓もある。ジョージはそこに図書室を拡大し、会議を開いたり、活動家を泊めたりできる場所にしたいと長年夢見てきた。

「国境なき医師団の医者やアメリカの援助活動家がアフリカへ向かう途中、シェイクスピア・アンド・カンパニーに泊まるようになる」と彼は予想した。

何年も前からジョージはそのアパルトマンを注意深く見張ってきた。前の所有者が亡くなったあと、子どもたちが受け継いでいたが、だれも入居しておらず、パリの不動産価格の上昇で、いずれは売りに出されるはずだった。ジョージがそこを買うことができれば、書物の殿堂は完成したことになり、自分がなしとげたことにようやく満足できるだろう。

「この店の宝になるぞ。完璧だろう?」

まるっきり筋が違う、と内心思ったが、ジョージは物事の道理などというつまらぬことを気にする人間ではなかった。エネルギーの使い道を間違えているのではないかなどと心配することはいっさいなく、例のフランス人実業家より先にそのアパルトマンを入手できるかどうかだけを気にしていた。金額を上げ、最初に申し込めば、自分のほうに売ってもらえるはずだと信じていた。

「二百万フランあればいいだけだ」にんまり笑って彼は断言した。

二百万フランといえば三十万ドル以上にあたり、かなりの大金だが、ジョージはひるまなかった。ベストセラーを出して必要な資金を集める、と彼は宣言した。特別に凝ったものではなく、写真とシェイクスピア・アンド・カンパニーに関するエッセイを収めたシンプルな蛇腹折り、ラミネート加工のリーフレットである。一部二十五フランで十万部売れるはずだから、転がりこんできた金でアパルトマンが買えるというわけだ。

実はそれほど荒唐無稽な話でもない。ジョージは長年にわたり出版活動で実績をあげてきた。高校では『ザ・リフレクター』という雑誌を編集、発行していたが、これには「詩のコーナー」などもあり、ホイットマン・マルティプル・プロダクツ社の広告も数か所に載っていた。ボストン大学では『ボストン大学ニュース』の広告部長を務め、その後そこから分かれて自分の新聞『ザ・キャンパス・クリティック』を始めた。自分の書店をもつと、そこはさまざまな出版活動が入り乱れる拠点となった。支援していた各種の文芸誌に加えて、ジョージ自身も一九七〇年代に『パリス・マガジン』を創刊し、第一号は一万部も売れた。店が火事で大損害を受けた際には、『写真と詩でつづるある書店の伝記』を出し、何年かのちには自伝を集めた『変装した天使』を出版し、これはいまでも店のベストセラーの地位を保っている。彼が製作したポストカードもつねに小銭を稼いでいる。

今回のプロジェクトのために、すでにルークがスカウトされていた。彼は最近新しいコンピューターを買ったばかりで、あらゆる最新ソフトの海賊版を片っ端からダウンロードしていた。シェイクスピア・アンド・カンパニーの出版の伝統に加われるのがうれしくて、リーフレットのデザインもすると申し出ていた。僕が編集を手伝うことになれば、ジョージが負うべきコストは印刷代だけだが、それは十万フランでできるはずだという。

このような有望な事業に参加できるのは光栄だったけれど、ほかの問題が気になってならなかった。

「そのお金でファーリンゲティのところみたいに財団をつくったほうが賢明なんじゃないですか？　店を守るためのものを」僕は勇気をふるって訊いてみた。

「なんだと？」ジョージは即座にかみついた。「きみはどっちの味方なんだ。手伝うのか、手伝わないのか、どっちだ」

答えはイエスだったから、僕は口をつぐんだ。

店の混乱と不安定をなんとかして受け入れようとしても、心配からは逃れられなかった。隣のアパルトマンを手に入れようとするジョージの計画に手を貸すようになっても、まだ何か隠していることがあるのではないか、財団をつくろうとしない理由が、せめて信頼できる後継者を選ぶことさえしない理由があるのではないかという疑いが脳裏から離れなかった。はたして、ある日の午後、四つんばいになってジョージの机の下を捜しまわっていた僕は、その答えを見つけた。

ジョージの大いなる悩みのひとつは、絶えずどこかに鍵を置き忘れることだった。キッチンの豆の瓶のうしろに置き忘れたこともあれば、小説の棚のエイミスとアトウッドの隙間に落ちていたこともあり、机の向こう側からすべり落ちて、壁との隙間にはまりこんでいたこともあった。そのとき僕が捜していたのはこの壁との隙間で——すでにしわくちゃの二百フラン札四枚とバゲット半分、スプーン三本、絹のエルメスのネクタイを発掘したあとで、イギリスの切手を貼り、やや子どもっぽい字で走り書きしたはがきを見つけた。ジョージあてだが、驚いたことに「パパ」という呼びかけで始まっていた。

「これは？」机の下から頭を突き出して僕は訊いた。「きみには関係ない」

「よこせ！」ジョージは叫んでひったくった。

　僕に背を向けると、長いあいだ、深いため息をつきながら、はがきを見つめていた。

「話せば長くなる」ジョージはようやく口を開いた。

　実はジョージには跡継ぎがいた。結婚して間もない頃、ジョージと妻のあいだに女の子が生まれた。ジョージの長い人生の中でも最大の驚異のひとつである。おまけに子どもをもうけたときは六十八歳だったのだから、実に恐るべき精力だ。

　娘は一九八一年、四月一日のエイプリル・フールに生まれた。金髪の巻き毛に父親ゆずりの青い目をした輝くような赤ん坊だった。両親は元祖シェイクスピア・アンド・カンパニーの創業者にちなんで、娘の名をシルヴィア・ビーチ・ホイットマンにした。こうして小さな女の子にとって風変わりな生活が始まった。一家が暮らす三階のアパルトマンには、何千冊もの本が並び、バスカヴィルという名のジャーマンシェパードがいたばかりでなく、ひっきりなしに奇人変人の群れがやってきて、長椅子で寝たり、日曜日のお茶会に参加したりした。

めまぐるしい生活だった。シルヴィアは作家や女優をベビーシッターにして育った。詩人のテッド・ジョーンズは彼女の成長に大いに関心を寄せ、詩を書いてそれを朗読するよう励ました。一方、ジョージは毎晩娘が寝る前に『不思議の国のアリス』や『クマのプーさん』の初版本を読んでやり、昼間は彼女を膝にのせて客の相手をした。シルヴィアはシェイクスピア・アンド・カンパニーのお姫様のような存在になった。最初からジョージはシルヴィアが店を引き継ぐ運命にあると信じていたのだ。

しかし、その後夫婦間の問題が始まり、書店での共同生活のストレスが家族の危機をもたらした。娘をかくもひどい混乱状態の中で育てることに妻は不安を覚え、つかのまの「おばさん」や「おじさん」が旅をつづけるため店を離れるたびにシルヴィアが急に泣きだすようになったのを見て、特に心配になった。

シルヴィアが六歳になると、母親はもうたくさんだと思い、娘を連れてパリを離れた。二人はイギリスに移り住み、子どもの養育権と扶養料をめぐる論争が定番となった。ジョージは長年切りつめた生活をしてきたため、だれもがわずかなもので生きていけるはずだと信じていた。妻は成長していく幼い娘に少しは快適な生活をさせるべきだと考え、もっと子どもの扶養料を払えと絶えずジョージに迫った。往々にして几帳面とはほど遠いジョージ流のやり方のせいで、支払いの遅れのことでももめるようになった。間もなく定期的にあるはずだったシルヴィアの訪問が間遠になり、夏休みを店で過ごすという予定も取り消された。この冬にも先方の弁護士からシルヴィアの大学教育のためにさらに金を送るよう要求する手紙が届いていた。

シルヴィア本人はというと、この前のクリスマスには彼女からカードが届いたし、僕が机の下で見つけたはがきは二年前に来たものだった。だがジョージはもう五年も娘に会っていないと硬い表情で語った。

「一度、娘がたまたまパリに来て、店に顔を出したことがあったんだが、五分で逃げ出した」と悲しげに回想した。

だが、それでもジョージは娘がいつかシェイクスピア・アンド・カンパニーを引き継いでくれることを夢見ていた。だからこそ財団の設立を延期し、シティ・ライツと協力するのを拒み、店を拡大しようとしているのだ。

「あの子はきっとここを好きになるはずだ。母親の手紙によると、女優になりたがっているそうだ。いいじゃないか、シェイクスピア・アンド・カンパニーは世界一のステージになるかもしれない」

ようやくわかった。ようやく僕にも手伝えることがあると思った。シルヴィアに連絡して、店に連れてきて、父親が築きあげたものを好きになってもらえばいい。

「だめだめ。きみは何もわかっちゃいない」ジョージは手で一蹴してみせた。「母親が僕に対する敵意を吹きこんでいるんだから。娘をトロイの木馬にして店を乗っ取るかもしれない。女房はここをめちゃめちゃにするだろう。僕が言ったことは忘れてくれ」

もちろんそうだ。何を考えていたのだろう。店を守るために財団を設立する代わりに、娘が店を継ぎにくるのを待つ気なのだ。だがそうするわけにもいかないから、代わりにアパルトマンを買おうとしている。何もかも火を見るより明らかだった。ウサギの穴から飛びこんだシェイクスピア・アンド・カンパニーの世界では、下は上、白は黒で、まともなものなど何ひとつない。

22

こうして仕事に明け暮れる日々が始まった。ジョージはリーフレットを復活祭までに完成させるという考えにとりつかれていた。夏に観光客が殺到するのを利用して、アパルトマンの資金を素早く調達するためである。僕らはちょうどいい写真を求めて長時間ファイルをめくり、ジョージは夜遅くまで机にすわり、先が丸くなった鉛筆でエッセイの下書きを書いていた。レイアウトのアイデアがうかぶと、ジョージが糊とはさみで見本をつくり、それから延々とルークのアパルトマンに通って写真をスキャンし、レイアウトのサンプルを印刷した。

毎日のように気まぐれを起こし、絶えず指示を変えるジョージは、僕がいっしょに働いたなかでもっとも要求の厳しい編集長だった。写真をほんの少し明るくしろとかタイトルを別の書体にしろなどとしょっちゅう要求し、時には過去をすっかり修整しようとした。

ジョージはカウンターにすわっている十年前の自分の写真をリーフレットに入れようと考えた。数時間捜して写真は見つかったものの、指からぶらさがった煙草もいっしょに写っていて、彼はがっかりした。昔、何年も喫煙していたことがあり、泊まっていたサン＝ミシェル大通りのホテルの部屋は、濛々たる紫煙のせいで「オールド・スモーキー・リーディング・ルーム」という名で知られるようになったほどだった。父親（彼は「おやじ」と呼んでいた）への手紙でも次のように認めている。「まずもっとも恥さらしな事実から始めたほうがいいでしょう。僕は年間百五十ドルも煙草に使っているのです」もっと金を送ってもらうためにこう書いたのだった。最終的には健康への懸念から煙草をやめ、いまでは熱心な禁煙派で、店の住人たちに始終説教し、置き忘れた煙草の箱を店内で見つけるとつぶしてしまった。信憑性を高めるために、昔煙草に手を出していた証拠を消そうとやっきになっていた。そのためルークは証拠写真を持ち帰ってスキャナーで読みこみ、フォトショップの魔法で注意深く煙草を消すよう命じられたのである。

こうした仕事への熱意がまわりの人間にも伝染した。ある朝、サイモンは隆とした背広を着こみ、フランスの出版社に翻訳の企画を持ちこむために急いで出ていった。出版社の返事を待てるように、友人が古い携帯電話まで持たせてくれた。

「本物のリチャード・ブランソンみたいだろ?」携帯電話のちっぽけなボタンに目を凝らしながら、サイモンは自分をヴァージン・グループの会長になぞらえた。「ブリーフケースも買って、毎朝『ル・モンド・エコノミーク』を読もうかな」

上の図書室ではアブリミットが文法書を脇にのけ、電卓片手に商売の計画を練っていた。中国生まれの彼はいまや熱心な資本主義者に生まれ変わり、アメリカに渡れるビザを手に入れようと努力していた。ビザがおりるのを待ちながら、ちょっとした金になるはずの計画を企てていた。

フランスの鶏肉生産者は鶏の足を切り捨ててから加工する。だが鶏の足はアジアでは一般的な食材なので、アブリミットは中国に送るために、数トン分を安く買う交渉をしていた。すべての必要経費と出資者への配当金を差し引いても、それなりの利益を出すためには、鶏の足をどれだけ売る必要があるか、はじきだそうとしていた。

「金だよ、金が世界を支配してるんだ」冷凍コンテナ一立方フィートあたりのコストを分析しながら彼は強調した。

僕とカートもそんな気がしていた。二人ともほとんど一文なしで、チュイのサンドイッチの恩恵に浴しながらも、もう何日も本当に腹いっぱい食べたことがなかった。シェイクスピア・アンド・カンパニーにたどりつく前にすでにかなりやせていた僕は、いまや体重百五十五ポンドにまで落ち、ズボンがずり落ちないように釘と金づちでベルトの穴を追加しなければならなかった。パリで貧しい芸術家の暮らしをするのはロマンティックなことだと思いこもうとしても、銀行のカードが機能しなくなったときに湧き起こるひそかな不安を消し去るのは難しかった。

カートはすでにすこぶる見通しの甘い金儲け作戦を試していた。実際以上によく写った自分の写真がたまっていたので、モデルとして売りこむためのポートフォリオをまとめ、モデル事務所を次々にまわった。二十五歳では年がいきすぎていると言われ、しょんぼりと帰ってきたが、ルックスのおかげで思いがけず得をすることも確かにあった。その頃、クルトという若いドイツ人がわれらがカートに夢中になった。クルトは店をうろつくようになり、カートに高いランチをおごり、ガウチョがかぶっていたようなしゃれたフェドーラ帽を贈ったことさえあった。一番の山場は、クルトがバイエルンの恐ろしく高価なスパですごす週末を、飛行機代も何もかも込みでカートにプレゼントしたときだった。カートに言い寄っても断られ、クルトは落胆していたが、それでもなかなか楽しい時をすごした。

「温泉はいいよ」ストロベリーシードと粘土のフェイシャル・トリートメントのおかげですべすべになった肌で闊歩しながらカートは勧めた。「すごい効果だよ」

だからといってカートのポケットに実際に金が入るわけでもなく、僕らの窮乏はつづいた。労働許可証がなくてもパリで働く道はいろいろある。レストランで下働きをするとか、時給で英語を教えるとか、七区のブルジョアの子どものベビーシッターをするなどである。しかし、こうした仕事はあまりに夢がないように思えたのだろう。カートと僕はもっと手の込んだ計画を夢想した。

ひっきりなしにやってくる観光客の群れを利用するという案が一番魅力的だった。この書店はほとんどのパリのガイドブックに載っているから、観光客が楽しげにおしゃべりしながらぞろぞろ店に入ってくる。みな本の山と、その中で暮らしているボヘミアンの物書きを見て興奮し、休暇用にためた多額の金を湯水のように使っていた。

カートと僕は丸々としたヌーの群れを物欲しげに見る飢えたジャッカルのように観光客を観察するようになった。せっかくの休暇に彩りを添えるために、店に泊まっている物書きはみな明日のヘミングウェイだと信じたがる客も大勢いた。実のところ、毎年店を通過する無数の詩人や書き手のうち、いつか本を出せるのはひとにぎりにすぎない。だがカートと僕は何しろ金がなかったので、こうした幻想を満足させてはいけない理由はないはずだと考えた。

上の図書室に古い金属製のタイプライターと傷だらけで味わいのある古びた木の机があった。僕らはこれを店の前に置き、一ページ十フランで短編小説を売るという計画を立てた。二人で大儲けを夢見ているところにナディアがやってきて、参加させろと言った。彼女は看板を描く仕事を引き受けた。三人で一本のワインを空けたあと、こんなスローガンを思いついた。「短編小説売ります。一ページ十フラン。タイプミス無料」

看板を乾かしているときに、ジョージがふらりと通りかかった。「追いはぎだな！」と断定し、ナディアのほうを身ぶりで示して付け加えた。「金を払う価値があるのは彼女だけだ。この中で一番いい書き手になる」

ジョージがさらに高笑いするかたわらで、ナディアの顔がなんとも魅力的な薔薇色に染まった。


次の日の午後、僕らは店の前に机を出して看板を掲げた。灰色の雨空が何日もつづいたあとで、雲はほとんど白く、時たま陽も射す天気だった。幸先がいいと思った。

カートが進んで一番手を務めた。さっそくヨーロッパ旅行中のオーストラリア人女性が二人近づいてきて、このハンサムな男性は歩道に机とタイプライターを出して何をするのかしらといぶかった。カートはものの十五秒で二人を説得して短編の注文をとりつけると、猛然とキーを叩きだし、みだらなパリのロマンスを数ページひねり出した。素早く六十フランも儲けて、客のひとりから近くのバーで飲みものをおごると言われるや席を立ってしまった。

代わりに僕が席についたが、たちまちパニックに襲われた。途中で書けなくなったらどうしよう？　即興でどんな話が書けるんだろう？　僕はだれも来なければいいのにと思いはじめ、例の競争心のスイッチが入らなければ、すっかりやめていたところだった。幸い、最初に近寄ってきたのはフェルナンダだった。彼女に会うのは長い時間をかけて店まで歩いたあの日以来のことで、僕が店に泊めてもらえたのを知って喜んでくれた。

フェルナンダは短編を一本買うと言ってきかず、僕はタイプライターの前で書く態勢をとった。何を書いたか記録するためにあらかじめ買っておいたカーボン紙を機械に挟もうとして指が青く汚れた。何も出てこなかったらどうしようという恐怖にとらわれたが、ふとノートルダムに目をやると、フェルナンダが僕のために祈ってくれたことを思い出した。僕は、目の手術のあと、ノートルダムの中で待つ男の話を書いた。その日は医者から包帯を取ってもいいと言われていた日で、男はまず一番にノートルダムの美しさを目にしたかったのだ。フェルナンダはその話を読むと、長いあいだ僕を抱きしめた。

僕は店に越してきてから初めて、シェイクスピア・アンド・カンパニーの外にも人生があることを思い出した。ジョージの奇妙な世界に夢中になるあまり、カフェ・パニスや学生用カフェテリアより遠くへは行かず、一回に一時間以上店を離れるようなことも絶えてなかった。一時的に生活を立て直したことを家族に電話で知らせることすらしなかった。フェルナンダが帰る前に、僕らは週の後半にきっとルーヴルで会おうと計画した。現実の世界にもう一度出会うためである。

短編を一本書きあげただけでへとへとになり、こんなにつらい思いをして稼いだお金は初めてだと思った。ありがたいことにそこへナディアがやってきて、僕のくたびれようをからかい、いそいそと仕事を引き継いだ。それから二時間、彼女は無数の人物と声が登場する見事な短編を九本も書き、客は彼女の作品を大いにほめそやした。ある有名な紳士（『スポーツ・イラストレイティッド』誌の花形フットボール記者ドクターZだった）は短編を二本買った。しかも一本のほうは最初の一文を指定したうえでだったが、それは彼がつねづね書きたいと思っていた長編小説の一行目だった。

ナディアはその日、短編小説スタンドのスターであり、カートと僕は自尊心をいたく傷つけられた。そこで、こっそり立ち去って、その日の儲けで慰めとなるワインを一本買わずにはいられなかった。

23

まだおわかりでなければあらためて言うが、シェイクスピア・アンド・カンパニーはきれいにしておくのが著しく困難な場所である。まず古いという純然たる事実がある。店の前の道路は西暦四〇〇年から絶え間なく使われてきたもので、一二〇二年に正式にパリの通りとなった。ビュシュリという通りの名からして起源が古く、フランス語で薪を意味する「ビュシュ」という語に由来する。何百年も前、このあたりは「薪の港」として知られ、パリで使われる薪のすべてが、現在の書店から数フィートのところに船で到着したからだ。

ジョージによれば、シェイクスピア・アンド・カンパニーの建物は、十六世紀の修道院の土台の上に建てられたという話で、彼はみずからを昔ここに暮らしていた修道僧に――訪問者を歓迎するために灯火を絶やさず、なかば宗教的な献身の情で古い書物や迷える人々の面倒を見ていた「灯火係の僧（フレール・ランピエ）」になぞらえる。一七〇〇年代初頭に修道院は集合住宅に取って代わられ、ビュシュリ通り三七番地そのものが、パリの人口増に対応した住宅ブームの一環として建設された。

それから三百年間、六階建ての建物はパリの大いなるドラマの多くを目撃してきた。若き兵士として初めてパリにやってきて、半ブロック先のユシェット通りに住んだナポレオンも、きっとこの建物の前を通っただろう。普仏戦争の際にはドイツ人がこのあたりに駐留し、それから百年足らずで起こった第二次大戦中にもふたたびドイツ人に占領された。さらに、一九〇九年に取り壊されるまで、市立病院の別館が三七番地の向かいにあり、末期患者の収容場所として使われていた。遺体があとからあとからあふれ出し、葬儀のためすぐ近くのサン＝ジュリアン＝ル＝ポーヴル教会に運ばれていくので、ビュシュリ通りには屍臭が充満していた。

しかし、三百年の歳月による建物の老朽化も激しかった。木の梁はたるみ、漆喰は崩れ落ち、パイプには穴があいていた。このため店には絶えざる凋落の気配が漂っていたが、衛生上の問題としては、こんなのはまだ序の口である。毎週毎週、何千もの人々がシェイクスピア・アンド・カンパニーを訪れ、ドアをバタンと閉め、書棚にぶつかり、パリの汚染物質がついた足で店中をずかずか歩きまわる。それから本のあいだで眠り、食べ、汗をかく男女が生み出す汚れもある。店内のどの毛布でも、念入りに調べれば、DNAバンクができるくらい毛のサンプルが見つかるだろう。猫のキティにも責任の一端はある。ひっきりなしに毛が抜けるし、腐りかけた鳥やネズミを店の片隅に引っぱりこむ習癖もある。南京虫がいるという噂も絶えないが、住人が全員かゆいと言っても、ジョージは中傷だと断言する。

「一度だけだ！　五十年間に一度だけ南京虫がいたことがある！　どこかの記者が話をおもしろくするためにそれを書いたばっかりに、みんなここは虫だらけだと思ってるんだ」

要するに、この店はロマンティックな無秩序と不潔きわまりない豚小屋をかろうじて区別していたということだが、この微妙なバランスは、ジョージの倹約が店のメンテナンスにもおよぶことでつねに危険にさらされていた。配管工事や大工仕事を少しかじったことがあるだけの泊まり客に修理をやらせ、隣人が捨てたゴミの中から木材や棚を拾って再利用し、スーパーで売っている多種多様な掃除用具は避けて、水と古新聞を使った。図書室が大きな火事に見舞われた日でさえ、ジョージは倹約の心を忘れなかった。火災後の片づけを手伝うため、作家のクリストファー・ソーヤー＝ローサノは近くのスーパーに走っていき、丈夫なゴミ袋を一パック買った。店に戻ると、ジョージは買ってきたものをひとめ見るなり、なんたる無駄づかいかと激しく叱責した。

ジョージが現代の商業文化の呪縛を無視することができたのは、このような節約のおかげだったが、こうしたやり方は店をきれいにするうえでおよそ効果的な方法とはいいがたかった。さる著名な雑誌編集長は、三階のアパルトマンに泊まるよう招かれた際、十五分ともたずにホテルに逃げこんだ。枕の上をゴキブリが走りすぎたのが前兆となり、煮リンゴを入れたカビだらけの鉢がカウンターの上にあったのがとどめの一撃となった。

もちろん、僕自身は元気な若いカナダ人で、ほかに行くあてもない身だったから、店の衛生状態など気づきもしなければ文句を言うこともなかったはずだ。ところが、いきなり極度の自意識過剰になってしまったのである。きっとナディアのせいだ。どうやら好きになってしまったらしい。

あの黒い空洞のような目のせいでもあるし、カートの接近に対して鮮やかに剣突を食わせた鼻っ柱の強さのせいでもある。短編小説を売った日に見せた文才のせいでもあるだろう。そして最終的には、せっぱつまった状況に追いこまれた世界中の男がみなそうするように、僕もまた女の腕の中に救いを求めたのだと言わねばなるまい。

ジョージにあれだけ親切にしてもらいながら、僕はまだ目の前の問題をひとつも解決できていなかった。仕事らしい仕事につく努力もせず、具体的な将来の計画も立てず、死の脅迫や警察の捜査につながるようなまねをした理由について自問することもなかった。だが、エキゾティックで美しいナディアを前にすると、突如、過去のいやなことといっさいを考える必要がなくなった。何しろ僕は彼女を口説き落として、愛して、ともに幸多き人生を送り、百二歳まで生きて、しっかりと抱きあったまま死んでいくのだから。

唯一の障害は、僕の体がヘラジカの腐乱死体のような悪臭を放っていることだ、と僕は思いこんだ。ポルト・ド・クリニャンクールに近いホテルを出てこの店に移ってから三週間になろうとしていた。最後にまともなシャワーを浴びたのも三週間前だ。パニスのトイレで何度かさっと洗ったことはあるが、それだけだ。爪は黒く汚れ、髪はべとべと、股間と腋の下から立ちのぼる饐えたような臭いが痛いほど気になった。

シェイクスピア・アンド・カンパニーのバスルーム以外なら、体を洗うのはごく簡単なことだろう。店の本体で暮らしている者には、一階にある水の出る流しと、前に述べた共同の階段部分の狭苦しいトイレしかない。ここは尿の臭いが強烈すぎて、足を踏み入れただけで涙が出てくるほどだ。三階のアパルトマンには小さな浴槽があるものの、これは残念ながらジョージと、上階に泊まるよう招待されたもっと名のあるゲストしか使えない。

ということは、入浴するにはそれなりの創意工夫が必要になるということで、カートによればふたつの方法がある。店に来る客の多くは住人の窮状に同情し、よくシャワーや風呂を貸そうかと言ってくれた。カート本人はたびたびこうした幸運に恵まれていた。ある晩、僕らはカウンターの脇にすわって、ブコウスキーの本をめぐって言い争っていた。ルークは高価なブラック・スパロウ版のブコウスキー『くそったれ！　少年時代』と『ポスト・オフィス』を一番上の棚に置いていた。不潔な手でページを汚されたり、本の背を割られたりするのを防ぐためである。カートがそれを読むためにせしめようとしていたところに、若い女性がひとり入ってきて、ブコウスキーはいい詩人よねと言った。カートはチャンスとばかりに貧しい詩人を装い、三十分足らずのうちに、彼女が泊まっているホテルのルームサービスを利用し、熱いお風呂にゆっくり入るように誘われた。別のときには、とてもかわいい赤毛の女の子から誘われた。だが、驚いたことに、カートはその誘いをうまく断っていた。

「だって十五歳だぞ！　ポランスキーの二の舞はごめんだぜ！」

こうした親密な入浴の機会の代わりになるのが公共のシャワーである。僕が気になるただひとりの女性はシェイクスピア・アンド・カンパニーに泊まっているから、僕は後者を選んだ。

パリはホームレス、フランスで言うSDF（住所不定者（サン・ドミシル・フィクス））向けのサービスが実に豊富である。各区には公営の無料食堂のほか、食事を提供し、トラックで路上生活者に食料や生活用品を配ってまわる慈善団体のネットワークがある。清潔なベッドが並ぶ国営シェルターや、国の補助金を受けたアパートもあり、市立病院の中には立派な救急治療室まである。

こうしたサービスの中で、シェイクスピア・アンド・カンパニーの住人にもっとも身近なのは公共シャワーだった。パリのあちこちに市営の公共浴場が十数軒あり、どこも管理の行き届いたシャワー室を多数備えていて、だれもが無料で利用できる。店に一番近い公共浴場は、ポンピドゥー・センターのほぼ真うしろ、ルナール通りに建つ陰気なコンクリート造りのスポーツセンターの中にあった。雨の午後、そこまで歩いていったときはひどくきまり悪かった。それまでどんな社会福祉も利用したことがなかったのに、すぐにも洗わなければならないほど不潔な文無しのひとりになってしまったからだ。

幸い浴場の職員二人は、僕がパリで出会ったなかでも特別に親切な人たちだった。ひとりは巨大なセネガル人女性で、僕のお粗末なフランス語を聞くたびに爆笑していた。もうひとりは背の低いアルジェリア人男性で、笑わないよう必死に努力していた。僕がここに来たことをひどく気にしているのを見てとると、彼女はさっそく僕の汚れた髪をからかいはじめた。男性職員のほうはシャワー券を押しやりながら、僕に向かって人差し指を振り、「よく洗うんだよ」と言った。

シャワー室は地下にあり、清潔なタイルを床に敷きつめた中央の待合室から、男性用のシャワー室に通じる部分と女性用の部分に分かれていた。列に並ぶと、僕の前には街角の酔っぱらい、うしろには三人の子どもを連れた父親がいた。男の子のひとりが父親の上着の袖をのべつ引っぱって、「あとどれくらい？　あとどれくらい？」と訊いていた。父親はもうすぐだと答えていた。男性用と女性用それぞれに個室が十あまりあり、十分も待たなかった。僕の番が来ると、案内係がタオルを渡し、個室に案内した。中を見せると、消せるマーカーでドアに時刻を書いた。僕にわりあてられた十五分という時間が終わったらわかるようにである。

中の鍵をかけると、脱いだ服を置く小さなベンチと、ジムによくあるようなシャワーが見えた。ひとつだけいらいらしたのは、シャワーを出すには小さなボタンを押さねばならず、一度押すと一分しか水が出ないことだった。あとでルークに聞いた話では、彼は公共シャワーに行くときはわざわざバターナイフを持って行き、ボタンを押したままにするためにナイフを突っこむそうだ。だがその日、僕はシャワーを浴びながら何度も何度もボタンを押さなければならなかった。でもそれはささいなことだ。ほとんど温かいといっていいお湯がたっぷりあって、こびりついた汚れが流れ落ちていった。僕は身を清める喜びにひたりながら、体をごしごしこすった。

店に戻ると、清潔になった僕に気づいてくれるだろうかと急いでナディアを探しに行った。彼女は二階の図書室にいた。カートとマルシュカ、それからワインを一本持ってきてくれた何人かの親切な客がいっしょだった。

その中にケンゾーという若いメキシコ人がいた。ファッションショーのモデルとして三か月の契約でパリに滞在中だという。いいやつだということはわかったが、僕はたちまちそいつが大嫌いになった。ナディアの隣にすわっているばかりか、彼女に気のあるそぶりまで見せていた。おまけに、僕は公共シャワーから出てきたばかりで得意になっていたのに、そいつは髪をセットしてコロンをつけ、高級そうなデザイナーブランドの服に身をつつんでいた。

「おいおい、重症だな」僕の胸の痛みに気づいたカートが言った。

24

恋の病に苦しんでいるのは僕ひとりではないのではないかという疑いが生まれた。この頃、イヴが店に来ることが増え、そのたびにジョージは即座にすべての活動を停止した。カウンターで接客中だろうと、上のオフィスで大事なリーフレットの仕事をしていようと、跳び上がって、彼のかわいい「ナスターシャ・フィリッポヴナ」を抱きしめに行き、熱いコーヒーやらヨーグルトの瓶入りのストロベリーアイスクリームやらマジパンやらをあわてて取りに行くのだった。一度、イヴの来店にすっかり興奮したジョージが、僕ら二人にお昼をおごると言ってきかなかったときがある。

サン＝ミシェル広場に近い古いアルザス料理の店は、ジョージの心の中で大切な位置を占めていたが、それは大皿に盛ったザウアークラウトとソーセージにビール一杯、パイ一切れの食事をたったの四十九フランで提供しているからだった。これでもまだ楽しみが足りないかのように、ジョージは食事のあいだじゅう何度も鞄に手を突っこんでプレゼントを探った。自分と僕のために出したのは、強い酒を入れたフィルムケースだった。ジョージはレストランで酔っぱらうのが大好きだが、レストラン値段で飲むのはまっぴらだった。そこで書店を出る前に、空のフィルムケース十個ほどにウォッカを詰め、それを鞄から二個ずつこっそり取り出した。ウェイターが見ていないすきに、さっとふたを開けてウォッカを一杯やるためである。

　イヴへの贈りものはもっと愛情のこもったものだった。ハンドクリームの小瓶、香水のサンプル、ブロンズの留め金がついた日記帳。プレゼントを受けとるたびに、イヴはジョージの頬にキスをし、ジョージは有頂天になっていた。

「なんだっていつも仕事のことでうるさく言うんだ？」彼は怒ったふりをして言った。「僕は世界一の金持ちじゃないか？　美人の笑顔より価値のあるものがこの世にあるか？」


　確かに僕もちょうどその頃、ナディアの優しい笑顔を見るためなら何を捧げても惜しくない気分だった。そんな僕に運命がたまたま味方してくれることになった。

　シェイクスピア・アンド・カンパニーの月曜夜の詩の朗読会が始まったのは、ル・ミストラル時代にさかのぼるが、ジョージの情熱が薄れるにつれ、不定期になり、ロレンス・ダレルのサイン会の代わりに、書棚にもたれて体を震わせながらジョイスを朗読するアイルランド人女性などを見る機会が増えた。それに、以前は何か月も前から朗読会の準備をしていたのに、最近は前の週の木曜になっても何も決まっていないことがめずらしくなかった。

　ナディアが短編を書いていることを打ち明け、来週それを朗読しようかと言い出したのは、そんな木曜のことだった。アブリミットとカートは疑わしげにちらりと見たが、僕は熱心にその案を支持し、親切にも準備を手伝うと申し出た。

ナディアの短編は、若い女の胸のあいだに奇妙な生き物が生えてきて、それが女の思考や行動を支配しはじめるという話だった。その夜、僕らはフィクション・ルームの奥のベッドにすわっていた。ナディアは自作を初めから終わりまで何度も朗読し、さまざまな声の調子をためしながら、みずから書いた言葉を次々に口にした。説得力のある作品だったが、心が浮き立つという類のものではなかった。彼女の頭の中にカフカが入りこんだにちがいない。

「病的だと思う?」ナディアは訊いた。

「いい意味でね。最高にいい意味でね」僕は断固たる口調で答えた。

僕の狭いベッドにくっついてすわり、真夜中過ぎまでいっしょに練習した。練習が終わると、もじもじしている僕の脇で、ナディアは下のロシア本コーナーにある自分のベッドに帰るために原稿をかき集めた。おやすみを言うときに、彼女はつと背伸びして、いたずらっぽいほほえみをうかべ、ほんの一瞬お礼のキスをしてくれた。僕は天にも昇る心地で眠りに落ちた。

天候がよくなると、サイモンの午後の植物園散歩についていくようになった。植物園（ジャルダン・デ・プラント）はセーヌ沿いに十五分ほど歩いたところにあり、サイモンは敷地の片隅にある小さな動物園の年間会員になっていた。すぐにも店から追い出されるのではないかと怯えていた暗い日々、彼は動物たちと長い時間を過ごし、毎日挨拶に行かないと彼らが寂しがると言い出すまでになった。一度、小さな男の子が檻の中の元気のないダチョウに石を投げつけているのを止めようともしない母親と喧嘩になったこともある。過去五年間の大半を、古書室のウィンドウの中で見世物になって過ごしてきたサイモンは、動物たちに感情移入していた。

こうした散歩の折りには、植物園内のベンチで一休みしながら、サイモンがセバストポリの戦いからブラックホールと地球上の生命の関係に至るまで、ありとあらゆることについて即興で講義するのに耳をかたむけた。彼は何十年も前から週四、五冊の本を読んできており、通俗小説に方向転換したのはつい最近のことだという。

「推理小説を読んでることについてジョージがなんであんなに文句ばかり言うのかわからないよ。ほかのはもう全部読みつくしちゃったんだ」サイモンはぼやいた。

そんなわけで、詩人の頭の中には途方もなく幅広い情報がぎっしり詰まっていた。僕は彼との散歩の中で、世界について多くのことを学んでいた。ただ、心の片隅には、こんなにめちゃくちゃな教授から歴史や社会学の授業を受けるのは賢明なことだろうかという懸念もあった。

独立後のアフリカにおけるヨーロッパの影響を脱構築し終えると、サイモンはいつも自作の詩を読んでくれた。アイルランドの出版社が原稿に興味を示したことに勇気づけられて、長い不毛の時期を脱し、また詩を書きはじめていた。詩の走り書きと書店の前にある桜の木のスケッチで、リング綴じのノートが見る見る埋まりつつあった。彼はベンチでこのノートを引っぱり出し、新作を朗々と読んでくれた。

「ほんとに気に入った？　ほんとに？」読み終わると、何度も何度もそう訊いた。

本当にいいと思った。パリでも指折りの美しい庭園で、狂気じみた目をしたイギリス人に詩を読んでもらっていると、ほかのすべてのものと同じように、ちょっと魔法にかけられたような不思議な感じがした。

ナディアの短編やら、サイモンの詩やら、小説を書き上げようとするカートのこれ見よがしの努力やらに触発されて、僕もまた何か書きたくなった。前に二冊の本を書いたときは、あまり楽しい経験とはいえなかったのは事実である。どちらも短期間で書き上げた実録犯罪もので、そこらじゅうのガソリンスタンドで売っているような本だと友だちが冗談で言っていた。一冊目は新聞社にいた頃、三週間の休暇中に書いた。執筆は朝の八時から真夜中過ぎまでつづいた。二冊目の本のときは五週間の執筆休暇をとったが、労働時間は同じくらい長く、しまいにはコンピューターの前にすわって書き飛ばすのが肉体的に苦痛になった。それでもシェイクスピア・アンド・カンパニーに触発されて、もう一回やってみることにした。

古書室でひとりになったときに、小説のあらすじを書きはじめた。死の脅迫を受けて自分の人生を見直さざるをえなくなった若い男の話だ。明らかな想像力の欠如には目をつぶってどんどんタイプライターのキーを叩き、カートも含め、これまでにおびただしい人々が夢見てきたパリでの文学的名声を僕も夢見た。シェイクスピア・アンド・カンパニーで書かれて世に出た小説は七冊あり、ほかにも数知れぬ小説が書きはじめられた。理想を追う物書きにとって、この店は猫にとってのマタタビのようなものであり、僕もその魔力に負けたのだ。

ジョージはそんな僕を見かけるたびに、上からのぞきこみ、僕の努力にけちをつけた。「なんだこれは」と叫んで、手垢にまみれた言い回しを指さした。「人の心を動かしたいなら言葉を弾丸のように使わなければだめだ」

ジョージも若い頃は小説の執筆に励み、『ニューヨーカー』や『ネイション』のような雑誌から断られていた。彼の作品の中には、鰐を追ってサハラを横断中の男が語り手となった短編集などがある。これらの原稿は、その日のジョージの気分によってなくしたことになったり盗まれたことになったりしたが、活字になったものもひとつある。一九九〇年に上の図書室を破壊した火災のあと、『ファイアー・リーディングズ』という本が店の資金集めのために刊行された。この中にジョージが一九四〇年代に書いた短編が含まれている。「ジョーイ」という題で、最後には人を殺してしまうマフィアの若者を描いたものだ。クライマックス・シーンはこうなっている。「アンジェロが十ヤード離れたところに来たとき、おれは銃弾を浴びせた。やつは四つんばいになり、最後の弾で首がぐるりと回るとともに崩れ落ちた。雲の裂け目を流れ星が落ち、おれは一瞬うろたえた」

ジョージは、自分の人生で最大の後悔のひとつは、頭の中にある小説を一度も書かなかったことだとさえ言う。

「筋は言わないぞ」驚くほど真剣な口調で彼は言った。「これまで書かれたなかで最高の本のひとつになるだろう。言ったらアイデアを盗んで使われてしまうからな」


大きな期待の中でナディアの朗読会の夜がやってきた。僕らは店中にポスターを貼り、常連客は全員招待した。短編小説を売ったときの活躍ぶりについても噂が広がっていたし、ジョージもナディアの才能を自慢しつづけていたから、彼女の作品を直接評価したいと願う人々はかなりの数にのぼっていた。

おかげでナディアは緊張のあまり吐きそうになった。朗読会の直前に三回もパニスのトイレに通い、ヨーグルトの瓶で四杯分のワインを飲んでから、ようやくキャンセルせずに出てくれることになった。開始予定時刻の八時になる頃には、彼女の膝はがくがくしていて、図書室は満席で立ち見も出るほどだった。トム・パンケーキとゲイルが後列にすわり、ピアとマルシュカがカートとアブリミットと並んで腰かけ、ジョージその人さえイヴと廊下に立って、ドアの隙間から様子を見守っていた。残念ながら例のメキシコ人モデルも最前列でナディアに見とれていた。

最初こそ原稿を持つ手が震えていたが、ナディアは役者のような迫力で朗読した。聴衆はブラックユーモアの場面では笑い、陰鬱なくだりではたじろぎ、朗読が終わると盛大な拍手が巻き起こった。讃辞を伝えに来た人々に囲まれて、彼女はこれからポリー・マグーズに行くと意気揚々と宣言し、全員を招待した。今夜はおごりだという約束が鳴り響き、僕とカートも祝賀会に参加しようとあとにつづいた。

バーで、僕はカート、トム、ゲイルとすわることになった。トムは、人類はいずれ生物学的必然としてブレサリアンになる、すなわち食べものを食べずに生きていけるようになると力説していた。人間も植物のようにエネルギーを効率的に使うことができるはずだと主張し、いずれ自分も水と太陽の光から栄養を引き出して、いわば一種の光合成をして生きていけるようになるだろうと言った。ちょっと信じがたい説だと思ったが、ほとんどまともに反論できなかった。テーブルの反対側で展開している場面に気をとられていたからだ。

ナディアはメキシコ人モデルとマルシュカにはさまれてスツールに腰かけ、朗読を終えた高揚感に顔を輝かせ、興奮した調子で同時にふたつの会話をしていた。僕がシャワーを浴びたのは数日前のことで、モデルの背広の仕立ての良さがまたもや目についた。やつがナディアに色目を使っているのを見ていると、真夜中のキスが与えてくれた自信が急速に消えうせた。

「心配すんなって」カートがささやいた。「今回はあんたがジョン・キューザックの役回りだよ。大丈夫」

真夜中になる頃には、祝賀会はお開き寸前だったが、ナディアはまだ帰る気になれなかった。パリのありがたい点のひとつは、街角の食料雑貨店でも悪くない赤ワインが二十フラン以下で売っていることで、午前三時や四時といった時間でも、気さくなウィンクとともに手に入れることができた。残りの金を出しあってワインを買いに走り、セーヌの岸辺でまた集まることでさっそく話がまとまった。マルシュカはいっしょに来いよというカートの誘いを一蹴し、メキシコ人モデルが朝の撮影までに一眠りしたほうがいいのではないかと悩んでいて、ナディアからタクシーで帰りなさいよと言われたとき、僕の心は舞い上がった。三人だけの親密なパーティになる。

25

二月の夜のセーヌ河畔はたいてい寒くてじめじめしているが、こうした不都合を補って余りある静けさがある。夏の晩に波止場をふさいでいた群衆も薄暗い冬のあいだは姿を消し、寒ささえ気にしなければ、広々とした水辺の空間には幸いにして人っ子ひとりいないことがある。

僕らが川べりへと石段を下りていったときもそうだった。川沿いには人影がなく、足音が対岸の石壁にこだました。小雨が降っていたのでドゥブル橋の下に避難した。橋下の金属の枠組みの隙間から、ノートルダムの石の正面がそそり立っているのが見え、僕らの何フィートか下では黒々としたセーヌが勢いよく流れていた。一瞬、何百個ものバゲットの薄切りが流れすぎていく超現実的な光景を目にした。上流のレストランが堅くなったパンを閉店時に大量に捨てたのだろう。

僕らはカートのアーミーナイフでワインを開け、回し飲みした。酒に酔い、パリに酔い、だしぬけに始まった新たな生活に酔い、互いを親友のように感じた。こうして各自が自分の話を始めた。

ナディアは思春期の頃の話をした。アメリカに来たときは、怯えていて、引っ込み思案で、英語の単語はひとつぐらいしか知らなかった。慣れないアメリカのハイスクールでは孤立してひとりぼっちで、学校になじもうと努力するたびに、十代の社会の掟に特有の残酷さで拒絶された。家庭でも親子のあいだの溝が広がっていった。彼女が新たな国に適応しようとする一方で、両親はますます内向きになり、自分たちの言語と記憶にしがみつくようになった。

親子間の緊張のせいで家は墓場と化した。一言も話さない日が何日も、何週間もつづいた。ある年の夏など、ナディアは家から出ることをいっさい禁じられた。しまいに彼女は何も話さなくなり、家族は沈黙のうちに暮らした。あまりにも長いあいだ闇につつまれていたので、ようやく美術の勉強のためにニューヨークへ逃げ出したときには、ほとんど口がきけなくなった気がした。

「あたしにはもう普通ってものがなんだかわからないの」彼女は静かな声で言った。

それぞれの思いが過去へ向かい、カートもまた自分が生まれた家と子ども時代の話をした。それまでも、そしてそれからも、僕はカートといるとき、いつも彼が虚勢を張っていることに気づいていた。他人に自分を印象づけるために、あるいは単に自分自身から逃れるために、一種の仮面をかぶっていたのだ。彼が心底正直になっているという確信をもてたのは、あとにも先にもその夜だけだ。

十六歳のとき、カートは郊外のスーパーマーケットで働いていた。ある土曜の午後、駐車場で放置された買い物用カートを回収していたとき、白いスポーツ車が横に停まった。着色したウィンドウが下りると、中には女性がいて、マスカラをした目から涙があふれていた。「カート……あたし、あなたのお母さんなの」なんとかそれだけ言うと、走り去った。

カートはこうして自分が養子であることを知った。それまではごくふつうの人生だと思っていた。本物の両親だと思っていた。その日、生みの母が気を落ちつけて、また店に戻ってきた。カートを連れていけなかったのは、彼を産んだときまだ十代だったからだ、そうするしかなかった、彼のことを忘れたことはない、と彼女は言った。

その日、その駐車場で、カートの世界は一変したが、本人にもまだ、それによって自分がどのような影響をこうむるのかよくわかっていなかった。彼は捨てられたという意識から二度と逃れられなかった。すべてをそなえているように見える彼が——人並み優れた容姿と強健な肉体、魅力をそなえた彼が——いつもあれほどがんばっているのはそのせいかもしれない。

話し終えたカートは、青ざめたうつろな顔で立っていた。彼がこれほど自分をさらけ出したことに驚いたが、僕にはわかった。雨の夜、故郷から遠く離れた街の橋の下は、告白には最適な場所なのだ。


僕にも対処しなければならない過去が、暗がりでじっとしていてくれない秘密があった。十五歳のとき、僕は暴行の罪で逮捕された。深夜、強力な薬物の力にとらわれて、近所の家に侵入したのだ。起きてきた家の人を無我夢中で押したり叩いたりした。だれもがショックを受けた。僕はハイスクールではまじめな生徒で、地元の食料品店でアルバイトをし、主に野球やボードゲームに関心がある友人たちとつきあっていた。そんなことをする人間とはだれも思っていなかった。

事件の夜は刑務所の独房ですごし、翌朝、父と母が最前列にすわった法廷で、僕は地元の拘置所の少年棟に再拘留されることになった。たまたまリトルリーグの同じチームにいた少年がナイフを突きつけてコンビニ強盗を働いた事件で裁判を待っていた。二人で小さな部屋にすわり、優勝決定戦寸前まで行った年の思い出を語りあった。

僕は暴力的犯罪者の特徴に当てはまらなかったので、刑務所から精神病院に送られて検査されることになった。病棟のビンゴ大会で何度も勝った。ほかの患者はみな鎮静剤を投与されていて、数字を記録していくことができなかったからだ。テレビでモントリオール・エクスポズの開幕戦が見たくて、「昼間はテレビ禁止」の規則を曲げてほしいと医者に訴えたことも憶えている。父と僕はいつも必ずホームでの開幕戦を見にオリンピック・スタジアムに行くことにしていたので、いっしょに試合を見られないのは、長いあいだで初めてのことだった。

僕は一連の検査を受けたが、特に決定的だったのは尿検査だった。覚醒剤メタンフェタミンの強い痕跡が発見され、刑務所入りを免れることがほぼ確実になった。結局、地域奉仕と保護観察の判決を受けた。

その事件で僕はすっかり変わった。僕の罪は口にできない暗い秘密として家族の上にのしかかっていた。少年法の規定で実名は公表されなかったとはいえ、侵入事件は地元では周知の事実だった。みんな知っていて、僕を非難しているにちがいないと思って、人の目を見るのが怖かった。

だからいつも逃げようと——過去から逃げようとしていたのだろう。ハイスクールに通いながらふたつの仕事をし、十九歳でオーストラリアへ旅立ったが、一年もせずに帰国した。ジャーナリズムが逃げ道になると思い、香港で働くことを夢見たが、地元の新聞社から願ってもない仕事の申し出を受けた。一度、東ティモールで非武装のボディガードとして活動しようと志願したことさえある。これは、インドネシアからの独立のために闘う政治家や聖職者と同居する活動で、西洋人がいれば民兵も残虐行為はできないだろうという発想に基づいていた。

起きたことに片をつけるまで、何かが僕を街から出さないようにしているようだった。受け入れるまでに時間がかかった。僕が犯した犯罪の細部について二、三、恋人に言ってみたが、彼女は僕を拒絶しなかった。法廷で犯罪事件の裁判を取材中、僕を弁護してくれた弁護士に会ったこともある。十年も前のことだったが、お互いにすぐわかった。僕の過去をばらされるのではないか、嫌悪を示されるのではないかと怯えたが、彼は僕の成功を喜んでくれた。そして最後に、被害者に謝罪するために勇気を奮い起こして電話した。これまでで一番つらい電話だったが、おかげで事態は改善した。

あの頃、自分が参っていると思ったかどうか定かではないが、いま思えばなんらかの手当てを必要としていたのは明らかだった。過去と折り合いをつけようと苦しむなかで、いつも最善の道を選んだわけではなく、しょっちゅう仕事で気をまぎらせたり、酒で意識を麻痺させたりしていた。こうした誤った選択も、あの十二月の夜、激怒した男に電話で脅迫され、泥沼におちいり、アパートでひとりぼっちで怯えるはめになった理由の一端だろう。

それまでこの暴行事件についてすべてを話したことは一度しかなかった。だが、橋の下で語りあったその夜、書店にいるという安心感、新しい友だちに囲まれているという安心感につつまれて、僕はふたたびすべてを告白した。彼らはわかってくれた。だれの心の中にも魔物がおり、それを叩き出すために助けを求めていること、そのためにシェイクスピア・アンド・カンパニーのような場が必要なことを知っていたからだ。

この話にはまだつづきがある。いまもなお、あれは偶然の一致だったのか運命だったのかと思いつづけている。前に一度だけすべてを話したことがあると言ったが、だれに話したのかは書かなかった。その相手とは、あの十二月の暗い夜に脅迫電話をかけてきて、僕をパリへ追いやることになったあの男にほかならない。

すでに一度、出してはいけないところで彼の名前を出して裏切ったことがあるから、ここでは簡単な説明にとどめる。彼は僕より少し年下で、いわゆる貧困地域で育った。早くから犯罪に手を染め、やがて、警察の言う「常習犯」となった。街の言い方では「堅い」男だった。警察にたれこまず、信頼できる盗みの相棒だった。酒を飲み、大勢の女と関係し、荒っぽい喧嘩をしたが、一方でアフリカの貧しい子どもたちを支援し、ベッドの下にはロザリオを置いて寝た。

時々、堅気になろうかと考えることもあり、僕は二冊目の本で協力してもらう代わりに、彼がちょっとした事業の登録をするのを手伝うと約束した。市役所に向かう車の中で、彼はいつになく口数が少なく、僕の質問にもそっけなく答えるだけだった。最後に僕に面と向かって言った。

「訊きたいことがある」

どうぞ。

「あんたがムショに入ったのは性犯罪のせいじゃねえだろうな」

　周知のように、性犯罪者は犯罪者の中でももっとも軽蔑すべき存在であり、刑務所では他の囚人からの暴力を防ぐために隔離収容しなければならない。彼のような堅い男にとって、性犯罪者といっしょにいるところを見られるのはまずいことになる。車内でそう訊かれたとき、僕は胃がぎゅっと締めつけられるような感覚を覚え、道路脇に車を止めた。

「違う。断じて違う」と僕は言った。そして初めて、十五歳のときに起きたことをすべて説明し、それ以来ずっと偏見や噂につきまとわれてきたことを話した。

　話を聞き終えると、彼は僕をじっと見て、突然、満面の笑顔になった。あの笑顔を僕は決して忘れないだろう。

「なんてこった、なんで前に言ってくれなかったんだよ」大声でそう言いながら、僕の背中をばんばん叩きはじめた。「いいんだよ、そんなの」

　彼は僕に罪はないと言ってくれた。自分はそれほどおかしな人間ではないと感じさせてくれた初めての人だった。だから、僕らのあいだにいくらトラブルがあろうと、僕が本の中で彼を裏切り、彼が僕を電話で脅迫しようと、この点については、彼に対する感謝の念は永久に変わらないだろう。

26

預かっている鍵を使って僕らはこっそり店に入り、表側の図書室に寝ているアブリミットを起こさないよう気をつけた。カートは声を出さずにおやすみと言ってベッドにもぐりこみ、ナディアは無言で僕についてフィクション・ルームまで来た。その夜まで僕がひとりで寝ていた場所だ。

事を終えると、僕は彼女の首にそっとキスした。二人とも河岸でのことは話さなかったが、僕はメキシコ人モデルに嫉妬していたことを白状した。ナディアは不思議そうに僕を見た。

「あの人？」

彼女は僕の唇をもてあそびながら、話したいことがあるのと言った。今夜、バーで気になる人がいたけれど、それはモデルではなくマルシュカだという。あらゆる口実を見つけて彼女に近づき、腕にふれた。

「こんなこと話して大丈夫？」

僕は笑い声をあげ、もちろんだよと言った。実はほっとしていた。ライバルが同性ではないほうがはるかに自尊心への脅威は少ないものだ。いつでも体の構造のせいにして自尊心を救うことができるからだ。

「きみならカートから彼女の心を奪うことだってできるかもね」僕はささやいた。

ナディアはその思いつきにほほえみ、僕の腕の中で猫のようにのどを鳴らした。僕らはそんなふうに、小説で埋め尽くされた壁に囲まれ、狭苦しい書店のベッドに押しこめられて眠りに落ちた。

その頃にはもう、ジョージは毎日のようにハードカバーの本を肉切り包丁のように振りまわしながら僕に突進してくるようになっていた。その日の本で僕の肩をバシッと叩くと、世界について何かしら理解したいならこれを読まなければだめだと力説するのだった。こうしたなんとも繊細な助言のおかげで、僕はすでに一流の長編小説十冊以上と、政治史と社会主義の起源に関する本をさらに十冊ほど読み進んでいた。

記者時代にもスケジュールの許すかぎりなるべく本を読もうと努めていたが、とても充分とはいえなかった。毎晩眠りに落ちる前になんとか数ページ読み、週末に何時間か読書の時間を見つけたものの、せいぜいその程度だった。おまけに、でたらめに本を選んでいたものだから、文学の世界のあちらこちらに、行き当たりばったりに明るい一角があるだけで、作家と時代とがどうも一致しなかった。

だがいまは、一日一冊というジョージの命令をほぼ守っていたし、ジョージが必読書を薦めてくれるおかげで、文学史の全体像を把握できるようになった。暗黒だった世界に突如、光に照らされた領域が次々に出現し、僕は新たな知識を得ためくるめく自信と、ここまで来るのにこれほど時間がかかったことを恥じる気持ちのあいだで揺れ動いた。ナディアとの関係も僕の知識をさらに高めてくれた。ある日の午後、キース・ヘリングの色鮮やかな漫画風のポストカードをウィンドウの目立つ場所に展示していたダント通りの店の前を通りすぎた。グラフィティ・アーティスト転じてウォーホルの秘蔵っ子となったこの画家の名前を知らないことを白状すると、ナディアはショックを受け、僕に美術の見方の短期集中講座をしてくれることになった。一九一四年、マルセル・デュシャンが店で買った何の飾りもない金属製の瓶掛けを芸術として発表したとき、すべてが変わったという話をしてくれた夜、彼女の声が熱っぽく響いたのをいまも憶えている。「それがレディメイドの始まりだったのよ」ナディアは興奮して言った。「どんなにすごい天才か想像できる？　デュシャンのように従来のやり方を全部破壊してしまうなんて想像できる？」

僕はうんと言ったが、本音を言えば、従来のやり方を学ぶだけで満足だったので、そういう夢は彼女にまかせることにした。

二月の終わり頃、トム・パンケーキは東への旅をつづけるためパリを発った。アメリカを出たときの目的地はエジプトで、二、三か月前、まだモロッコにいたときに、カイロで友人と会う計画を立ててた。その頃はゲイルと恋に落ちることになるとは知らなかったので、本来なら喜ばしい出発が悲しみの色を帯びたものになった。トムはぐずぐずしていて旅を二回延期したが、とうとう二人は淋しく別れの言葉を交わした。

トムがいなくなると、ゲイルは前よりも書店ですごす時間が増えた。彼女は店の住人のだれよりも年下だったが、カート、ナディア、アブリミット、そして僕にとってお姉さんのような存在だった。毎日のように自家製のクッキーと風変わりなサンドイッチを持って来てくれて、特別な日には、危険を冒して僕らを大使館でのディナーに招いてくれた。

オークランドにいた頃、ゲイルはさまざまな店を渡り歩いて地位を上げ、中心街の人気のあるビストロにたどりついた。パリのニュージーランド大使の料理人を募集する広告を見たときは、思わず頰をつねりたくなるほどうれしかった。ゲイルのような二十代前半の女性を雇うことに対するお役所らしい懐疑もあり、短い髪を逆立てた彼女の髪型も交渉に有利とはいえなかったが、結局は採用された。今回の仕事にはパリ行きの航空券と大使館最上階のアパルトマンもついてきた。気がついたときには、華やかなヨーロッパの外交の世界にいた。

大使館は第二次大戦中、フランスの解放を手助けしたニュージーランドへの贈りものとしてフランス政府から寄贈された建物の中にあった。凱旋門から二、三ブロック先、ヴィクトル・ユゴー広場から少し離れたところにあり、シェイクスピア・アンド・カンパニーから徒歩で行くのは大変だった。八フランのメトロの切符を買う余裕もなかったから、ゲイルから親切な招待を受けるたびに、カートのいわゆるただ乗りをしなければならなかった。

メトロに簡単に飛び乗れるのも、パリの貧乏暮らしを耐えやすくしてくれる要素のひとつだった。ドアはこじ開けられるし、改札の回転棒は飛び越えられる低さだし、ゲートはゆっくり閉まるので、切符を持っている乗客についてこっそり入りこめる。切符売り場の係員はメトロの管理者とは別の組合に属しており、同僚の雇用確保への配慮から改札の取り締まりはしていないから、よけいただ乗りしやすくなる。

ゲートを過ぎて構内に入ったあと、抜き打ちの検札に遭遇することもまれにあるが、それはたいした問題ではない。僕は床に捨てられた切符を拾い、降りるまでずっとかじっているようになった。唾液で濡れた切符を駅員は詳しくチェックしたがらないから、たびたび安全な乗車に役立った。だが、仮につかまっても、それほど深刻な問題ではない。金がないと断言すれば、後日、罰金の通知書が送られてくる。ありがたいことに僕らのように決まった住所のない人間には、その後日は永遠に来ない。

まず四号線に乗って一号線に乗り換え、さらに二号線に乗り換えてヴィクトル・ユゴー広場に着くと、シェイクスピア・アンド・カンパニーの一団は厳格な指令にしたがって行動しなければならなかった。まず、僕らの薄汚い身なりがなるべく監視カメラに映らないように、大使館に通じる通りをぶらぶら歩く。それからゲイルが特別な合図をしたら——本人はキウイの鳴き声だと言いはっているが——僕らは玄関に駆けつけ、大使が建物内の別の場所にいるすきにニュージーランドの領土にこっそり入れてもらう。最後に、奥のほうにある巨大な調理場へ急ぐ。ここは業務専用スペースで、館の主が足を踏み入れることはなかった。

無事調理場にたどりつくと、ナディア、カート、アブリミット、僕の四人は、ゲイルの正確な指示にしたがって食材を切ったりすりつぶしたりかき混ぜたりした。一度、ゲイルと並んで流しでレタスを洗っていたとき、彼女の腕に長い傷が走っているのに気づいた。

調理場での事故？

「ううん、国にいた頃、バイクの操作を誤って、橋の側面に激突したの。死にかけたわ」

うわー。

料理が終わると、業務用エレベーターで大使館の最上階にあるゲイルのアパルトマンに行く。食事のあとは順番にゲイルのバスルームを借り、顔を洗ってひげを剃った。書店からの避難民が六人以上たむろする夜もあり、そんなときは声をひそめて会話し、正規の住人に迷惑をかけないように靴を脱いで歩いた。

特にすばらしかったのは、ゲイルがラグビーのニュージーランド代表チーム、オールブラックスの歓迎会の準備をした日だった。大使夫人は選手たちの旺盛な食欲を恐れるあまり、途方もない量の料理を注文した。マンゴーと鴨肉のサラダ、ロースト・チェリー・トマトとフェタチーズ、サーモンのスシ、プルーンのベーコン巻き、鱒の燻製、ラム肉のタルトなど、カロリーたっぷりの美食の数々だった。ところが、到着した選手たちは前夜のフランス戦勝利の祝賀会のせいでふらふらで、膨大な料理が手つかずで残された。僕らは腹ぺこで大使館に押しよせ、食べ終わってもまだジョージに持って帰れる分が何皿も残っていた。

ジョージのリーフレットの仕事が進むにつれ、ルークと僕は親しくなっていった。ジョージの理不尽な要求と気まぐれに耐えつづける経験が、変わり者の教師の下で苦しむ二人の生徒のように僕らを近づけることになった。

「月曜には写真を黄色っぽくしろって言ったのに、火曜には紫がいいと言いだして、水曜にはオレンジっぽくしろって言ったんだ」木曜の夜にルークはこぼした。「今日はやっぱり黄色にしろだって。信じられる？」もちろん。その四日間、僕はジョージがある一文を十一回も書き直すのを目撃した。

こういういささか困った点はあるものの、ルークはこのプロジェクトにのめりこみつつあった。この店にいる者はみなそうだが、彼がシェイクスピア・アンド・カンパニーにいるのも、ほかにどこへ行けばいいかわからないからだった。キューバへの思いが強まり、ハバナで英語書籍の店を開きたくなるときもあれば、ブラジルに住んでいたときに思いついた吸血鬼小説を思い出し、血まみれのスリラーを書きたくなるときもあった。リーフレットづくりの興奮に酔っているいまは、アングラ出版社をやりたくなることがあった。

ルークは熱心な読書家で、鋭い批評眼の持ち主だったので、店の住人が書いた短編小説の批評を絶えず頼まれていた。店の歴史の一端をたやすく記録に残せることに気づいた彼は、店で書かれた短編と自伝をすべて記録する出版社を始めようかと考えた。

それをどうにか実現できたとしても、シェイクスピア・アンド・カンパニーを根城とするはみ出し者の出版者は彼が初めてではない。『マーリン』のトロッキもいれば、『トゥー・シティーズ』のファンシェットもおり、ジョージ自身もさまざまな活動をしてきた。最近ではルークの前に夜の店番をしていたカール・オレンドがいる。彼は店にいたあいだにアリスキャンプス・プレスを立ち上げ、幅広い小説や詩を出版した。

「始めるのは難しくないと思うんだ。名前だって考えてある」ルークはそう言って、川の向こう側を指さした。

「ノートルダムにするの？」

僕の質問にルークは目をむいた。ノートルダム大聖堂の前に、フランスのすべての距離表示の起点を示す金属の円形プレートがある。たとえばリヨンを通る際、パリまで四五九キロメートルという道路標識を目にしたら、それは大聖堂前のまさにこの地点まで四五九キロメートルという意味だ。だからこのプレートはゼロ地点、キロメーター・ゼロと呼ばれる。ルークと僕が店のカウンターにすわっているこの場所は、本当にフランスのゼロ地点なのだ。

「キロメーター・ゼロか、なかなかいいね」

三月になった。店に来てからひと月以上たつのに、ほとんど時間がたっていないような気がした。就労時間や決まった日程といった通常の目印がないから、生活は流動的になった。時間の経過や日々の流れを把握するのが難しく、すべては楽しい晩と朝と午後となってやってきては過ぎていった。

犯罪の世界には「ハード・タイム（つらい刑期）」という言い方がある。警備体制がもっとも厳重な施設での苦しい懲役や、なんらかの隔離収容を指す。凶悪犯、殺人犯、性犯罪者向けのものだ。つらい刑期は苦しくて時間がなかなか進まず、ようやく外の世界に出られても遺恨が残る。

その対極にあるのが、犯罪者の更生を目的とする、警備体制が最低から中程度の施設だ。図書室もあればウェイトトレーニング・ルームもあり、高校レベルの授業や室内ホッケーの大会も実施されている。僕が訪ねたある施設では、有刺鉄線の中に農園があり、囚人たちが畑仕事をして、刑務所内で食べる果物や野菜、卵をまかなっていた。別の刑務所には野球チームがあって、地域内を回って試合をし、地元の素人リーグにも参加していた。こうしたものが「ソフト・タイム（楽な刑期）」とされる。楽に過ぎる期間、楽しみとなる刑期である。

シェイクスピア・アンド・カンパニーで過ごした日々は、僕にとってこの上なくソフトな、優しい日々だった。

27

僕がシェイクスピア・アンド・カンパニーに来てからも、次から次へと泊まり客がやってきた。一言も言わずに立ち去ったイタリアの既婚女性。ジョージをフェアトレードに転向させようと一週間も説得をつづけたカナダのエコ戦士。アイダホから来たトランペット奏者の若者は、毎日セーヌの橋の下で練習していた。オクラホマから来たジーザス・フリークの女性は、恋人が水パイプでマリファナを吸ってゲームボーイをやっているのを見ていて神を発見し、ルルドの泉へ向かう途中だった。若き社会学者は次のような一文で始まる自伝を提出した。「僕の父が十二歳のとき、祖父は聖書を贈ったが、僕が十二歳のとき、父からもらったのは『共産党宣言』だった」

いわば顔ぶれがくるくる変わるお泊まり会がずっとつづいているようなもので、ごくふつうの人間関係の感覚まで狂ってきた。目が覚めると見知らぬ人が目の前で服を着ていても、なんとも思わなくなった。パニスでコーヒーを飲んで店に戻り、新顔が僕の枕の上によだれを垂らして寝ているのを見れば、毛布をもう一枚かけてやった。多くは名前を聞いたと思ったら、別の場所に行きたくなって、あるいは店の宿泊設備があまりにもお粗末なために、店を発っていった。

しかし、この期間にも注目すべき来訪者が二人いた。ひとりはスコットという名の若い男だった。ボストン出身の野心的な物書きで、髪は黒褐色、とめどないユーモアのセンスの持ち主だった。ワトソン奨学金でヨーロッパを旅しているところだったが、ジョージは彼の研究にたいそう感銘を受け、店にいつまでも滞在していいと言った。

スコットのテーマは、ナチス・ドイツから追い出され、パリに立ち寄った思想家ヴァルター・ベンヤミンの足跡をたどることだった。彼は自分とベンヤミンの人生を並べて語る本を書きたいと思っていた。若い男が思想家のかすかな足跡をたどり、その洞察の今日的な価値について思いをめぐらすという趣向である。数か月かけてベルリンで調査したあと、ベンヤミンのパリの痕跡を追っているところだった。この旅は、春、南仏の人里離れた山道でクライマックスに達するはずだった。ベンヤミンがピレネー山脈を越えてスペインに入ろうとしたのをナチの手先に見つかり、みずから命を絶った場所である。

店に来て早々に、スコットが少なからず自分のテーマに取り憑かれていることが明らかになった。ベンヤミンの逸話をひっきりなしに語りつづけ、ジョージを説得して『ヴァルター・ベンヤミン入門』、『ヴァルター・ベンヤミン選集第一巻（一九一三―一九二六）』、『ヴァルター・ベンヤミン選集第二巻（一九二七―一九三四）』、『ヴァルター・ベンヤミン――経験の色彩』を注文させたばかりか、ベンヤミンがロマンスの恰好の材料になるとさえ思っていた。彼には日本で英語を教えている恋人がいたが、いつまで離れて暮らすことになるかはっきりしないため、激しい浮気も許されているようだった。女性といい雰囲気になるようなことでもあれば、スコットは必ずベンヤミンを持ち出した。

はっとするほど魅力的なデンマーク人女性が本のあいだで週末を過ごそうとやってきたときなど、スコットは特に夢中になっていた。ある夜遅く、自分のベッドで彼女と二人きりですわるチャンスにさえ恵まれた。ところがこれだけ親密な状況にあって、彼はベンヤミンの評論集の一部を読んでやることしか頭になかったのである。

「彼女、ちょっととまどったと思うな」本人もあとで認めていた。

もうひとりの新たな住人は僕の旧友デイヴだった。店で暮らす僕と手紙のやりとりをするうちに、自分の目でシェイクスピア・アンド・カンパニーを見たくなったのだ。三月のある日、デイヴはナップザックを背負って店の入口にあらわれ、ジョージは寛大に迎え入れた。

デイヴがこの店に大いに興味をそそられたのは、彼もまた小説を書きたいと思っていたからだった。ジャーナリストの多くは小説家になりそこねた人間だというよくある見方もまんざら間違いではないかもしれない。デイヴはビジネス記事の仕事をやめて第二のブレット・イーストン・エリスになれると信じていた。

「いいじゃないか。夢は必要だろ?」

彼はそのためにうってつけの場所に来たのだった。すぐに店の暮らしに慣れ、一日一冊の割当て分を読み、ミューズリーと果物の朝食をナディアと僕と分けあい、ワインを持ってセーヌの橋の下に集まった夜には、そこで自分の話をした。ジョージからもっとも汚い仕事を、すなわち年に二回、階段のトイレを漂白剤で洗う仕事を頼まれたときにも文句ひとつ言わなかったのは立派だった。

「宿代がわりさ」壁にこびりついた尿をこそぎ落としながらデイヴは言った。

彼の姿は僕の映し鏡であり、二人とも、サクレ＝クールの前で過ごした一月の朝からの僕の変わりように驚いていた。やせて、服はすりきれて薄汚れ、睡眠不足の目は興奮に輝いている。でも前より幸せそうだ、と彼は言った。前よりいい。

ある朝、いきなり赤いシトロエンのバンが店の前に止まり、赤ら顔の男が本の詰まった段ボール箱を歩道に放り出しはじめる。箱の山はたちまち並のバスケットボール選手より高くなり、なおも箱は増えつづける。その間ずっと、胸にもじゃもじゃの白い毛がある威勢のいい黒い犬が車と箱のあいだをうれしげに走りまわっている。

ゾッキ本の巡回販売をしているジョンだった。イギリス南部に住んでおり、安売り本をまとめて仕入れるルートを知っていた。イギリスの大手出版社はどこも毎月、売れなかった本が書店から何万冊も返品されてくる。出版社は費用をかけて返本を仕分けし、倉庫に戻す代わりに、箱ごとパレットにのせて競り売りしてしまう。ジョンはいつもこうした本を、中身も見ずに一ポンド数ペニーの安値で買っていた。箱を開けるたびに驚かされた。あるときは有名人のダイエット本が何百冊と出てきたし、マスマーケット向けに刷りすぎたアレックス・ガーランド『ビーチ』のような人気作品が大量に出てくることもあった。しかしたいていは、美術書と歴史の教科書と一流の小説といった具合に、競りの翌日に断裁する予定だった本がごちゃ混ぜに入っていた。

こうして手に入れた本を赤いシトロエンに積みこみ、頼りになる犬のグウェンを連れて、ジョンは旅に出る。バルセロナ、ニース、パリをめぐって、英語書籍の店を訪れ、教科書の見本市に出品し、帰り道で必ずシェイクスピア・アンド・カンパニーに立ち寄った。手持ちの本を何千冊か売り、中国産ビールを何本か飲むためである。

ジョージはココナッツにかぶりつく漂流者のように猛然と箱に手を突っこむ。商品の値段は五フラン、十フラン、二十五フランの三段階に分かれており、ジョージが箱を勢いよく開けて本を高く掲げると、ジョンが適当な値段をぱっぱと言うのだった。ジョージが買いたい本をベンチの上に積み上げ、ジョンが急いで代金を記録していった。カート、ナディア、アブリミット、スコット、デイヴ、そして僕といった店の手伝いは総出で本を運びこみ、雨が降りだす前に棚に入れてしまおうと急いだ。

カウンターに立っていた男性はあっけにとられていた。「ゴミバケツ何杯分もの本を放りこんでるみたいだな」

それを聞いてジョージはくすくす笑った。「でもほら、あんなふうにいっしょに働いてる子たちを見てごらんよ。店のあちこちでみんなが力を合わせてがんばってる姿はすばらしいじゃないか」

次には必死でお金を探しまわるはめになる。ジョンの請求額はたいてい一万フラン以上にはなるから、ジョージは店内の随所にある金の隠し場所を捜さなければならなかった。彼には昔からお札の束を本のあいだに突っこんだり、枕の下に隠したりする癖があり、ジョンを下に待たせて、それを猛然と捜索するのだった。一度、お気に入りの隠し場所がネズミの巣になっていたこともあった。ネズミたちは二百フラン札の束をずたずたにして、三千ドル以上の価値がある巣をつくりあげていた。

「少なくとも本じゃなかったからね」ジョージは肩をすくめた。「僕の『レ・タン・モデルヌ』のコレクションをネズミにすっかり食い破られたこともある」

お金が見つかり、勘定を払うと、手伝った全員のためにテーブルが用意される。野菜シチューの鍋に焼きたてのバゲット、さらに至るところにビールがあった。ジョージは僕らには安売りビールを出し、大事な青島(チンタオ)ビールはジョンと自分のためにとっておいた。ジョンは長年の経験から、イギリスへの帰り道の危険を最小限にとどめるために、しばしば酌を断る知恵を身につけていた。

このような予想外の出来事がシェイクスピア・アンド・カンパニーでは毎日起こっていた。本を売りに来るジョンでなければ、一九六〇年代に店に泊まった経験のあるイギリス人女性だったり、ジョージにラジオ・インタビューしたいというハンガリーのジャーナリストだったりした。

この調子で次々に邪魔が入るから、本来なら簡単に達成できるはずの目標が——たとえば復活祭までにジョージのリーフレットを完成させるというような仕事が——途方もない大事業になってしまうのだった。少しのってきたと思ったら、必ずだれかがドアをノックして、何日か泊めてほしいと言ってきたり、観光客がジョージと写真を撮りたいと頼みに来たり、あるいはオフィスの窓の外にすばらしい光景があらわれて、僕らは無条件に立ち止まってそれを鑑賞せざるをえなくなる。ある日の午後、ジョージをなだめすかしてエッセイを書きあげさせようとしていたら、彼はふと窓外に目をやり、三人の子どもを連れた父親が店を出ていく姿を見た。みなおそろいのレインコートを着て、カフェ・パニスのほうに小走りで向かっていた。

「アヒルの親子みたいだな、ああやって子どもたちが父親にくっついて歩いていく姿は」ジョージはため息をついた。「僕がこの店で見たもっとも美しい光景のひとつだ」

親子の姿をじっと目で追うジョージを見て、僕は彼自身の娘のことを、二人がいっしょに暮らしたときから長い年月がたっていることを思った。シルヴィアの存在を知ってから、僕は店のあちこちに彼女への愛のしるしがちりばめられていることに気づいた。ジョージがまとめた訪問者の自伝の表紙にはシルヴィアの写真があり、彼が出した別の本は彼女の功績とされ、彼女の成長過程を記録した写真が店内に何十枚も残っていた。ひょっとしたら、これだけの文学上の名物をつくりあげても、何千人もの人生を一変させても、シェイクスピア・アンド・カンパニーのおかげで有名人になっても、ジョージはかつて自分がした決断を後悔し、ありふれた家庭生活の喜びに憧れているのだろうか。あの微妙な問題を持ち出してみるべきだろうかと考えていたら、ジョージは午後はもういいからと僕を追い払い、さきほどの親子連れがいた場所をまた見つめていた。

店内にアメリカのスパイが侵入しているというジョージの根深い不安のせいで、何かをなしとげるのがいっそう難しくなった。オフィスのドアを開けたままリーフレットの仕事をしてはならないという規則がつねに義務づけられ、ルークと僕はこのプロジェクトに関して他人と話すことを禁じられた。スパイがいるからな、僕の努力を妨害しようとやっきになってるやつらがな、とジョージは僕らに言った。別の人間が同じことを言ったら、単に狂っているとしか思えないだろう。しかし、ジョージは若い頃、実際に少なからぬ覆面捜査官を見たことがあり、そのせいで過剰なまでに用心深くなっているのだった。

第二次大戦後、公然たる共産主義者であった彼は、潜在的な厄介者としてマークされ、アメリカ政府はヨーロッパへのビザの発行を阻止しようとしたとジョージは言う。書店を開き、アメリカの軍事経済と冷戦の虚構を非難しはじめると、事態はいっそう悪化した。ジョージによれば、一九六〇年代にはＣＩＡの諜報員がたびたび来店して、講演を聴き、ヴェトナム戦争に対する彼の継続的な抗議に関する報告書を作成したという。一九六〇年代に店がいったん閉鎖に追いこまれたのもアメリカの圧力だとさえジョージは考えていた。当時、フランス当局が、国内で事業を営む外国人としてジョージが正式な事務手続きを完了していないという口実で、シェイクスピア・アンド・カンパニーに本の販売を禁じたのだった。彼は妨害をけちらして突き進んだ。店でマルクス主義の連続講座を開き、図書室も開けつづけ、ありとあらゆる急進派に宿を貸し、当時フランスの文化大臣だったアンドレ・マルローに公開書簡を書き、事務手続きを早く終わらせるよう求めた。結局、一年以上もがんばり通した末に、フランス官庁の煩雑な手続きに勝利し、正式な営業許可を獲得した。

ジョージの一九六〇年代以降のファイルを見たのでわかるが、彼があのパラノイア的な時代にＣＩＡの捜査の対象となったのは充分考えられることだと思う。でもいまは？

「甘いな」ジョージは断言し、昔からシェイクスピア・アンド・カンパニーに通っているある女性の名をあげた。ごくふつうに店に出入りして、お茶会にも参加し、自分がどれほどジョージに敬服しているかという話をみんなにしている女性だった。パニスでたまにコーヒーをおごってくれることもあるので、僕はいい人だと思っていたが、ジョージは首を振り、僕を叱った。

「あの女がどこから金をもらってると思う？　アメリカ政府だ！　あいつはＣＩＡだ！」

だが、何にもまして仕事を遅らせる原因となったのはイヴだった。ある朝、ジョージがオフィスの机で紙に何かせっせと書いていた。リーフレットに載せるエッセイの最終稿かと期待したが、僕が肩越しにのぞきこもうとすると、彼はシッシッと言って追い払おうとした。見るからにあわてた様子だったので、なおもしつこく訊いてみたところ、とうとうジョージはイヴに恋してしまったことを白状した。

「恋？」

「こっちから始めたんじゃない。彼女のほうだ！」とジョージは強調した。「かわいい笑顔で始終僕を見つめていた。たまたまそうなったんだ」

イヴはまだ二十歳で、六十六歳年下ですよと指摘したら、ジョージは鼻で笑った。性的な関係には興味がない、と彼は言った。それにはもう年をとりすぎている。愛情深い伴侶がほしいだけだ。ジョージの祖父には晩年、若い看護婦がついていた。自分も魅力的な若い女性と晩年を過ごすのはなんら恥ずべきことではないと彼は考えていた。ジョージはさきほどの紙を取り出し、特別な詩を書いたと言い出した。題して「イヴリーナ」。

僕がきみのようなかわいい娘ならいいのに
髪には花を挿し、ミニスカートを斜めにして
ほほえみを大砲のように使って
僕のような男たちをえじきにするだろう

歌を歌い、ため息をつき
笑い、泣くだろう
きみにすべてを見せるだろう
えくぼから身体にいたるまで

でも愛してると言われたら別れを告げて
惑わす男をほかに探すよ

彼女に気に入ってもらえるだろうかと、希望に輝く目で訊かれ、僕はきっと気に入りますよと太鼓判を押した。イヴがジョージの愛情を快く思い、シェイクスピア・アンド・カンパニーに惚れこんでいるのはわかっていた。もしかしたらなんとかなるかもしれないではないか。楽観的だったのも無理はない。僕にはナディアがいた。愛を信じていたし、この店が起こす奇跡を信じていた。何が起きても不思議ではなかった。

28

ある土曜日、カートがエドの店に食料品を買いに行かされた。買い物リストの中に今度のお茶会用の砂糖も入っていた。カートが箱入りの角砂糖を買ってきたのを知ると、ジョージは激怒した。

「角砂糖のほうが粉の砂糖より十三サンチーム高いんだぞ」とどなった。「まぬけ！何も知らんのか」

だが、十三サンチームのことでかっとするわりに、本人は単なる不注意からよく何千フランもなくしていた。一財産を食い破ったネズミの件ばかりでなく、本のページにお札を挟んで忘れたり、ポケットの穴から金の包みを落としたり、レジの引き出しを開けたままカウンターを離れて、戻ったらレジが空っぽだったこともあった。

ある夜、上のアパルトマンでジョージと食事をしていたとき、彼が脱いだ上着の内ポケットから百フラン札の包みがいくつも転がり落ちた。これほどの大金を見てびっくりした僕はあわてて拾ったが、ジョージは笑っただけで、およそ千ドル相当のフランを長椅子のシートクッションの下に押しこんだ。

「こういうつまらんものに執着しすぎると、人生が台無しになるぞ」彼はきっぱりと言った。

リーフレットに使う古い写真をジョージと探していたときに、妙なことがあった。二人でファイルボックスの中を引っかきまわしていたら、ジョージが千四百フラン入った自分の古い財布を見つけた。財布を渡された僕は、写真を探すあいだ持っていろということだと思い、終わってから返そうとした。ジョージは手を振り、あとでいいと言った。

僕は午後でいいという意味だと考え、もう一度返そうとしたら、ばかかという目で見られた。ジョージが僕の金欠ぶりをどれだけ知っていたか定かではないが、あのおかしな短編小説の辻売りを見ればいやでも気がつくだろう。僕を助けようとしてくれたらしかった。

僕はその小銭入れをポケットに入れた。これで一回洗濯して、まともな昼食を買って、二、三週間は楽に過ごせるのがありがたかった。ジョージから金をもらったことが二回あるが、これが最初のときだった。

ある日、ナディアが近所のインターネット・カフェからうれしいニュースをもって店に駆け戻ってきた。彼女の立体作品がブルックリン・ギャラリーで開催される若手作家展に選ばれたのだという。これは名誉なことなので、初日に間に合うように、クレジットカードを限度額ぎりぎりまで使って飛行機で帰国することにした。

「チャンスになるかもしれない」ナディアは落ちつきなく店内を行ったり来たりしながら、アブリミット、カートにお祝いのキスをし、それから、たまたまピアにつきあってカウンターにすわっていたマルシュカにもキスしているのに、僕は気づかずにいられなかった。

ナディアの作品というのは、側面に男女の体の部分の写真を貼った帽子箱ほどの立方体のセットだった。毛深い背中や細い肘、なまめかしい太もも、しわの寄ったペニスなどの写真だ。観客参加型の作品で、観客はこれらを組み合わせて、自分なりの性的存在をつくりだすよう求められた。

ナディアはこうした可能性をひどくおもしろがり、僕は性に関してこれほど柔軟な考え方をする女性とつきあっているのが楽しくなってきていた。ニューヨークへ向けて発つ午後、彼女は僕にキスして、くしゃくしゃのメモをくれた。それには「私の中の男があなたの中の女を愛している」と書いてあり、僕はますます首ったけになった。

だれもがなんらかの冒険に旅立とうとしているようだった。カートは七十時間ぶっつづけでおんぼろバスに乗ってモロッコに行くと宣言した。

ナディアと僕が親しくなってから、カートは様子が変だった。男同士で飲み騒ぐ日々が終わりを告げたのを悲しみ、自分の恋人を探すために、店に来る大勢の女性たちに執拗にちょっかいを出すようになった。結局、カートが選んだのは、天体物理学の学位をもち、頭をなかば剃り、ボディピアスが好きな若いフランス人女性だった。

「おれの〝ニキータ〟」カートはそう言って彼女を紹介した。

新しい恋人を従えたカートは、いつでもモロッコの海辺の町エッサウィラにおいでというある常連客の誘いに応じることにした。クリス・クック・ギルモアは老いた海辺のヒップスターで、白髪交じりの髪を長く伸ばし、室内でもほとんどサングラスをしていた。一九七〇年代にハシッシュ五キロをイタリアに持ちこもうとしてローマのレビッビア刑務所に拘禁されたギルモアは、獄中で書いた小説で作家として有名になった。十七か月の服役中、一連の短編小説を執筆し、母親がそれをニューヨークのエージェントに見せた。その結果、出版契約が結ばれ、長編第一作、酒の密輸をめぐる冒険物語『アトランティックシティ・プルーフ』は好評を博して、BBCのラジオドラマになり、イタリア語にも翻訳された。

最初の成功以来、ギルモアは未刊のものも含めてさらに二十冊の本を書き、季節に応じて三つの国に住んでいた。夏から秋にかけてはニュージャージー沖アブセコン島の町マーゲイトで母親と暮らした。彼の家は浜辺から一ブロックの場所にあり、何マイルか先にはアトランティックシティのカジノが立ち並んでいた。冬はエッサウィラで過ごした。モロッコ北西沿岸の城壁に囲まれた町で、ジミ・ヘンドリクスもよくここで演奏した。そして春はパリ――厳密にいえば、シェイクスピア・アンド・カンパニー三階のアパルトマンに滞在する。一月、モロッコへ向かう途中、店に寄ったクリスがホテルで合流しないかとみんなを招待したので、カートはアフリカの地でこの老作家の仲間に加わりたくなったのだ。

「だってポール・ボウルズとつきあってた人だぜ」出かける理由としてはそれで充分だとでもいうようにカートは言った。

例のニキータからバスの切符代を援助してもらい、カートがエッサウィラへ向けて発ったのは、ナディアがニューヨークへ行って間もなくのことだった。ガリエニのバスターミナルから二人を見送ると、店での生活が急にひどく静かになったような気がした。

初めて古書室で話しあった夜にサイモンにやけに寛大だったことや、カナダで大麻の栽培計画に出資したことなどからもうおわかりかもしれないが、僕は気晴らし用の麻薬の使用には反対ではない。それどころか、僕が少しずつ救いへ近づくことができたのはマリファナのおかげだとさえ思っている。

新聞記者時代のもっともつらい時期、僕は尋常ではない量の酒を飲むようになった。酒のうえの失敗で最悪なのは、一九七七年型リンカーン・コンチネンタルを壊した夜のことだった。

フルタイムで新聞社に雇われたときに自分へのプレゼントとして買った僕の夢の車だった。淡いブルーの車体がクロームメッキできらめき、オリジナルの8トラックのプレーヤーがついたこの巨大なリンカーンは、低価格車を二台つなげたよりも長かった。ガソリン代が週五十ドルもかかり、雨の日はエンジンがかからず、故障しやすいうえに修理代も高くついたが、それでも僕はこの車のすべてが大好きだった。

問題の事故があった夜、僕は近々結婚する友人を囲む男だけのパーティから、気持ちよく酔っぱらって車で家に帰る途中、アパートから一ブロック手前の交差点の真ん中に交通規制用のコーンが並んでいるのに気づいた。これは路面の線を引いたばかりというしるしだから、僕は迷わず突っこんだ。タイヤをきしらせて急停止し、バックミラー越しに見ると、塗料のかなりの部分がこすれて不鮮明になり、コーンは一個を残して全部倒れていたので得意な気持ちになった。バックして残りを片づけようとして、ふと肩越しにふりむいたら、縁石のところでアイドリングしているパトロールカーが目に入った。

猛然と逃げたら、向こうも追ってきた。時速五十マイルで駐車場まで飛ばし、ブレーキもかけずにぐいと向きを変えて駐車スペースに押しこんだ。僕の大事なリンカーンはオークの木に当たって跳ね返り、酔っぱらったように傾いて止まった。そのうしろに警察の車がはるかにコントロールよく止まった。

僕は車からよろよろと降りると、警察の車から静かに二歩遠ざかり、繁った生け垣に頭から飛びこんだ。小道を走りぬけ、ふたつのフェンスを跳び越え、アパートの脇の入口にたどりついた。自分の部屋に無事戻り、クローゼットの汚れたシャツの山の下に身を潜め、電話がいくら鳴りつづけても、ドアのブザーがいつまでもしつこく鳴りつづけても、じっとしていた。朝まで身を隠していた。

僕の愛車は助手席側にひどい傷が走り、美しいクロームメッキはこそげ落ちて安っぽくなっていた。警察はナンバープレートをたどって事故の数分後には僕のアパートにやってきたが、中に踏みこむための捜索令状は持っていなかった。酔った運転者は運転中にとらえなければならないとする細かい規定のおかげで僕は逮捕を免れ、新聞記者の身分を失わずにすんだ。

しかもこの夜の酔い方はまだ軽いほうだった。

犯罪記者をしていた頃に知りあった恋人がいなかったら、こうした破壊的な傾向とどう闘えばいいかわからなかっただろう。彼女は物静かな人で、よくマリファナを吸っていたので、僕も彼女を通じてマリファナの鎮静効果を知るようになった。以前はビールとビールのあいだにいつも麻薬でハイになっていたが、彼女といるときは酒の代わりにマリファナを吸った。すると前よりもリラックスして、酒への欲求が大幅に薄れ、外で過ごす晩もより穏やかになった。

このようなマリファナの効果をまったく知らなかったわけではない。記者として警察とつきあうなかで、酒は警察の人間がもっとも嫌う興奮剤であること、警官は例外なく、わめきたてる酔っぱらいよりも気まぐれなマリファナ常用者を相手にするのを好むことを知った。知り合いの看守から、マリファナかハシッシュが刑務所内に持ちこまれるときは見ないふりをすると打ち明けられたことさえある。囚人に対して鎮静効果があるからだ。しかし違法な酒の蒸留器でも見つかろうものなら、即座に三十日間の独房入りとなる。

僕の性格の変化があまりにも大きかったので、友人たちは間もなくマリファナ以前と以後という言い方をするようになり、みな口をそろえて以後のほうがいいと言った。過去のつらい経験をまぎらすには、もっとうまい対処法が見つかるまでマリファナを生活に取り入れるほうが楽だった。

たまたまデイヴもマリファナが大好きだった。もっとも彼の場合は、深い癒しではなく、むしろ人生の高揚を求めてのことだった。古なじみが顔を合わせ、カートとナディアがいなくなると、昔の習慣を懐かしく思い出して、街に繰り出すまで長くはかからなかった。

パリ一番の野外の麻薬市場はシャトレのすぐ北側、レ・アルの公園にある。かつては巨大な野菜果物市場だった場所で、フィッツジェラルドの『夜はやさし』の中に、浮かれ騒ぐ一団が夜明けにニンジンを積んだ荷車に乗ってレ・アルに乗りこむ場面がある。残念なことに、一九六〇年代、開発業者がこの中央市場の下に巨大な穴を掘り、半地下式のショッピング・センターにする許可を得た。現在は多数の洋服店やCD店、鼻を衝く臭いを漂わせたファストフード店などが、ダンテの描く漏斗状の地獄さながらに地面の奥へとつづいている。

ショッピング・センターの上には市が建設した公園があり、現在レ・アルという名で知られている。数名の老人がペタンクに興じ、フランス人家庭に住みこんで家事を手伝っている若い外国人女性が預かった子どもを連れて散歩し、さまざまな商品の売り手が何十人もいる。百フランないし二百フランのモロッコ産ハシッシュも売られている。

僕とデイヴはある日の午後早くレ・アルに行き、この手の取引の世界共通語に従って、公園を回りながら、僕らと視線を合わせようとする相手を探した。目的ありげに公園内をうろつく二人の若い男は客であることが歴然としているから、すぐに数人の売人が競って僕らの注意を惹こうとした。頭を支える手をかたどったマティスの彫刻のそばにいる売人のところで立ち止まった。

「テュ・シェルシュ？」

探しているのかと訊かれ、僕らがうなずくと、男は指ぬきほどの大きさのちっぽけなハシッシュを出した。僕はそれをつまみあげたが、ひどく高い金を請求されたのにびっくりした。

「セ・タン・プ・プティ」片言のフランス語でちょっと少ないと文句を言い、値段を交渉できるかもしれないと思って返した。いきなり男のパンチが僕の頭に飛んできた。うしろによろめき、なんとか二発目をよけた。デイヴはすでに両腕を振りまわしながらあわてて逃げ出していた。

「なんてことするんだ、値切るなんて」デイヴはとがめるようにそう言うと、肩越しに振り返って、男が追ってこないのを確認した。「ここじゃ勝手がわからないのに！」

僕はこめかみをさすりながら、確かに出過ぎたまねだったと認めた。二人で園内をもう一周して、今度はアディダスのジャンプスーツを着た男を選んだ。彼のハシッシュはスパゲッティほどの細い棒状に切ってあり、セロハンできっちり包んであったから、ちゃんと嗅いでみることができなかった。だが、さきほどのこともあるし、文句を言う気はなく、僕はパリでの初めての麻薬取引に大いに満足して立ち去った。

その数日後、デイヴは例の偉大な小説を書くために、オーストリアの丘陵地帯にある親戚の農家へ向けて発ち、僕はまたひとりぼっちになった。ある夜、桜の木の下のベンチにすわり、ナディアとの幸せな再会を思い描いていたところへ、サイモンがひどく動揺した様子で寄ってきた。

「キティが死んだみたいなんだ」としゃがれ声で言う。

ジョージとサイモンは猫のキティをめぐって水面下でつばぜり合いを演じていた。キティは生存本能を身につけるべきだと考えていたジョージは、一日おきにしかエサをやらなかった。近所の公園で鳥やネズミを捕ることを覚えてほしいからだ。しかしサイモンは家猫を野生にするのに反感をもち、キティを毎晩こっそり古書室に入れて、缶詰のエサをやっていた。どちらも自分のやり方が正しいと信じて疑わず、本当は自分のほうが猫に好かれているはずだと等しく信じていた。

サイモンは僕の手を引いて、サン＝ジャック通りを進み、サンドイッチ・クィーンのチュイが店を出している場所の近くに案内した。トラックの下に、車に轢かれた黒猫の硬直した死体があった。本当にキティかどうかよくわからず、二人で死体のそばにしゃがみこんだ。確かに黒猫だが、なんだかおかしい。ついにサイモンが手を伸ばし、キティの特徴であるしっぽのねじれを調べた。ねじれがない。僕らはほっと安堵のため息をついた。だが、二人して死んだ黒猫の上にかがみこみながら、僕は不吉なものを感じずにはいられなかった。

29

シェイクスピア・アンド・カンパニーに来て以来、僕はジョージの非公式のヒエラルキーの中で特権的な地位を享受してきた。店の鍵を渡され、上の部屋での夕食に招かれ、アパルトマンの購入や店の将来、失った娘への愛などについて話したいときには、信頼できる相談相手として選ばれた。ところが突如、その地位を奪われた。

見たところ、スコットは店のみんなと変わるところはなかった。一週間シャワーを浴びず、睡眠不足で赤い目をして、服のポケットはベンヤミンの本のためのメモでふくらんでいた。しかしどういうわけか、ほんの二、三週間のあいだに、彼は僕に替わってジョージのお気に入りのアシスタントになった。店を開けるために毎朝なんとか最初に起きだすのもスコットなら、ピアやソフィが午後のコーヒーを飲みに行くあいだ店番をするのも、空いた時間に小説の売り場でアルファベット順に本を並べるのもスコットになった。

ジョージは誇らしげな父親のようにそうしたすべてを見守り、ことあるごとにスコットはいずれ立派な仕事をなしとげるだろうと言うのだった。そのときによって、スコットのことを優秀な学者だと客に話すこともあれば、近々有名になる作家だと言うことも、単に何をやらせてもすばらしい男だと言うこともあった。スコットはいつも控えめな笑顔でそれを楽しんでいた。

嫉妬のようなものが僕の心をちくちく刺した。店での自分の立場について本気で心配したことなど一度もなかったのに、いまや疑いが胸をかきむしるようになった。僕が店に来たときのエステバンの反応を思い出した。スコットに対するこの感情は、あのときのエステバンと同じではないだろうか。

ジョージが毎年恒例のブックフェアのためにロンドンに行く準備をしていて、出発の数日前に列車の乗車券とフェアの入場券、パスポートをなくしたときには、僕が点数を稼いだ。ジョージがよくものをなくす場所を知っていたので、この大事な書類がペンギン・ブックスの納品書の山に混ざっていたのを発見できた。手柄に得意になっていただけに、ジョージが留守中に自分の寝室を使うようスコットに勧めたのには二重に傷ついた。

「あいつは本物の作家なんだ、静かに仕事をする場所が要る」ジョージはすっかり落ちこんでいる僕を見て叱った。「だいたいおまえら煽動者どもときたら、川べりで酒を飲んでばかりいるじゃないか」

ひょっとしたら死んだ黒猫は不運の前ぶれだったのかもしれない。何週間も待ったあげく、サイモンの携帯電話がようやく鳴ったが、それは彼の求めていた返事ではなかった。

「出版社はもっと経験のある別の人に翻訳をまかせるつもりなんだよ」サイモンはがっかりした様子で言った。「彼らには芸術なんてどうでもいいんだ。クロード・シモンの訳者として最適な人間は僕だとわかっているのに、だれかほかの、有名で学位もあって、パーティで見せびらかせるような人間のほうがいいんだ」

僕らはパニスのバーにすわっていたのだが、カフェの中にも慰めはなかった。犬のエイモスが床にうつぶせに寝たまま、僕らを迎えに立ち上がることさえできないのにサイモンが気づいた。ウェイターによると、糞に血が混じっていたから店主が獣医に連れていく予定だという。

犬は病気だし、翻訳の仕事はだめになるしで、サイモンは落胆していたが、僕がジョージの寵愛を失ったことを知ると、それ以上の不安に襲われた。僕らが古書室を共同で使う取り決めをしたあと、ジョージはサイモンを追い出す話をしなくなっていた。サイモンは立ち退きが中断されたのは僕の魅力のせいだと思って感謝していたのだが、住まいを失うかもしれないという恐怖がまたよみがえってきた。

「そうなったらセーヌに僕の死体がうかぶだろうね」サイモンはつぶやいた。

ナディアがニューヨークから帰れば力になってくれると思っていたが、事態はたちまちおかしくなった。店内の夜の寒さに睡眠不足、無頓着な食事のせいで体の抵抗力が落ちていた僕は、店でひどいウイルスにやられてしまった。風邪でふらふらする体でどうにかこうにか空港にたどりついたものの、もちろん時間に間に合うどころではなかった。ナディアは最初、僕が遅刻したのに怒り、そのうえ、ぐったりして再会に感激した様子さえ見られないためすっかりしらけてしまった。

ナディアがいったん現実世界に戻ったことからくる距離感もあった。ギャラリーでの展覧会は成功したが、彼女は美術界が人脈で動いていることに気づかされた。自分のネットワークを築きあげなければという気の遠くなるようなプレッシャーを感じ、自分は本屋に住みこんで何をしているのだろうと自問した。シェイクスピア・アンド・カンパニーの友愛と精神はすばらしいと思っていたが、ここにはひとりになって実際の制作作業をする場所も時間もなかった。僕の場合は少なくとも日中と晩に古書室を独り占めする贅沢を味わえたし、カートは店内で人目にさらされながら書くというやり方でうまくいっていた。だが芸術家としての孤独を求めるナディアにとって、共同生活は息苦しいものになりつつあった。

盗みは絶えず問題となってきた。ジョージの金の管理がずさんなせいで、シェイクスピア・アンド・カンパニーの名は近所のならず者のあいだで知れ渡っていた。大勢の泥棒が定期的にやってきて、ジョージの置き忘れた金を求めて本のあいだを探しまわったり、ジョージがレジから離れるのをじっと待っていたりした。稼ぎにならない週はめったにないほどだった。

真偽は疑わしいものの、多額の窃盗事件の話もあった。若いベルギー人が百科事典のうしろにあった三万フランを見つけて、一年間ネパールに登山に行ったという話もあれば、スペイン人のヘロイン常用者二人組がジョージの置き忘れた金で五年間も麻薬をつづけることができたという話もある。ある名もないアメリカの詩人は、みんなが寝静まってから金の隠し場所を探せるように、閉店のときに本のテーブルの下に隠れたという。

さらに悲しいのは、内部の者による盗みもあることだ。ジョージは見知らぬ人間を信頼して店に泊めるばかりでなく、レジもまかせていた。会計システムがないうえに、レジのキーはあらかた作動しなくなっているから、わずかなお札をちょろまかすことなどわけはない。店の元住人が言うように、ジョージ自身のモットー「与えられるものは与え、必要なものは取れ」の意味を拡大解釈するのは簡単だった。

そしてある夜、ルークと本の話をしていたときに起きた恐ろしい出来事によって、時にはもっと暴力的な盗みもあることを知った。

その夜、ルークは機嫌がよく、しゃれた黒のスーツに身をつつみ、アメリカの作家ネルソン・オルグレンの小説『黄金の腕』のすばらしさについて語っていた。オルグレンはシカゴで育ち、第二次大戦に従軍し、シモーヌ・ド・ボーヴォワールとの恋愛関係でも有名な人物だが、何より重要なのは、驚くほど見事な散文を書いたことだった。『黄金の腕』はヘロイン中毒をとりあげたアメリカで最初の本であり、シカゴの街の暮らしの暴力的で強烈な味わいを描き出した。ルークによれば、ハリウッドでこの作品を映画化するとき、プロデューサーはフランク・シナトラを主役にしたが、シナトラはこの役にはやわすぎると考えた作家は、攻撃的な態度をとってセットから追い出されたという。

ルークは話の最中に閉店時間が近いことに気づき、上の図書室に客が残っていないかどうか見に行った。それから一、二分後に若い男が四人乱入してきた。ひとりがシャツをまくりあげ、スウェットパンツのウェストに突っこんだ長い湾曲したナイフを見せた。男はレジを指さして、ナイフを抜いた。

僕は女の子のような悲鳴を上げた。

そして駆けだした。

「ルーク！　ルーク！　**ルーク！**　店にナイフが」叫びながら、全速力でドイツの本のコーナーまで駆けていった。

だがここで、僕は生涯でもっとも勇敢な行為のひとつをやってのけた――立ち止まり、レジを守るべきだと考えたのだ。入口のほうに引き返そうとしたところで、最近頭をすっかり剃りあげたある作家が美術書売り場を見て回っているのに気がついた。暗殺者集団の手先さながらのその風貌を見て、ふとひらめき、彼を引きずっていくと、さきほどの男たちがレジの引き出しをナイフでこじ開けようとしていた。

「下がれ！」僕は絶叫した。今度はだいぶ女の子らしさが薄れた。

僕が突然またあらわれたせいか、スキンヘッドの作家の凶暴な顔つきのせいか、男たちは後ずさった。彼らがどうすべきか迷っているところへ、ルークが正面の入口から飛びこんできた。侵入者を挟み撃ちにするために別の階段を駆け下りてきたのだ。彼はばかでかい厚板を振りまわしていた。

「ナイフはどこだ?」とにらみつける。

男たちは即座にまずいと思ったらしく、夜の闇の中へ逃げていった。僕らは少し動揺したものの、みな胸を張り、互いの男らしさをたたえあった。

ジョージがロンドンから帰国すると、事態はいっそう悪化した。ある日の午後、ジョージがイヴとお昼を食べたあと、かんかんになって近づいてきて、詰問した。

「強盗に遭いかけた話をなんで彼女にしたんだ」

いい話だし、刺激的だし、戻って強盗と対決したところが僕を勇敢な男のように見せると思ったからだった。

「そこがバカなんだよ。バカ!　彼女が怖がってここで暮らしてくれなくなるじゃないか」彼はどなりつけ、憤然として立ち去った。

数日後、ジョージは僕がカナダの友人にはがきを書いているところを見つけた。僕が使っていたのはシェイクスピア・アンド・カンパニーのはがきで、たまたま二、三の単語の綴りを間違え、一枚を破り捨てていた。無駄づかいを忌み嫌うジョージは、破いたはがきを見つけて激怒した。

「もうあまりはがきが残ってないのを知らないのか？　遠慮ってものがないのか？」

だが最悪だったのは、僕が詩の本の順番を並べ替えていたある朝のことだった。スコットはカウンターにいて、熱いコーヒーとできたてに近いドーナツを出してもらっていたのに、僕は完全に無視されていた。ジョージはようやく僕も店内で働いていることを思い出したが、それは僕の仕事をチェックするためにすぎなかった。

「順番が違うぞ。全部ごちゃごちゃじゃないか」

まだ作業の途中で、ブレイクとブラウニングが二人のヒューズの隣にあるのは、エリオットとフロストをまだ棚に入れていないからだと説明しようとしたが、ジョージは聞く耳をもたなかった。

「店のことなんかどうでもいいんだな。おれを破滅させるつもりか」

ほとんどの人には怒りを抑えきれなくなる限度というものがあると思うが、僕は特にその限度が低かったらしく、思わず爆発した。初めて、そしてたった一度だけ、僕はジョージに向かってどなった。

「辛抱ってものができないんですか。そんなに僕の仕事がいやなら自分でやればいいでしょう」

僕は店のドアを叩きつけるように閉め、シテ島を歩いて三周しながら、ジョージと彼の店をののしりつづけた。やっと怒りが収まったら、今度は胸苦しい危機感に襲われた。この不安定な状況で、万一シェイクスピア・アンド・カンパニーにいられなくなったら、選択肢は三つしかない。路上で寝るか、シェルターに行くか、実家に電話して金を無心するか。どれがよりつらいか僕には判断できなかった。

そんなわけで僕はジョージの机の上に彼の好きなレモン・メレンゲパイ一切れを仲直りの贈りものとして置き、アブリミットに相談しに行った。驚いたことに、僕の悩みを聞くと、彼は声をあげて笑った。ジョージはいつだって古なじみより新顔のほうが好きなんだよ、とアブリミットは説明した。新入りは決まってシェイクスピア・アンド・カンパニーに夢中になっているし、店に熱意とエネルギーをもたらすし、未知の人間という真っ白なキャンバスには興味をそそられる。前からの住人が嫌いになるというわけではない。ぴかぴかの新入りほど新鮮味がないだけだ。ジョージは少しばかりぴかぴかしているものが好きなのだ。

アブリミットも同じ経験をしたという。一年以上前に初めて店を訪れたとき、ジョージはアブリミットを王子様のようにもてなし、きちんと食事をつくり、三階のアパルトマンのベッドを提供した。二か月ほど二人はこの上なくうまくいっていたが、ある日、アブリミットはジョージの顔つきと尖った声に不興を感じとった。何も言われないうちに下へ移り、ジョージを避け、学生用のカフェテリアで食事をするようになった。

「ジョージは何も言わない。察する必要があるんだ」アブリミットは忠告してくれた。「新しく来た人がいつも彼の心をとらえる。でも、本当にジョージのことがわかるのは、僕らのような古い友人なんだよ」

その言葉に慰められたが、僕の安心感はすでに揺らいでいた。

30

救いはアイルランド人女性の訪問から始まった。四月初めの肌寒い晩、僕は古書室の机で小説を書いていた。ジョージと仲違いしてから、僕はささやかな小説を急いで書きあげようとしていた。この作品を何千ドルかで売ることができれば、ジョージのめまぐるしい気分の変化から逃れられるだろうと考えた。そんな夢想に耽っていたら、ウィンドウをせわしなくノックする音がした。

ドアを開けると小柄な女性が立っていて、パリのアイルランド大使館の者だと名のった。サイモンあてのきわめて重要なメッセージを預かっていると言い、詩人はここに住んでいるのかと訊いた。

店内に招き入れてすわってもらったら、実にすばらしい知らせを聞かされた。サイモンがアイルランド南部の小さな町ディングルで開かれる文学の祭典で詩を朗読するよう招待されたのだ。実は、開催まであと二週間もなく、組織委員会はすでにシェイクスピア・アンド・カンパニーに暮らす詩人が出席すると発表してしまったため、本人に連絡しようと必死になっていた。招待状を三回郵送したが、この店に手紙を送るのは、瓶に入れた手紙をアイリッシュ海に投げこむより多少はましという程度でしかないことを主催者は知らなかった。店に届いた手紙は間違った場所に置かれたり、忘れられたり、途中で好奇心旺盛なジョージに止められることさえあった。

そのアイルランド人女性によると、サイモンが出席を承知すれば、旅費と宿泊費、食事代も支給されるという。お知らせがすっかり遅くなったけれどぜひ出席してほしい、これほど才能ある詩人に来ていただけるのは町としてもたいへん光栄なことである、そう言って彼女は出ていった。

「信じられない」サイモンは顔を輝かせた。「詩人の国じゃないか！　アイルランドには一度も行ったことがないんだ。とても足を踏み入れる勇気がなかった。われわれイギリス人は辛抱強いアイルランドの人々にさんざんひどいことをしたからね」

今回の招待は、別の詩人の尽力によるもので、その男性は前年、店に立ち寄り、サイモンの作品に感銘を受けたのだった。サイモンは自分の詩に自信をもっていたが、自分が正当に評価されるのは死後のことだと思いこんでいた。だが、ディングルのフェスティバルで朗読しないかという誘いが来たことで、生きているあいだに名声を手に入れる可能性がちらつきだした。この催しには、アイルランドの名誉ある「詩の教授」に選ばれた詩人や、イギリスでサミュエル・ベケットやヘンリー・ミラーの本を出版した男性もゲストとしてやってくる。当然のごとく有頂天になったサイモンは、これを祝ってコデインとノンアルコールビールのふたを開けた。

上機嫌がほぼ丸一日つづいたあとで、プレッシャーがのしかかってきた。これほど晴れがましい席で朗読した経験がないため、怖じ気づいたのだ。自分はアイルランドに行く心の準備ができているのだろうか。オスカー・ワイルドとウィリアム・トレヴァーの国に？　十ポンド札にジェイムズ・ジョイスの肖像が印刷され、詩人は所得税を免除される国に？

さらにやっかいなのは、現地までどうやってたどりつけばいいのか本人にもさっぱりわからないことだった。ディングルは人口二千人以下、昔ながらの自然が残るアイルランド南西部の端にあり、主として入り江で泳ぐ人なつこいイルカで知られる町だ。この地域への一番安い航空券でも支給される旅費の倍以上するため、サイモンはこれを欠席の口実にしようかと考えはじめた。さらに猛烈な不安に襲われると、アル中に逆戻りしないためにも今回の招待は断るべきだとさえ考えた。

「アイルランドは酒飲みだらけだろう、アル中の国といってもいいくらいだよ。ほかの詩人がみんなバーに直行するときにいっしょにいたらどうなるか、火を見るより明らかじゃないか。どうやって切りぬけるんだ」

一石二鳥どころか一石で何鳥も仕留められるかもしれないと気づいたのはそのときだった。僕にはジョージから離れる時間が必要だったし、モロッコに行ったカートのように文学的な冒険がしたくてたまらなかった。ぜひとも金が必要だったし、サイモンがすばらしいチャンスをつかむのに手を貸したかった。不透明な経緯で新聞社を辞めたにもかかわらず、僕はまだ何人かの編集長と良好な関係を保っていたので、週末版にサイモンの冒険の旅について記事を書きたいと申し出た。原稿料でサイモンの旅費を援助できるし、僕もついていけばアイルランドの誘惑から彼を守れるだろう。

二人で一週間出かけてくると言ったら、ジョージは面食らっていた。泊まり客にどれほどつっけんどんな態度をとろうと、ジョージは友人が出ていくのを見るのが決して好きではなかった。出発を阻止するために航空券とパスポートを没収してしまったこともあるほどだ。カートが行ってしまい、さらになじみの二人が一週間とはいえいなくなるのはうれしいことではなかった。

「なまけものめ」ジョージは不満げにぶつぶつ言った。「他人の金でアイルランドに遊覧旅行か。それで作家といえるのか」

そう言いながらも、内心、店内の無名の詩人の声価が突如高まったことに興奮していた。ジョージはかつて庇護下においたことのある者たちの成功を注意深くたどり、店をたたえる新聞や雑誌の記事は残らずファイルしていた。サイモンが称賛を博し、それを記録する僕の記事が出る見通しになると、ジョージはサイモンをカルティエ・ラタンの巨人と呼ぶようになった。

出発前にジョージから荷造りの仕方に関する短いレッスンを受けた。シャツの替え一枚、歯ブラシ一本、ポケットに入れた本一冊だけで世界中を旅してきた彼は、上着以外に何が必要なんだと言う。

「ファーリンゲティもこうしていたぞ」替えの靴下やシャンプーのボトルといった不要

なものを僕の旅行鞄から取り除きながらジョージは言った。

出発の日はちょうど復活祭の祝日で、サイモンはこの偶然の一致に畏れおののいた。ひょっとしたら彼もキリストのように、文学上の死者の地位から復活するかもしれない。出かける前にジョージは僕らを戦に赴く戦士のように遇してくれた。パンケーキがいつもの日曜朝のそれより著しくおいしかったばかりか、卵、ベーコン、ソーセージ、ポテト、さらには新鮮なジュースまでふるまわれた。食事の終わりに、ジョージはサイモンのために乾杯しようと提唱し、みなグラスを高く掲げた。ノートルダムの復活祭の鐘が川を越えて響きわたるなか、僕はナディアから優しい別れのキスを受け、サイモンと二人、旅の出発点となるメトロの駅へと勇んで出かけていった。

現地まで回り道をして行くつもりだった。まず列車でフランス北部のシェルブールに出て、フェリーで一泊してアイルランドのロスレア港へ渡り、バスでコークへ向かい、さらにそこから別のバスでディングルをめざす。片道四十時間近くかかるが、全体の費用はサイモンに支給される旅費を百フラン上回るだけだ。

出だしは順調だった。復活祭の朝早くサン゠ラザール駅へ向かうメトロの中は静かで、席もすぐに見つかった。北へ向かう列車の中で、サイモンは黄色い花が一面に咲き乱れる野原に釘づけになっていた。「ヴァン・ゴッホの色だ。ほら、ある意味で、僕もちょっとゴッホに似てるよね――ひどい貧乏だし、生きてるあいだは認められないし」

シェルブールに着くと、フェリーの出発まで三時間待たねばならず、サイモンはターミナルの中をいらいらと行ったり来たりしていた。イギリス海峡の灰色の海原をじっと見つめてから、くるりとふりむき、旅行鞄の中を探りはじめた。

「飲まずにいられない」

そう宣言して、鞄に詰めこんできた六本パックのノンアルコールビールの一本と、コデインの瓶を引っぱり出した。どうやらジョージはサイモンの荷造りの仕方は調べなかったらしい。ビールをぐびぐび飲むサイモンを見ながら、まだ一日目の昼前なのにと不安になった。

ノルマンディ号がドックに入ってきた。巨大な船で、デッキ数十一、総トン数二万八千トン、千名の乗客を収容できる。予約しておいた一番安い客室は、車を積んだデッキのすぐ上の七デッキで、海面よりだいぶ下だった。サイモンは狭い二段ベッドのある窮屈な客室を見回して、ノンアルコールビールをもう一缶開けた。

翌朝、ロスレア港に着いた。断崖に沿ってできた轍のような場所だ。ここから西へ向かうバスに乗る。バス会社は一台一台のバスに名前をつけていて、僕らの乗るバスはサイモンといった。「きっと天のいたずらだよ」サイモンはそうつぶやきながらバスに乗りこんだ。

西へ向かう車中で、どこまでも緑がつづく田園風景に目をみはった。午後、コークでバスを乗り換えると、ごつごつした岩山が増え、もう三十五時間以上も旅していながら、すばらしい景色をもっと堪能できるようにバスがスピードをゆるめてくれればいいのにと二人とも思った。その夜十一時すぎ、店を出てから三十九時間以上たって、ディングルのバス停に着いた。

僕らの部屋は入り江を見下ろす位置にあり、毎朝、漁を終えた漁船が入ってくるのが窓から見えた。ディングルの町は端から端まで三十分足らずで歩いていけるほど小さく、せいぜい三ないし五ブロックも下りればそこはもう入り江である。僕は主に周囲の丘を散策したり、パブで一パイントのギネスとシーフード・チャウダーを味わったりしていたが、サイモンはひたすら朗読のことを心配していた。コデインがなくなってしまったため、歯痛を訴えてフェスティバルの主催者のところに行った。何事にも手際のいい主催者側の男性が、地元の薬局でスムーズに手配できるように取りはからってくれた。

部屋で二人きりになると、夜遅くまで話しこみ、僕はサイモンの人生、破れた愛、家族をめぐる後悔についてさらに詳しく知ることになった。彼のアルコール中毒についても聞いた。たちの悪い酔っぱらいではなかったが、自己破壊的な面があった。昔スペインで真夜中に酔って崖から転落し、けがをしたまま半日も岩の上で寝ていたことがあったという。事故かどうか怪しかった。

彼の言葉を心にとめておこうと思った。僕も酒の問題を抱え、警察ともめ、せっぱつまってシェイクスピア・アンド・カンパニーにたどりついた。サイモンの話を聞いているうちに、彼は『クリスマス・キャロル』に出てくる未来のクリスマスの霊のようなものではないかと思えてきた。

フェスティバルは祭りらしく華やかに幕を開けた。アイルランドで名声を誇る盲目の詩人が詩を読み、ジグが演奏された。ワインとビールもたっぷりあった。サイモンは終始決意を守り、持参のノンアルコールビールをぐびぐび飲んでいた。

朗読会の前夜、サイモンはホテルの部屋に閉じこもり、明日の任務について思い悩んでいた。窓を開けたり閉めたりし、ビールをがぶ飲みし、テレビのリモコンでひっきりなしにチャンネルを変えていた。さらに二回もフランスの元恋人に電話をかけ、朗読会でどのスカーフをつけるべきか相談していた。

フェスティバルのパンフレットを見ていた彼は、ほかに三人の詩人が同じ予定表に出ていることに気づいた。彼らの経歴を見て、サイモンは動揺した。

「みんな本を出している。有名な詩人だ。僕には何もない」

かと思うと急に自信が湧き起こってきた。「いや、僕には作品がある」

朗読会は午後二時から始まる予定で、会場は町の反対側だった。つまり歩いてすぐということだが、それでもサイモンは途中二回もひょいとパブに入ってノンアルコールビールを一気に飲みほした。ギネスからカリバーという陽気な名前のビールが出ており、これがアルコール分一パーセントに近いことがわかったのだ。朗読の前に入った最後のパブで、サイモンは窓から射しこむ光に瓶をかざして見た。

「一四パーセントのを飲んだふりをするよ」

会場の書店に近づくと、サイモンは急に足を速め、店の入口の前を勢いよく通りすぎた。僕は追いついて引き止めた。彼はうわのそらでぶつぶつつぶやいていた。

「神よ、困難なときに私をお助けください……」

「サイモン、祈ってるの？」

「こういうときには僕の中の宗教心が顔を出すんだ」サイモンは頭を振った。

六十人ほどがサイモンの朗読を待っていた。膝に赤ん坊をのせた母親や、高校生の一団、フェスティバルに参加している他の作家たちがおり、うしろのほうには出版社の人間やジャーナリストも何人かいた。

サイモンは前方の自分の席についた。物書きの習慣に通じただれかが台の上に背の高いワインの瓶を置いていた。彼はちょっとのあいだそれを見つめ、それから店の主に手を振った。

「すいませんが、これを片づけていただけますか？」

そして朗読を始めた。深みのあるイギリス風のアクセントが言葉をもみほぐし、聴衆を引きこんだ。短い詩が四篇選ばれ、これから最後の詩を読むと宣言したときには失望のざわめきが起こった。最後の一篇は桜の木のことを書いた詩だった。僕らが出かける前にシェイクスピア・アンド・カンパニーの前で咲きだしていたあの桜である。

かすかな樹の匂いを漂わせ
長い冬のあいだじゅう　ぼくのドアの外で
田舎の娘がふたり　樹皮と褐色の着物をまとい
いまにも踊りだしそうに腕を掲げていた

あと一日で　一週間もしないで
娘たちは絢爛たる芸者になる
白とピンクの桜の花びらの扇をぱっと開く
ぼくがよそ見をしているすきに

まず三月の最後の風が吹く
するとぼくはふりむいて目をみはる
春の雪？
それとも彼女たちが
地面に扇を投げたのか

読み終わると、割れんばかりの拍手が巻き起こった。作家たちは満足そうにうなずいていた。アイルランドの「詩の教授」がサイモンの背中をさかんに叩いた。雑誌編集者が近づき、批評記事を書かせてほしいと言った。アイルランドのラジオの記者がサイモンと話したがっていた。だれもが温かい言葉をかけた。サイモンの顔に笑みが湧きあがった。顔は輝き、眼鏡をはずして涙を拭いた。そして人波に呑みこまれ、ディングルの通りへと流されていった。

31

恥ずかしい話だが、アイルランドから帰って何より愉快だったのは、スコットが失墜していたことだった。

スコットとジョージの関係がよそよそしいことに僕はすぐに気づいた。間もなくスコットからジョージとまったく話をしなくなったと打ち明けられ、僕の推察が裏づけられた。彼は追い出されるのを恐れて、僕にどういうことか調べてほしいと頼んだ。

ちょっと調べてみた結果、スコットはソフィと親しくなりすぎるという重大な過ちを犯したという結論に至った。本人はただの友だちだと言いはっていたが、ソフィが店のカウンターで働いているときに、スコットは膨大な時間をそのそばで過ごし、あまつさえワトソン奨学金を使って彼女を高価なディナーに誘いはじめたのだった。

スコットが夢中になるのも無理はなかった。ストリート・ハスラーのニックをはじめ、この若いイギリス人女優を口説くために足繁く店に通ってくる客が何人もいた。しかしソフィに想いをよせる他の男たちはみなシェイクスピア・アンド・カンパニーに住んでいるわけではなかったし、店の住人が店員と関係をもつのはタブーのようなものであることがわかった。

ジョージは店で働く美女たちを注意深く見守っており、住人が彼女たちに関心をよせすぎるのを快く思わなかった。自分の保護下にある娘たちを店内のロマンスで泣かせたくないという父親的な身ぶりでもあった。シェイクスピア・アンド・カンパニーでは本物の恋が数多く花開いた。ジョージがいまでも数えつづけている、店で出会って結婚したカップルの総数からもそれはわかる。だが、店で始まった関係が破局に終わることのほうがそれ以上に多かった。あるときジョージとお茶を飲んでいたら、十年前に店のカウンターで働いていたというきれいな韓国人女性が姿を見せた。彼女が連れていた美少女は店でのロマンスの産物だったが、相手の作家はとうの昔に姿を消していた。

しかし、ジョージの保護本能にはそれ以上のものがあった。彼は老いた狼でもあり、跳ねまわる若造どもの前で自分の縄張りを誇示しようとしていた。五十年にわたりこの店で人々の注目を一身に集めてきたジョージは、時にスポットライトを人と分けあうのをいやがった。ソフィとスコットは互いの仲の良さを隠そうともしなかったし、プラトニックな関係だからいいというものでもなかった。

怒っているのかとジョージに訊いたら、スコットは一日中カウンターでソフィを楽しませて彼女の仕事を邪魔しているとぶつぶつこぼしただけだった。僕はこれを警告と受けとり、スコットにソフィといっしょのところを見られないようにしたほうがいいと伝えた。

ジョージがスコットをえこひいきしたことで苦しみ、それでも彼のそばに戻ってきたことで、僕はふたたび何やら不可解なテストに合格したかのようだった。僕らはまた夕食をともにし、店の将来についてともに計画を練るようになり、ジョージのリーフレットにも大量の変更を加えた。彼は僕を脇に呼び、みんながみんな僕の過ちに耐えられるわけではないんだなどと言ったりもした。

僕が新しい住人と不愉快な喧嘩をした日に、僕らの友情の強さが確認できた。一瞬にして相手の人柄を見分け、シェイクスピア・アンド・カンパニーを悪の種から守ってきたのは、ジョージの優れた才能のひとつだった。四万人以上の人間を泊めてきたわりに、暴力沙汰や狂信的な事件は比較的少なかった。とはいえ、もちろんたまには判断ミスもある。

一九九〇年代に店に泊まった殺人犯の話をジョージから聞いたことがある。ジョージはひとめ見て変わったやつだと思ったが、疑わしきは罰せずの立場で受け入れた。ある日、三階のアパルトマンから悲鳴が聞こえ、駆け上がると、その男が店に泊まっていた若い女性の首を絞めていた。ワインの瓶で脅すまで、女性を放そうとしなかった。

「レイプしたかったんじゃない、ただ殺そうとしたんだ。あれほどすさまじい憎しみに満ちた目を見たのは初めてだったよ」

　何年もたってから、イギリスの刑事がパリを訪れた際に店に立ち寄った。刑事はジョージに写真を見せ、この顔に見覚えはないかと訊いた。あの男が泊まっていたときに起きた事件について話すと、刑事は厳しい顔でうなずいた。その男は前年ロンドンである女性をつけまわして殺し、警察ははるばるロシアまで追跡して逮捕したのだという。休暇でパリに来た刑事は、殺人犯がジョージのことを懐かしそうに話していたのを思い出し、その情報を知らせようと思ったのだった。

「あれにはびっくりしたね」

　今回の新しい住人というのは、ケンブリッジから来たスリランカ人女性で、人を殺そうとしたわけではなく、単にやたらとお高くとまっているだけだった。彼女は試験勉強をしているところで、泊めてほしいと頼む手紙をあらかじめジョージに出していた。ジョージはめずらしくきちんと了解のはがきを送り、彼女は四月下旬のある晴れた朝にやってきた。

　僕ら二人は即座に折りあいが悪くなった。静かに本を読み、試験勉強ができるようにとジョージは彼女が三階のアパルトマンに泊まることを認めていた。スリランカ人の女は重いスーツケースを二個も持ってきて、三階まで運ぶよう僕に要求した。僕は面食らったが、それでも持ち上げてやった。

　最初の一週間、彼女は一度として店の仕事を手伝わなかった。朝、店を開けるのも、夜、本をしまうのも手伝わず、突然の暴風雨で、客もみな本の箱を運びこむのを手伝ってくれるような大がかりな作業のときにも参加しなかった。厚かましくも日曜日の開店前の仕事さえ免除してほしいと言うのが僕には理解できなかった。どうして店の伝統を無視するようなまねができるのだろう。なぜ自分の仕事をしないのだろう。ついに僕は面と向かって彼女を責め、口論が激しいどなりあいに発展すると、彼女は泣きながら駆け上がっていった。

その後、ジョージに怒られるかと心配したが、彼は僕を連れてオフィスに入り、時にはまったくそれに値しない人間に対しても精いっぱい大目に見てやらねばならない場合があるという話をした。

「僕はね、ずっとウォルト・ホイットマンの言うとおりだと思ってきたんだ――だれもがちょっとした才能をもっているし、だれもが特別な人間になれる可能性をもっている。彼女の場合はまだ間に合う。僕らが手を貸してやればいい。こういう人たちを味方に引き入れる必要があるんだよ」

ある寒い夜、ガスストーブのそばに縮こまり、ルークがキューバで開く書店はさぞ蒸し暑いだろうねなどという話をしていたら、店のドアが勢いよくバンと開いた。寒いじゃないかと文句を言いかけたところへカートが飛びこんできた。いつもの灰色のコートを着ていたが、こんがり日に焼け、マグレブの遊牧民のように鮮やかな青色のターバンを頭に巻いていた。

「ただいま」両腕を広げ、大声で言った。

ターバンを見て感じた不安は、カートに再会できた安堵の前に吹き飛んだ。パリに来て四か月近くが過ぎ、カートは僕の親友のひとりになっていたから、彼の留守中の出来事を全部話したくてうずうずしていた。カートのほうも話したいことが山ほどあって、赤い砂漠、一晩数フランで泊まれるホテルの屋上の部屋、祈りを呼びかけるモスクなどについてさっそく話しはじめた。しかし、彼が最高の讃辞を捧げたのはクリス・クック・ギルモアその人で、いまやうやうやしく「キャプテン」と呼んでいた。

「あの人といると刺激になってさ」カートはそう言って自分のノートを振りまわした。「『ビデオランググラー』がやっと終わったよ」

カートによると、クリスは近日中にパリに立ち寄り、店に泊まる予定だという。僕は彼が到着する日を心にとめた。僕がいた頃にシェイクスピア・アンド・カンパニーに滞在した作家はおおかた駆け出しの作家ばかりだった。実際に本を出した人に会えれば勉強になるだろう。

僕は相変わらずナディアを愛していたが、僕らの仲はしだいにぎくしゃくしてきた。当時は部屋が狭苦しく、慢性的に不潔で、二人きりになれる時間がほとんどないせいだと思っていたが、本当の原因は僕にあった。反体制的な古い書店で暮らしていると、即席のボヘミアンになったような気がするものだが、僕の場合、二十年におよぶ中産階級育ちがまだ体に染みついていた。僕には彼女のような型破りな若い女性を扱いきれないことがわかったのだ。

限界点に達したのは、「物語の夕べ」が開かれたある晩のことだった。カートとナディアと僕がセーヌの川べりで親密な夜を過ごして以来、この集まりはゆるやかに組織されたイベントとなっていた。週に一、二回、僕らはワインの瓶を持って川べりに集まり、順番に物語を語った。たいていは他の参加者が思いつきで投げかける一行から話をふくらませた。

その日の午後、クレアという女性が店に入ってきた。モロッコから帰るとさっさとニキータを捨てたカートは、貪欲な魅力をふりまいてクレアにアタックした。ついには彼女を全員に紹介してまわっていたが、クレアがナディアと会った瞬間、二人のあいだに電気が走った。すでにカートがその晩予定されていた川べりの集まりの話をしていたが、ナディアがあらためて誘うと、クレアは即座に受け入れた。

ナディアと僕はその晩、彼女と同じルーマニア人アーティストのアトリエに招かれていて、ジャグリング用の棍棒や巻いてある布地でいっぱいのガレージで気まずい夕食をともにした。ナディアは気が立っていて、だれかが冗談を言うたびにやけに素早く笑い、ひっきりなしに時計を見ていた。帰りのメトロの中で、開かれた関係への期待を初めて口にした。僕らが川べりに下りていくと、クレアとカートはもう来ていて、クレアはさっと立ち上がってナディアを大きく抱きしめた。ワインが開けられ、一座のあいだに回されると、カートが埠頭の石壁の語り手の場所に立った。彼は火に関する最初の一行を使って、ホームレスの男たちが橋の下で暖をとるため本を燃やしていて、一冊の『ドン・キホーテ』に達するという物語をつくりあげた。

カートが語り手の場所を離れると、クレアがあたふたとそのあとに入った。彼女は愛に関する最初の一行から、ひとりの少女の初めての同性愛体験についてとぎれとぎれに物語った。カートと僕は興奮のあまり息をのんだが、クレアはずっとナディアだけを見つめていた。話の山場でクレアは片方の靴をぐいと引っぱって脱ぎ、セーヌに投げ入れた。ナディアはその身ぶりにすっかり魅了され、思わず両手を顔にあててあえいだ。

カートは隠れた意図に気づかず、自分の靴を脱いで、クレアの前に跪き、ストッキングをはいた彼女の足に履かせた。自分の騎士道精神に大いに満足して、よろけつつ僕のところに戻ってきた。

「彼女、おれに気があると思うな」とささやく。彼の赤ワインの瓶はもう空に近かった。

そのあいだにナディアが電灯の下の場所を占めていた。彼女は最初の一行が示されるのも待たずに、高校生の頃、年上の女子生徒に熱を上げた話を始めた。カートは自分の興奮を示すために僕の脇腹を肘で小突きつづけていた。話し終えたナディアは狼狽して顔を赤らめていた。クレアが突然トイレに行きたいと宣言し、カートが付き添うつもりで立ち上がったが、ナディアがすぐさま彼をさえぎった。

「もっとワイン持ってきてよ」カートは道路に出る階段を上がって消えていく彼女たちのうしろ姿に向かって叫んだ。

僕はカートに、あの二人はたぶん戻ってこないよと言った。最初、カートは信じようとしなかったが、二人の話が似ていたこと、素早くいっしょに抜け出したこと、ナディアがクレアに惹かれていると言っていたことなどを指摘すると、ようやく振られたことを認める気になったようだった。

「でも靴をあげたのに」

それから一時間かそこら、万一、二人が戻ってくるとまずいから、カートと川べりにとどまっていたが、当初の冒険めいた感覚は、見捨てられたという絶望的な意識へと変わっていった。僕はナディアを愛し、恋人としてつきあうことを楽しんでいると思っていたが、僕が寒い川べりにすわっているときに彼女は別の相手に抱かれているのだった。午前三時頃、僕らはやっとあきらめ、店に帰った。カートが自分の寝袋で眠りに落ちると、フィクション・ルームに戻り、前の晩まで僕とナディアが寝ていたベッドにクレアとナディアが寝ているのを見た。僕はこっそり下におり、夜明けの光が射してくるまでロシアの本の売り場で横になったまま、まんじりともしなかった。

32

四月の終わり頃、ジョージが前々から狙っていたアパルトマンがついに売りに出されるという知らせが来た。この知らせとともに、店の人員が総動員され、拡大作戦はピークに達した。

ジョージは販売を担当する不動産業者の名前を突きとめ、アパルトマン獲得のチャンスを高めるためにお気に入りの手を使うことにした。彼は昔から近所の人や市の当局者やその他の権威筋と衝突しやすいタイプで、違反行為の説明を求められることも多かった。さんざんそのような経験をした末に、矛先をかわすうまい手を編み出した。手に負えない宿泊客や店そのものに関する問題を解決するための話しあいがあるときは、いつも病気で行けなくなったと言って、店員のひとりを――それもたいていは相当な美人を代わりに行かせるのである。病気の老人と魅力的な若い女性という組み合わせは、寛大な措置を確保するうえでおおむね絶大な威力を発揮した。

不動産業者に対してもこのテクニックの変形を用いることにした。ソフィが業者を訪ねて、アパルトマンがいつ正式に売りに出されるか探り出し、女優としての技を使って、ホテル王に先んじてジョージに入札させてもらうようにする予定だった。ジョージはアパルトマンを獲得できると信じて疑わず、ナディアに詳細な改修計画を作成するよう頼んでいた。彼女はジョージの指図にしたがって、窓からの眺めや、ベッドにもなるベンチのスケッチを描き、さらに本棚の絵を何度も何度も描いていた。

「このアパルトマンを手に入れることができたら、全部僕ひとりでなしとげたことになる」ジョージは少なからぬプライドを見せて言った。「僕が店を買ったんだ。ファーリンゲティだってそこまではしなかった。彼はシティ・ライツに場所を貸して、その後、市が買い取ってくれたんだからな」

カートが言ったとおり、かの有名なクリス・クック・ギルモアがモロッコから到着し、凝ったつくりの水煙管（みずぎせる）とアニタという名の美しい恋人とともに三階のアパルトマンに落ちついた。二人は店の上に快適な隠れ家をつくりあげ、ジャガイモとポロネギのスープを煮たり、毎日さまざまな種類のフランスのパンを買ったりし、よく店の住人全員を食事に招いてくれた。クリスから「飛ぶのは君、払うのは僕」という言い方を教えてもらったのはこうした夜のことだった。食べものを持ってきてくれれば金は払うという意味である。僕らは長い夜をビールを飲んで過ごし、酒や食料がなくなってくると、カートか僕が近所の店まで素早く買いに行った。

クリスは生まれながらの話し上手で、自分の人生の驚くべき出来事を物語る才能はとりわけ見事だった。クリスの父エディ・ギルモアはＡＰ通信の記者だった。一九四〇年代、父親は妻と幼いクリスをアメリカに残してモスクワ勤務になった。そこでボリショイ劇場の十代のバレリーナと恋に落ちた。二人は結婚し、スターリン体制のロシアから逃亡する機会をうかがいながら十年を過ごし、とうとう真夜中に漁船に乗ってこっそり脱出した。エディ・ギルモアはこの話について本まで書いており、それはハリウッドで映画化され、クラーク・ゲーブルがクリスの父の役を演じた。だが、クリスにとって残念だったのは、父親が回想録の中で彼についていっさいふれていなかったことである。だから今日に至るまで、クリスは古書店で父の本を見つけるたびに次のような言葉を書きこむのだった。「ようやく父さんの自伝の中に潜りこめたよ。あなたの息子クリス」

クリスはこのような話の宝庫だった。彼の家系はハワイを発見し、偽の神として現地の住民に殺された、かのキャプテン・クックにまでさかのぼれるという話、メキシコで十代の娼婦と暮らしていて、銃の所持で逮捕された話、六〇年代にモロッコのホテルでジミ・ヘンドリクスがギターのチューニングを手伝ってくれた話、一九六八年の五月革命で警察と催涙ガスから逃れるためにこの書店に逃げこんでジョージと出会った話、内戦下のカンボジアに住んでいた頃、世界一危険な恋人をつくるに至った話。

時々、少し話をつくっているのではないかと思わずにいられなかった。三階のアパルトマンでクリスがきわめて強力なマシンガンを持っているのを見た日、その疑念は吹き飛んだ。

ジョージのために上の部屋にビール瓶を取りに行ったら、キッチンにクリスがいた。しばらくなんだか様子がおかしく、やけに素早く笑い、額には脂汗がにじみ出ていた。しばらくぎこちない世間話をしたあとで、彼はもっと近くへ来いと合図した。

「秘密が守れるなら、すごいものを見せてあげるよ」

アパルトマンの奥に案内されて行くと、メインベッドの上に、三脚に載ったつややかな黒いマシンガンが鎮座していた。クリスはうれしげに仕様を説明した。これは第二次大戦中ドイツ軍が製造した四十万挺のMG42マシンガンのうちの一挺で、重量は二十五ポンド、毎分千五百発撃つことができ、一般にこれまで製造された中で最高のマシンガンとされているが、パリの中心街のしかるべきアンティーク銃販売業者を知っていれば、たったの四千フランで手に入る。「バープガン（ゲップ銃）と呼ばれてるんだ」と言いながら、持ち上げてみられるように渡してくれた。「ものすごい速さで発射するから、ゲップみたいな音がするんだ。バババババってね」

その後、クリスの話をそれまで以上に信用するようになった。マシンガンを持った姿を見ると、そのほかの途方もない話もいくぶん信じられるようになるものである。


アパルトマンが見えてくるとともに、リーフレットの仕事も追いこみに入った。ジョージはお気に入りの写真の一枚を見つけた。母親と幼い子どもが店内の階段にすわって本を読んでいる白黒写真で、石段には「人類のために生きよ」と書いてある。ピアの母親がパリを旅したときに撮ったこの写真は、ジョージにとって、まさにシェイクスピア・アンド・カンパニーの本質をあらわすものだった。僕らはこの写真をめぐって二日間大騒ぎをし、色合いとコントラストが完璧になるようにした。文章にふさわしいフォントを選ぶと、リーフレットの仕事は完了した。

あとはファイルを印刷屋に送れば二、三週間後にはできてくるという段階まで来てうれしかったが、ジョージのエッセイの最終稿を読んで不安になった。この文章はリーフレットの目玉となるものだが、希望に満ちた美しさと陰鬱な予感のあいだを行き来していた。書き出しはこうなっている。

パリで本屋としてやってきた半世紀近くをふりかえると、すべてはウィリアム・シェイクスピアの終わりなき芝居のように思えるが、芝居の中のロミオとジュリエットたちは永遠に若いままなのに、私はリア王のようにゆっくりと正気をなくしつつある八十代の人間になった。耄碌してふたたび子どもに返りつつあるいまとなっては、初めからずっと、歴史の裏通りでお店ごっこをしていただけではないかという気もする。時代遅れの本を埃っぽい棚に並べながら……。

これだけならジョージの謙虚さのあらわれと片づけられただろうが、さらにつづきがあった。彼はかつて七年かけて世界中を歩いてまわるつもりでいたけれど、やりとげられなかったのが一番の心残りだと書いていた。そしてこれからそれをなしとげる気でいるようなことをほのめかしていた。

……私の去ったあとには世俗的財産など何も残らないだろう——古い靴下が少々とラブレター、ノートルダムを見晴らす私の窓（みなさんに楽しんでもらいたい）、それから「見知らぬ人に冷たくするな、変装した天使かもしれないから」をモットーとする私のささやかな店、心のがらくた屋が残るだけだ。新しい住所は告げずに立ち去るかもしれないが、ことによると私はまだあなたたちに交じって世界中を放浪しているかもしれない。

心からの友情をこめて
ジョージ・ホイットマン

これを読んでぎょっとした僕は、シェイクスピア・アンド・カンパニーを離れるなんてことを本気で考えているんですかとジョージに尋ねた。

「ここのお荷物にはなりたくないからね」彼はため息をついて答えた。「娘がここを経営したいと思えるくらい魅力のある書店にしたい。そうなればうれしいんだがね。そうなったら本当にまた旅に出るかもしれないよ」

アパルトマンの件がいつ決まるかとみなそわそわしていたところに、不可解な盗難事件が相次いで発生し、緊張が高まった。盗まれたのは主に手紙や日記だが、目覚まし時計やデオドラント・スティック、列車の乗車券まで盗られることがあった。ノースカロライナ大学で美術を学ぶ女子学生はベッド脇から旅日記を盗まれ、すっかり狼狽して翌日には店を出た。

店に来たときから、ここでは妙なものがなくなるとカートに警告されていた。カメラや財布のようなものならふつうの泥棒の仕業だ。彼らは下の本の中に金が見つからないと、図書室に上がってきて、ベッドの下やクローゼットの中を探しまわる。でも衣料品やノートは？

ある日の午後、店に戻ったら僕のシャツが二枚なくなっているのに気づいて、シェイクスピア・アンド・カンパニーでの暮らしの不確かさを呪い、慰めとなるコーヒーを求めてパニスに向かって歩きだした。いいほうの服をなくして見るからに打ちひしがれていたのだろう。ホームレスの男がひとり立ち止まって、大丈夫かと訊いた。

この男の名はリチャードといい、黒髪で、清潔な服を着ていた。五十代だが、通常の路上生活者に目立つ人生の傷を少ししか見せなかった。フランスのためにヴェトナムで戦い、その後まもなく社会から身を引いたという噂があったが、いずれにせよ、五か国語を流暢に話し、その他の言語も多少かじっていた。

リチャードは自分の状況を達観していた。パリには、その気になれば毎晩泊まれる保護施設が充分にあるし、時には女性が彼を好きになり、自分のアパルトマンに住まわせようとすることもあった。だが彼は自分は路上で暮らす人間だと考えていた。アルコール中毒と長年のつらい放浪のせいで、狭苦しい場所では暮らせなくなっていた。

彼はシェイクスピア・アンド・カンパニーに近い公園の前でビールを飲みながら一日を過ごした。仲間がいっしょのときもあり、いつも毛むくじゃらの黒い犬を連れていた。彼が飲んでいるビールの強さでその日の気分を推し量ることができた。パリの店はどこも通常、六種類の半リットル入り缶ビールを売っていた。裕福な酒飲みには緑のハイネケン、資力の乏しいほどほどの酒飲みにはアルコール度四・五パーセントのクローネンブルグ、僕らシェイクスピア・アンド・カンパニーの住人が好む1664という五・九パーセントのビール、それからアルコール度の高いビールが三段階ある。八パーセントの赤い缶、一〇パーセントの黒い缶、そして一二パーセントの特別なダークグリーンの缶。リチャードはその日赤い缶を飲んでいたので、かなり機嫌がいいということになる。

「シャツを盗まれたんだ。残っているのはいま着ているこの汚いのだけなんだ」僕は事情を説明した。

リチャードは同情した様子でうなずき、あの店に行けば、置き忘れた金と旅行者のナップザックが見つかると知っている路上生活者が多いからなと認めた。僕のシャツが出てこないかどうか注意しておくと約束して、ポケットに手を突っこんで紙切れを出し、そこにいくつもの住所を書いた。

「この教会に行けば、ただで服をくれるよ」

それから僕の足もとを見て、慈善団体エマウスの一番近い販売店の電話番号をメモしてくれた。ピエール神父が設立したエマウスは、全国各地でチャリティ・ショップを展開しており、社会復帰をめざすホームレスたちがもっぱら運営に携わっている。

「ここにはいつもいい靴がある」

僕は彼の親切に大いに励まされ、その後もよく立ち話をする間柄になった。彼はこの上なく清潔で言葉遣いも丁寧な状態から、口の中で何やらもぐもぐつぶやいている酒浸りの状態に移っていったかと思うと、また元の状態に戻るのだった。悲しいことに、一か月後、彼は手と脚に包帯をしていた。ある夜、書店から南へ二、三ブロック先の建物の玄関口で仲間と寝ていたら、だれかが彼らの寝袋に火をつけたのだ。

五月になり、気候が暖かくなるにつれ、パリは見る見る変わっていった。陽射しが増え、花々は咲きほこり、ディズニーランド風の清潔さが増し、バスいっぱいの観光客が続々とやってきた。店の住人にはこのような見せかけの変貌がねたましく思われ、押しよせる春の観光客を、本物のパリを知らない単なる短期滞在者とばかにしたい衝動に駆られた。

むろんそれは僕らが若く愚かだったからだが、カートと僕は間もなく、金持ちの観光客の急増には具体的な不都合が伴うことを知った。高価なカメラとガイドブックを持ってサン＝ジャック通りをぶらつく人々の群れを見て、サンドイッチ・クィーンのチュイは金のある客から数フラン余計にしぼりとれると考えたのだ。最大の悲劇は、サンドイッチ二個とソーダの缶の値段が二十フランから二十四フランに値上がりしたことだった。カートと僕は即座に店全体でのボイコットを計画し、僕らの愛するパリはどうなってしまったのだろうと思わずにいられなかった。

33

ジョージが初めて共産主義に接近したのは、大恐慌がもたらした惨状をまのあたりにしてからだった。もっといい方法があるはずだと彼は思った。世界の富が一握りの人間の手に集中しないような仕組み、人々が経済システムの単なる歯車として働いて物を買い、物を買って働かされるのではない仕組みがあってしかるべきだと考えた。

ボストン大学在学中に偉大な社会主義思想家たちを発見し、のちにパナマで働くなかで、現代のビジネスと結びついた搾取、環境破壊、腐敗を目撃した。この頃、共産主義を信じていることを家族に表明したが、必ずしも歓迎されなかった。

「(共産主義者というのは)一度も成功したことのない人たち、社会のクズではないかしら?」グレースは息子にあてて書いた。「カール・マルクスが考慮していない人間の特性がひとつあります。それは権力欲です」

ジョージはひるまなかった。第二次大戦後、米ソの地理的、政治的パワーゲームの中で「共産主義」という言葉が禁句になると、ジョージは愕然とした。彼にとって共産主義とは来たるべき偉大な社会的実験であり、「共同体が強くなるほど個人も強くなる」という単純な原則だった。特権階級を見て、システムの成功を評価する資本主義と違って、社会システムの良し悪しはもっとも不運な人々の暮らしぶりによって判断されるべきだとジョージは考えていた。

「貧しい人々を見ろ、シングルマザーを、囚人たちを見ろ。文明を測る基準はそこにある」

シェイクスピア・アンド・カンパニーでジョージと暮らし、彼が次々に貸してくれるノーム・チョムスキーの評論を読んでいると、ジョージの言うことをすべて信じ、現代の生活の欠陥を見るのは造作もないことだった。だが僕はこの店で共産主義の明白な欠点にも直面した。ナディアはチャウシェスク政権下で育った頃の不愉快きわまる思い出をもっていたし、アブリミットはことあるごとに中国政府を嘲笑していた。

店でのさまざまな経験をへて——エステバンの敵意を切りぬけ、サイモンの苦境を平和的に解決し、ジョージの妻と娘に関する問題を聞き、スコットをめぐる仲違いから立ち直ったいま——僕はすっかりジョージとうち解けていた。ただ彼の意見を拝聴しているだけではなく、異議を唱えることもできるようになった。そこである日、素朴な疑問をぶつけてみた。共産主義がそんなにいいものなら、どうして共産主義体制の悪い話があんなにたくさんあるんですか？

ジョージは居住まいを正し、目つきが鋭くなった。机の上の書類を押しやり、立ち上がると、邪魔が入らないようにドアを閉めた。

彼はまず、真の共産主義がこの世で実現したことは一度もないと説明した。スターリンは凶暴なペテン師だったし、かつては美しかったカストロの理想主義も、彼の権力欲によって堕落してしまった。必要なのは、より多くの政府がマルクス主義と社会主義を試してみること、金と資源が新しい複数刃の電気カミソリの設計だの、さらに強力な大量破壊兵器の製造だのに注ぎこまれるのではなく、教育と家族のために使われるシステムを試すことだ。だが現代の指導者でそれだけの勇気をもった人間はほとんどいない。グローバルな経済共同体がその国の国家債務の金利を引き上げ、経済に大打撃を与えて国を崩壊させてしまうからだ。

「金持ちの産油国や、ブッシュ家のような裕福な一族、ビル・ゲイツのようなカウボーイ起業家を考えてみろ。彼らがゲームの規則を変えたがると思うか？　勝っているやつらはほかのみんなが負けていたってかまやしない。こういう強大な勢力が共産主義のような思想と闘っているんだから、評判が悪くても不思議はない」

ジョージに言わせると、チャウシェスクの人権侵害や粗末な小舟いっぱいのキューバ難民のニュースがはびこっている一方で、資本主義経済で儲けている世界のメディアは、共産主義の成功のニュースを広めるのにあまり熱心ではないということになる。

「キューバを例にとろう。カストロの主導する共産主義体制のもとで、キューバは中南米で最高の識字率を誇り、人口千人あたりの医師の数はアメリカの二倍だ。アメリカと違って子どもを産むと有給の産休が与えられ、国民全員が無料で医療を受けられる。それどころか」ジョージは机をドンと叩いた。「キューバのほうがアメリカより平均寿命が長い」

「確かにキューバの病院や学校は近年後れを取っているが、それはアメリカが主導する禁輸措置で経済が打撃を受けてきたせいだ。キューバは完璧ではない、だがあの国にはうまくいっている部分がたくさんあるし、アメリカよりうまくいっている部分もたくさんあるんだ」

　それでもまだ話し足りず、インドの西ベンガル州の話を始めた。この州では経済成長率が全国平均の二倍に達し、学校や病院も国内の他地域より進んでおり、生活の質はインドの中でもトップクラスだ。「共産主義者がそうしたんだ。共産主義者がな！」ジョージは声を張り上げた。

　ジョージの説明によると、一九七〇年代に共産主義者が土地の独占をやめさせ、貧しい一家が家と農場をもてるように資産を再分配した。州の行政とマルクス主義の理想のおかげで経済はきわめて健全で、人々の満足度も高いため、共産主義者は六回連続で選挙に勝った。「この話を『ヘラルド・トリビューン』で読んだか？　読まないだろう！あれは全部アメリカのプロパガンダだからな」

「共産主義（コミュニズム）とは共同体（コミュニティ）のことを一番に考えるという意味なんだ」そう語るジョージは、

人間は単独より集団になったほうが強く、全体の生活の質を上げるためなら、ひとりの人間がためこむ富を犠牲にする価値があると信じている。まだユートピアは見つかっていないが、探しつづけなければならないとジョージは信じて疑わない。

「まわりをよく見ろ。この星がどんなに豊かな星か、でも欧米と日本の一部の人間だけが四六時中働いてすべての利益を享受していて、世界の残りの人間は飢えて貧しく、きれいな水もない。これが正しいことか？　ほとんどの人間はそう尋ねることさえない。少なくとも僕はいまよりも公正な世界を実現するのは可能だと思う」ジョージはそう言って話を締めくくった。

何日もくよくよ考えた末に、僕はナディアと真剣に話しあうべきだと思い、川べりを散歩しようと礼儀正しく誘った。彼女を愛していること、彼女の芸術を信じていること、すばらしい女性だと思っていることを伝えた。でも僕にはこういう開かれた関係に対処できる自信がないし、僕らは最高のカップルにはなれないかもしれない、ともに百二歳まで生きて、堅く抱きあったまま死んでいく運命ではないのかもしれないとも言った。

この調子でたっぷり十分間、陳腐な言い訳やら愛の本質に関する一般論やらをぐだぐだしゃべりつづけていたら、とうとうナディアに引き止められた。

「なにそんなにまじめくさってるのよ」ナディアが咎めるように言った。「あたしはパリでちょっと楽しみたかっただけよ。なんだと思ったの？　あたしが結婚したがるとでも？」

ナディアはその屈辱的な散歩の直後に出ていった。幸運にも、近々長期の仕事でミラノに発つ写真家と知り合いになり、自分のアパルトマンを自由に使ってくれと言われていたのだ。五月初め、静かな暮らしと自分用のシャワーを求めて、彼女はひっそりと店をあとにした。

僕にとっては最悪の時期だったが、ジョージは最高の時期を楽しんでいた。イヴはいまやほとんど毎日店に顔を出すようになり、それに応じてジョージの外見も変化したことにルークと僕は気づいた。染みのついた上着や不ぞろいな靴下を身につけることはもはやなく、しゃれたスーツに、なんと本当にドライクリーニングに出したシャツを着ていた。

ある朝、ジョージと僕はジョルジュ・サンク大通りで開かれている教会の慈善バザーに行った。シャンゼリゼから分かれたこの大通りは、パリでも高級な地区だ。これはジョージが定期的におこなっている安い古本探しの一環で、僕は光栄にも正式な荷物持ちに任命されたのである。彼は今回の買い出しで、今晩、店に夕食を食べに来るイヴにプレゼントできるようなかわいい中古の婦人服も見つけたいと思っていた。

「彼女、店から帰る時間になると泣きたくなるって言うんだよ」メトロのオテル・ド・ヴィル駅へ向かう道でジョージは言った。「わかるだろう、同志。たまにはうまくいくときもあるんだ」

ジョージがこれほど上機嫌なのはいいことだった。これから大変な一日が待っていたからだ。メトロでは、せいぜい七つか八つぐらいの少年が二人、電車内をまわって観光客にスリを働こうとしていた。彼らはジョージのシャツのポケットに札束が詰めこんであるのに気づき、金を奪おうと突進してきた。僕らは力を合わせて少年たちを撃退し、盗られる前に電車のドアの外に押し出すことができた。なごやかな教会の敷地内に着いたと思ったら、そこにはさげすみの目が待っていた。ジョージは慈善バザーに足繁く通っては、いい本を買い占めてしまうという評判だった。教会の司祭たちは、ジョージがここで手に入れた本を時おり転売して儲けていることに腹を立てており、実際に品物を隠そうとした。一時はジョージと司祭がハードカバーの『アンナ・カレーニナ』をめぐって引っぱりあいになり、司祭は英語とフランス語が入り混じった野卑な言葉でジョージをののしりはじめた。

「あなたたち情け深い聖職者じゃないんですか」僕はジョージが司祭の手から本を引きぬくのを手伝いながら、きつい口調で言ってやった。

ジョージはこの衝突を笑い飛ばして先に進んだ。イヴに贈る花模様のスカートを探して、鼻歌をうたいながら洋服掛けのほうに向かう彼は、何があろうとひるむことはなかった。

ジョージの新たな活力は、なじみの顔が戻ったことでさらに高まった。トム・パンケーキがゲイル恋しさにエジプトから帰ってきたのだ。彼はふたたびニュージーランド大使館に移り、飛行機の到着後すぐ店にやってきた。

トムはカイロの話と右腕の新しいタトゥーばかりか、ジョージへのすばらしい贈りものを持って帰ってきた。トムは洋服に関してはすこぶる目が高かった。いつもかっこいいスーツにヴィンテージシャツで決めていて、旅人にしてはすばらしいワードローブを持っていた。彼のコレクションの中に一九三〇年代の見事なピンストライプのズートスーツがあった。丈の長いジャケットにだぶだぶのズボンが特徴のスーツだが、トムにはサイズがひとつ小さすぎたので、ジョージに進呈することにした。

翌日の午後、ジョージはアパルトマンでイヴに会う準備をしていた。トムからもらったスーツを着て、正面のテーブルにすわり、そばには鏡と蠟燭があった。これはジョージなりの散髪法で、特別なときにしかやらなかった。蠟燭の火を髪の毛にあてて燃やし、望みの長さになったら手で蠟燭の火を消すのである。室内にひどい悪臭が立ちこめたが、驚くほど効果的だった。髪を刈りこみ、トムのズートスーツを着たジョージは、なんともいえずぱりっとして見えた。

ジョージは僕にビールを一杯出してすわらせ、ここ何週間かイヴとのあいだにあった、期待のもてそうな出来事を逐一検討した。彼女がこの店を愛していること、彼女のために書いた詩を大いに気に入ってくれたこと、二人で笑ったこと、寝椅子でいっしょに本を読んだこと。

「僕がどんなにあの娘を愛してるか知ったら、みんな狂ってると言うだろうな。でもどうしようもないんだ」

僕にはよくわかった。新たな恋は最高の麻薬だし、シェイクスピア・アンド・カンパニーの渦の中にあまりにも長く身をおいてきたジョージには、この麻薬を断ち切ることができなかったのだ。この五十年間、店に来てジョージ自身と彼が創りあげたロマンティックな世界に夢中になった女性たちがいたという証言は無数にある。絶えず燃えあがる恋の情熱は病みつきになりやすく、ジョージは八十六歳になったいまでさえ、まだ胸のときめきを求めてやまないのだった。

こうしたすべてを思い合わせて、いや、狂ってなんかいませんよと言おうとした矢先に、その判断を考え直さねばならなくなった。ジョージがポケットに手を入れ、指輪を取り出したのだ。

「イヴに結婚を申しこむつもりなんだ」

34

一番びっくりしたのは、イヴがいやと言わなかったことだ。

それがわかったのは、ジョージが店の前で昼食会をすると言い出した気持ちのよい春の午後のことだった。暖かな五月の一日、ジョージは古書室のドアの外に長いテーブルと、十脚以上の椅子とスツールを出し、青空の下で祝宴の準備をした。

　ほとんど全員が参加した。カート、アブリミット、マルシュカ、ゲイル、トム、スコット、ソフィ、サイモン。主賓のイヴはジョージの隣に誇らしげにすわっていた。もっとも、この食事が彼女に捧げられたものであることにはだれも気づいていないようだった。無料の食事がふるまわれると聞き、腹をすかせた集団が何の疑いもなく押しかけてきたのである。

　ジョージは次々に料理を出した。チキンとライスのシチュー、十本以上のバゲット、大きな鍋に入ったポテトサラダ、ヨーグルト瓶入りの自家製ストロベリーアイスクリーム、それからたくさんの安くてアルコール度の高いビール。僕らが食べているあいだにも客が続々と店を出入りし、立ち止まって即席パーティの写真を撮る人も大勢いた。こうして何時間もすわっているうちに、暖かな午後はひんやりした夕暮れへと移っていった。顔見知りが来ては帰っていったので、椅子が長く空いていることはなく、ジョージは時おり見ず知らずの人まで引っぱりこんでごちそうしていた。イヴがあの指輪をしているのに気づいたのは、食事が終わりに近づき、ジョージとイヴが手をつなぎはじめたときだった。

　食事が終わり、三階のアパルトマンに椅子を運んでいたら、イヴがキッチンで皿を洗っていた。皿を拭くのを手伝いながら、指輪のことを訊いてみたところ、彼女は意外にも喜んでジョージとの関係の深まりについて話してくれた。

イヴは確かに彼を愛していた。ジョージは彼女がずっと夢見ていたタイプ――優しくていたずらっぽくてロマンティックな男性そのものだった。確かに夢の男性がこれほど年をとっているとは思いもしなかったけれど、年の差についてもだんだん受け入れられるようになってきたという。

「それに彼、まだ魅力的よ」イヴは言いはった。

それは認めざるをえない。僕がこれまで出会ったなかで確かに一番セクシーな八十六歳だねと言ったら、イヴはくすくす笑った。

「キスしたの知ってるでしょ?」

「ジョージと?　口に?」

イヴは顔を赤らめた。「時々ね、寝る前に……」

「ジョージと同じベッドで寝るの?」

「あら、裸になったりするわけじゃないのよ。下は穿いてたの」イヴはますます赤くなり、さらにくすくす笑った。「彼、とっても優しいの」

イヴは指輪をもらったのがうれしくて、誇らしげにはめていた。厳密には、結婚しないかという誘いを受け入れたわけではなく、少し考える時間をとるつもりだった。さしあたり、ジョージと暮らしていけるかどうか確かめるために店に泊まりにくる予定だった。

その週のうちにイヴは上のアパルトマンに越してきた。イヴとジョージはいっしょに映画に行き、食事中手をつなぎ、総じて恋に落ちた子どものようにふるまうようになった。

「おやおや、こりゃ『ハロルドとモード』そのまんまだね」イヴのために少々しわくちゃなカーネーションの花束を持って帰ったジョージを見てカートが言った。もっとも、映画のほうは少年と老婦人の恋だったけれど。

七十歳近く年下の女性を誘惑したと咎めたくもなるが、このロマンスには美しい面もあった。ジョージはセックスのためでも地位のためでもなく、心底イヴを愛するがゆえにそうしていたのだ。かくも並はずれた人生を送り、並はずれた書店を経営してきたのだから、最後にもう一度、並はずれた恋愛をしてもいいのではないか?

ジョージは昔から愛を信じてきた。初めて愛した女性の名はグウェンといった。二人ともバークリーで同じ共産主義組織の「細胞」の一員となり、互いにひとめで恋に落ちた。グウェンの母親から嫌われていたジョージは、グウェンの家の外に身を潜め、口笛で秘密の合図をしなければ彼女に会えなかった。二人はいっしょにメキシコに行くことにし、国境に近い町で落ちあう約束をしたが、目的地へ向かう列車に飛び乗ったジョージは不審者として警察に連行され、約束の日には刑務所に入っていた。釈放されると、グウェンがウェイトレスの仕事を見つけたレストランをようやく突きとめ、二人で冒険に乗り出した——徒歩でソノラ砂漠を横断する旅だった。

灼熱の太陽を避けて夜歩き、ヤキ川に近い裕福なメキシコ人の農園に到着したことをジョージは憶えている。メキシコ人は若いカップルに部屋を提供し、そのうえジョージにすばらしい贈りものを差し出した。川底に沈んでいる古いボートを引き上げて修理すれば、そのボートで旅をつづけてもいいと言ってくれたのだ。数週間後、二人は川を下っていた。

最終的に二人は離ればなれになった。最初はジョージの一時帰国によるものだったが、その後、戦争が二人を引き裂いた。最後に聞いた話では、グウェンはメキシコに戻って結婚したということだった。子どもが数人生まれたが、幸せではなかった。夫は妻に家族の世話をさせ、それ以外の欲望は愛人たちに満たしてもらうという昔ながらの男だったらしい。ジョージは時として、グウェンと結婚すべきだったと洩らすことさえあった。彼の人生における大きな「もし」のひとつである。

ほかにも何人かいた。妹のクラスメートだったローラ・デ・ロス・リオスは、ジョージがパナマから家に送った手紙を読んで彼に恋をした。ジョージは彼女についてこう書いている。「ぼくの記憶がたどる数々の姿の中に／とりわけ明るく輝く星が、ひとつの顔がある」サンクトペテルブルクに連れて行ってくれたロシア人女性は、彼の望みが家にこもって彼女の書斎に並ぶロシアの本を読むことにしかないのを知って憤慨した。それから婚約者だったジョゼットとコレット。謎につつまれたアナイス・ニン。元妻。

こうしたところがジョージの生涯で重要な女たちであり、店で手に入るつかのまの火遊びにふけることはめったになかった。その気になれば、毎週ガールフレンドを取り替えることもできたのに、彼は恋に落ちることをやめなかった。

「僕はヘンリー・ミラーたちのように、次々に相手を変えて、やりたい放題するタイプじゃないんだ」ジョージは説明した。「ガールフレンドに恋をするのが好きだし、この机でラブレターを書いたり、彼女が感激して泣きだすようなプレゼントをするのが好きなんだ。ちょっと古風なんだろうな」

　だが、恋愛に対するジョージの態度を形容するならば、「古風」というよりむしろ「子どもっぽい」という言葉を使いたいような気もする。彼はどこまでもみずからのロマンティックな夢にとらわれ、長年、成熟した関係を結ぶことができなかった。消えることのない母親への怒りのせいかもしれないが、こと女性に関しては、ジョージはいわばピーター・パンのようなもので、心は永遠に少年のままだった。


　僕自身の行動はとうてい模範的とはいえなかったから、ジョージを批判できる立場ではなかった。ナディアが去って僕の心は砕け、シェイクスピア・アンド・カンパニーの甘いロマンスの陶酔をむさぼるようになった。

　世界を見てまわり、限界を広げたがっている若い男女が大勢集まっているうえに、パリはロマンスのメッカとして有名だったので、店は性的放縦の砦となっていた。店に来てから四か月間に見かけたカートのガールフレンドを数えるだけで、両手両足の指が必要になるほどだったし、ルークによると、そういうタイプがつねにひとりか二人は店にいたという。新たに独り身となった僕は、生まれて初めて親密な関係の誘いを断ることになり、性に対するとらえ方が混乱してしまった。以前はどちらかというと、まともな男なら飽くなき性欲をそなえ、何十人もの女と寝るべきだと信じこまされた典型的な男そのものだった。二十代になり、きれいなガールフレンドが大勢できて、前ほどセックスに不自由しなくなってからも、いつも何か足りない感じがして、メンズファッション誌『ディテイルズ』を愛読する世代に期待されるほど女性をものにしていないように感じられた。こうした不安のせいで、よく判断を誤り、セックスだけが目的で関係をもったりした。

母の愛犬デイジーを思い出す。劣悪な「子犬工場」で育ったブリタニー・スパニエルで、そこの経営者たちは子犬一匹あたりの利益を最大限にするために犬たちをひどく虐待し、エサもろくにやらなかった。デイジーはどうにか森に逃げこみ、数週間後にようやく見つかって動物保護施設に連れて行かれたときには、骨と皮ばかりになっており、足にはまだかさぶたがあった。悪いことをした罰として何度も煙草の火を押しつけられた痕だ。

母に引き取られ、体重が回復してからも、飢えているという意識が刻みこまれていて、近くに食べものがあると食べずにいられなかった。たっぷりのエサといっしょに放っておいたら、食べ過ぎて死んでしまうかもしれないと獣医は言った。事実、獣医の言葉を裏づけるような出来事が何度もあった。袋に入った十ポンド分のジャガイモの大半をせっせと食べつづけたこともあるし、一箱二十四個入りの蠟燭を食い尽くしたこともある。

この犬のように、僕の中にはまだ性的な飢餓状態に対する不安が払拭されずに残っていたため、店は危険な場所になりかねなかった。カートほど大勢の相手と関係をもつことはなかったが、ナディアと別れたあと何度か軽はずみなまねをした。古書室で出会ったドイツ人女性との関係は特にひどかった。ある日、彼女からブーローニュの森にピクニックに行こうと誘われた。彼女は唐辛子入りのサラダをつくってきていて、ワインと新鮮なパンもあった。僕らは木に囲まれた人目につかない場所を見つけた。彼女は即座にセックスするつもりはないとはっきり言い、僕も友情を汚さないほうがいいと賛成したが、ちょっとキスするぐらいはいいだろうということになった。

悪くない状況だったが、キスのさなかに枝が砕ける音がした。顔を上げると、三十フィートほど離れたところに立っている男が猛烈な勢いでマスターベーションしていた。さらに驚いたことに、空き地の反対側、八十フィートほど離れたところでもうひとりの男が木によりかかっていた。その男もやはり半ズボンの中でしきりに手を動かしていた。僕は枝を拾って二人を追い払った。

僕らはしばらくすわったまま、気まずく笑っていた。彼女はふたたび、今度は抑えきれない情熱をこめてキスを始めた。そして「コンドームを探して」と要求した。そのまま最後まで行くはずだったが、数分後にまた枝が折れる音がした。今度のマスターベーション男はほんの十五フィート先で木にもたれ、ぞっとするほどいやらしい目でこちらを見ていた。さらに二人の男が森の中にいて、僕らを取り囲むように三角形を形づくって自慰に耽っていた。あとで知ったが、ブーローニュの森のこのあたりは、さまざまな趣味の男たちがぶらつくスポットに分かれており、僕らはうっかり主な徘徊スポットの真ん中に入りこんでしまったのだった。

このような経験を経て、間もなく僕は、性的な冒険に関してはカートよりもジョージのほうに近いことを思い知らされた。驚くべきクリス・クック・ギルモアのおかげで、僕は無事に恋することのできる女の子と出会った。

イヴが店に越してくると、ジョージと彼女が三階のアパルトマンで二人きりで暮らせるように、クリスとアニタはアトランティックシティに戻ることになった。クリスは出発の前に恒例の詩の朗読会を開いた。店に泊まってきた三十年のあいだに『パリ・ブルース』という叙事詩を書き、ここを通るたびに成長しつづける傑作を朗読することにしていた。

クリスの朗読会が開かれた月曜の夜、カートと僕は会場の準備をし、二階にいた人々を招いた。三人組の美人が店の前を通りすぎるのを見た僕らは、彼女たちが素敵なゲストになるだろうと考えた。朗読会と書店のことを早口でまくしたてながら、僕は三人が断れないうちに素早く二階に連れていった。

三人ともイタリア人で、パリでオペアをしていた。オペアというのは外国の家庭に住みこんで家事を手伝いながら外国語を学ぶ若い女性のことで、フランスには世界中の若い女性たちが裕福なアッパーミドルクラス家庭の子どもたちの世話をしにやってきていた。三人はパートタイムのベビーシッターをしていたから、パリのアパルトマンにただで住むことができるうえに、お小遣いもあり、パリを楽しむ時間もたっぷりあった。

間もなく僕はそのうちのひとりトゥルーディとつきあうようになった。彼女は左腕にサソリのタトゥーを入れていたが、それについては話そうとしなかった。ベビーシッターの仕事でダゲール通りに小さな部屋をもっていたので、僕は店からそこに逃げこむようになった。絶え間ない夜更かしと、赤の他人に囲まれて冷たい窮屈なベッドで眠る生活が数か月つづいたせいで、僕はいつも疲れきっていた。トゥルーディと僕はセーヌの川べりにすわったり、いっしょに夕食をつくったりして、それから彼女のベッドに倒れこむのを許してもらうのだった。至福のときだった。

出発するクリスに、それと知らずにこちらの方面で手助けしてくれたことを感謝したが、彼は笑っただけだった。

「いいか、物書きになるつもりなら、人生を愛さなくちゃだめだ。人生を愛するにはシェイクスピア・アンド・カンパニーにまさる場所はない」作家は僕に向かって言った。「ほとんどだれにでも会えるし、本は読めるし、美人だって見られる。こういう場所を大切にしろよ。世界にもたくさんはないからな」

空港行きの列車に乗るために立ち去るクリスを見送るのは寂しかった。クリスがふれなかったこの店の特長がまだある。まさに彼のような人が——経験を積んだ作家たちがそこにいることだ。必ずしも金持ちでも有名でもないけれど、あっと驚くような人生を送ってきて、カートや僕のような者に自分もああなれるかもしれないと思わせてくれる人である。

春たけなわになり、店はよろめきつつも順調に進んでいた。全員が息を殺して、じっと待っているかのようだった。ソフィはすでに不動産業者を二回訪ねており、アパルトマンが売りに出されたという知らせがいつ来てもおかしくなかった。リーフレットは印刷屋に頼むばかりになっていた。僕らにできるのは待つことだけだった。

僕らは晴れた午後は公園で過ごすようになり、夜が暖かくなるにつれて川べりの物語の会の参加者も増えていった。僕はトゥルーディに満足していたし、ささやかな自分の本も書いていたし、すばらしい友だちもいた。だれもがほとんど同じように感じていた。実に穏やかで快適な時期だったので、鶏の足の輸出が商売として成り立たないことを知ったアブリミットもそれほどひどいショックを受けずにすんだほどだ。

ある晴れた五月の一日、ゲイルはトムが戻ってきたのを祝うピクニックを計画した。僕らは公園にすわって、陽射しとワインと贅沢三昧のごちそうを楽しみ、だれも席を立ちたがらなかった。アルジェリア人男性のグループがそばでサッカーボールを蹴っているのを見て、僕らは試合を申しこんだ。こちらの寄せ集めチームはあらかた酔っぱらいで、そもそも運動が得意な者はほとんどいなかった。アルジェリア人は僕らのまわりでボールを回して突進し、たちまち13－0でリードした。日が傾きはじめると、僕らは次にゴールしたほうが勝ちということにしようと提案し、アルジェリア人は自信たっぷりに同意した。

それから十分間、僕らは全速力で走り、すべりながら奮闘し、驚いたことにアルジェリア人側は得点できなかった。そして、突発的な連係プレーで、僕はボールをカートにパスし、カートは二人のディフェンダーをうまくかわしながら、敵のゴールに向かって全速力で駆けていくルークのほうにじりじりとボールを進めた。ルークは流れるような動きでボールを受けると、突進してきたゴールキーパー越しに鮮やかなシュートを決めた。感激で胸がいっぱいになった瞬間だった。カートと僕はルークを追いかけまわして、彼の上に倒れこみ、ルークを肩にかついでピクニックの場所まで運んだ。

僕らは日がとっぷりと暮れるまで、痛む体で息をはずませながら寝ころび、勝利の喜びにひたっていた。何もかもうまくいくだろうとだれもが思った。それは思い上がりだったかもしれない。

35

一週間のうちに、アブリミットは入院し、アパルトマンは失われ、イヴはジョージの指輪をつけるのをやめ、ひとりの男が死んだ。

最初はアブリミットだった。ある日トムが来て、店は客でいっぱいだから、ポリー・マグーズで一杯やらないかと誘った。午後のバーはのんびり過ごすには絶好の場所だった。昼間はビールも安いし、開いている正面のドアから、屋内で酒を飲んで暇をつぶしている罪悪感をかろうじて消してくれる程度の光が射しこんでいた。いつもすいているから、新聞を読むスペースもたっぷりあるし、さらにいいのは、奥にしまってあるカードやチェス盤を利用できることだ。午後はたいていバックギャモンのゲームが少なくともひとつは進行中で、一点一フラン、可能ならその倍の金を賭けて、単になごやかという以上の勝負を繰り広げている。

店に戻ると、ソフィがカウンターで青い顔をしており、カートはいつもの元気がまるでなく、緑色の金属の椅子にそっと腰をおろした。

「アブリミットが病気なんだ」

その日の朝、郊外にあるフランス語の先生の家にいたときに、アブリミットの顔が麻痺しはじめた。午後には左目を閉じることも顔の左側を動かすこともできなくなっていた。店に戻ると、自分で通りをわたって市立病院の救急病棟に行き、いまはオーステルリッツ駅に近いピティエ＝サルペトリエール病院の神経科に入っているという。脳卒中を起こしたという話だった。

翌日、僕とカートは即席の視察委員会を結成し、ジョージの冷蔵庫の中の、なんとかまだ食べられそうなさまざまなごちそうと雑誌を持って病院まで歩いていった。植物園付属の動物園にいるサイモンの仲良しの動物たちのそばを通るとき、あえて陽気にふるまおうとしたが、それは空元気にすぎなかった。ボヘミアン生活を進んで受け入れながらも、僕らが窮地にあるという現実は認めざるをえなかった。全員ほとんど一文なしで、大部分は住む家さえなく、正規の滞在許可証も外国での健康保険もない。僕らは白人だから、北アフリカ出身者など見るからに不法移民とわかる人々が受けるいやがらせに悩まされることはなかったが、何か大きな事故に遭ったり、警察ともめたりすれば、パリでのおとぎ話のような生活はたちまち終わりになる。

病院に着いても、僕らはまだ気楽な若者を演じつづけ、看護婦にちょっかいを出したり、十八世紀の病院の庭や廊下を走りまわったりした。だが病棟に近づくにつれ、これもシェイクスピア・アンド・カンパニーでの冒険のひとつにすぎないという態度をとるのは難しくなってきた。アブリミットはひとりきりで病室にいた。青いベッドに横たわって点滴を受け、顔の左側に包帯をしている。カートが期待をこめてドアをノックすると、いやに長い間があって、アブリミットはやおらドアのほうに顔を向けた。

「こんなとこで何してる」不明瞭な発音で彼は訊いた。

カートはにやりとした。「それはこっちのせりふだよ」

アブリミットは苦労してベッドに起き上がり、こっちに来いという仕草をした。片笑みをうかべ、すわるように促す。ベッドの脇に手をつけていない病院の食事がおいてあり、それを僕らのほうに押しやった。

「僕はここで好きなだけもらえるから、食べて食べて」

医者によると、アブリミットはストレスと極度の疲労が引き金となって軽い脳卒中を起こしたらしい。顔の左側にまだ部分的に麻痺が残っていた。医者の話では、麻痺は二、三日でなくなるか、だんだん悪化するか、あるいはそのまま変わらない可能性もあるそうだ。当然のことながら、彼は医者への信頼をなくし、祈りの力で物理療法を補うようになっていた。

「お告げだよ」アブリミットは苦労して言った。「生き方を変えろというお告げだよ」

彼が無理をしてきたのは事実だ。三年前に中国を出て以来、アジア各地を旅してまわり、イスラエルのキブツで働き、その後フランスに移った。パリではシェイクスピア・アンド・カンパニーの絶え間ないパーティと人々のせめぎあいの中で一年以上も暮らしてきた。終始厳格な勉強のスケジュールを守りぬき、実際にフランス語と英語を流暢に話せるようになった。だが、こうした努力がたたったのだろう。驚いたことに、本人はこの成り行きを喜んでいた。

「神のお告げだよ」アブリミットはくりかえした。「これからは働く時間を減らして、もっと人生を楽しむんだ。友だちと過ごす時間を増やしてね」

病室でくつろいでいたら、必要ならこの部屋の個人用のシャワーを使ってもいいとアブリミットが言ってくれた。それは厚かましすぎると一応異議を唱えたものの、結局、僕は店に来て以来もっとも長く、熱いシャワーを楽しんだ。公共シャワーのように外で人が待っていることもなければ、恋人や友人が隣の部屋にいて、お湯のタンクや電気代を気にしながら浴びるシャワーとも違う。湯気のたつ病院のお湯がとめどなく流れるのを味わうばかりだった。席を立って帰るとき、アブリミットはいつでも来いよと誘ってくれた。

勤勉なアブリミットがいないと、店は前よりも軽薄な感じがしたが、間もなく実際にそうなってきたことに気づいた。欧米の大学生が夏休みに入り、列車いっぱいのバックパッカーが続々とパリに押しよせてきた。シェイクスピア・アンド・カンパニーはあらゆる旅行ガイドに載っているので、観光名所のリストにチェックを入れるためにやってくる滞在時間三十秒の観光客であふれかえるようになった。一部は店の滞在方針についても聞いたことがあり、次々に滞在許可を願い出たが、ジョージはめったに断らなかった。

冬のあいだは滞在者が一度に七、八人を超えることはなく、本店にカートとアブリミットと僕、隣にサイモンという四人だけのことも多かった。それがいまは毎日、二、三人新顔がやってくるような感じで、ある夜など、人数が多すぎて数人が床に寝るはめになった。店は初めての冒険のむこうみずな興奮を味わっている何十人もの若者であふれていた。

この混乱の中で僕は書くのをやめた。店では気を散らすものが多すぎた。何かを尋ねる人やワインを飲もうと誘う人、またセーヌに物語の会をしに行こうと言いだす人たちなどで絶えずがやがやしていた。サイモンとの取り決めがうまく機能しなくなるにつれ、比較的静かな古書室の環境さえもがめったに手に入らない贅沢になりつつあった。アイルランドでの成功で地位が上がったうえに、ジョージがイヴに夢中なこともあって、サイモンはもはや追放を恐れなくなり、僕のために部屋をあけておいてくれることもほとんどなくなった。いまや自分はこの店の正式なライター・イン・レジデンスだと宣言し、自分だけの場所がほしいと僕に言った。

わずか二、三か月前は、少しのあいだ店を離れるのさえいやでたまらなかったのに、いまは外で過ごす口実を探していた。トム・パンケーキが見つけたペタンクというフランスの球戯が理想的な午後の逃げ場となってくれた。ペタンクは正確さを競うゲームで、参加者は的となる数フィート先の小さなボールに向かって重い金属製のボールを投げる。何もせず立っている時間が長く、時々ほんの十フィートから十二フィート歩くだけだったから、暖かな午後に冷たい缶ビールを飲みながらするのにぴったりだった。いつもゲイルかトムが大使館の調理場でサンドイッチをつくってきて、店のすぐそばの公園で落ちあい、警備員に追い払われるまでペダンクをした。認可された市の運動場以外の場所でやっているせいだ。

ジョージは僕が店を留守にすることに不満をあらわした。そんなある日、店に帰ると、僕の戸棚が少し開いていて、またもや私物が荒らされていた。古いラップトップ・コンピューターが、書きかけの五万五千語の小説もろともなくなっていた。ただの泥棒の仕業とは思えなかった。盗まれたコンピューターは十年以上前のラジオシャックのワープロで、いまや何の価値もないからだ。僕は落胆し、とまどいつつ店内を捜しまわった。ほかにいい考えもないのでジョージのところに行った。彼は何も知らないと言ったが、二十分後、僕のコンピューターが図書室の机の上にあるのが見つかった。

「いい教訓だな。持ち物には鍵をかけてしまっておけってことだ」ジョージがぶつぶつ言った。

店に出没する泥棒の正体に疑念をもった僕は、次にジョージがオフィスを離れたすきに徹底的な捜索をおこなった。先月なくなった僕のシャツの一枚と、店の住人にあてた手紙数通、それから店に泊まった若い女性の日記が二冊見つかった。

「シャツと手紙がどうしてここにあるのかわからないね」見つけたものを突きつけると、ジョージは言いはった。

でも日記は？

ジョージは赤くなり、仕方ないじゃないかというように肩をすくめた。かつて彼はエッセイの中で、人間の理想の状況とは、春のパリで、初めての恋に飛びこもうとする十七歳の娘の状態だと書いたことがある。そのような状況をわがことのように味わってみたいという願望が彼にはあるようだった。

「信じられないほどの時間をかけて、ここに住む女の子たちの日記を探しまわってるんだ」ジョージはため息をついた。「彼女たちの日記を読むのが好きなんだよ」

ある日曜日、パンケーキの朝食を終えて、三階のアパルトマンを出ようとしたジョージは、廊下の向こうのドアが開くのを見た。例のホテル王が満面の笑みをうかべ、アパルトマンの鍵を手に立っていた。隣のアパルトマンはすでに売りに出され、ホテル王が真っ先に申しこんだのだった。すべてが台無しだった。

「あの野郎、洞穴から出てきた穴居人みたいだった」ジョージはそう言って、指先でこめかみを押さえた。「人生で最悪の気分だ」

そのあとオフィスに閉じこもり、三日間出てこなかった。

ようやく姿をあらわしたジョージは、ふさぎこみ、不機嫌そうに店内を歩きまわった。シェイクスピア・アンド・カンパニーを駄目にしたと自分を責め、もっと若くて機敏だったらあのアパルトマンを確保できていたのにと言った。

ソフィにはどういうことかわからなかった。不動産業者はジョージに一番に知らせると彼女に請け合っていたのに、大金持ちのビジネスマンにまんまと出しぬかれたのである。ジョージはこの件で公然とソフィを責めることはなかったが、彼女に対してしだいに怒りっぽくなっていった。アパルトマンを奪われた数日後、ソフィは店の前で踊っていて足首をくじいた。ジャック・ルコック演劇学校での試験に備えて動作を練習していたときのことだった。ジョージは仕事中に時間を無駄にしたと言って彼女をクビにした。

アブリミットの入院によって特に大きな影響を受けたのはスコットだった。彼は順調なときでも多少パラノイア的な傾向があることがわかってきた。店に来て間もないある晩のこと、なんとか眠ろうとしていたスコットの耳に、何かが絶えずカチカチいう音が聞こえてきた。ふつうならだれかが忘れた目覚まし時計だと思うところだが、スコットは爆弾だと考えた。窓から身を投げて逃げようとしたときにデンマーク人の女の子が目を覚まし、彼を落ちつかせて、パニックを鎮めるために今夜は彼女のベッドで寝るように強く言った。

このような神経症はヒポコンデリーの温床ともなり、スコットはまさに典型的なケースだった。アブリミットが病気になってすぐに、スコットは片方の睾丸に腫れた部分があるのに気づき、がんだと思いこんだ。ほぼ全力疾走で橋を渡って市立病院に着くと、看護婦はさほど緊急性のない患者専用の待合室に彼をすわらせた。

スコットはそれから八時間近く病院にいて、あちこちX線写真を撮られ、何人もの医者にふぐりを強く握られた。ようやく検査の結果を持って戻ってきた医者が、何も心配することはないと言っても、スコットはまだ信じられなかった。その夜、店に帰ってから、医者が誤診した例はいくらでもあると不平をこぼし、アメリカに帰ったらまた専門家に調べてもらうと言ってきかなかった。

ソフィがクビになってからしばらくして、スコットは書店での暮らしにつくづく嫌気がさした。ジョージはしょっちゅう気が変わるし、あまりにも多くの人間がベッドを手に入れようと争っているし、おびただしい病原菌が体内に侵入しようと待ちかまえている。空が青く晴れわたったある日、スコットはヴァルター・ベンヤミンが自殺した山道を見つけるために南仏へ旅立った。出発に際して、ジョージとシェイクスピア・アンド・カンパニーをほめそやしたが、そこにはかすかな幻滅がにじんでいた。

だが、ジョージの絶望をまともにかぶったのはイヴだった。最初のうちは仰々しいほど丁重に扱われていたが、しだいに店では暮らしづらくなっていった。ジョージは夜の九時前に部屋に引き下がることが多かったのに対し、イヴは夜遅くまで店内のばたばたした動きを楽しんでいた。ジョージはイヴと過ごす時間が少ないことにいらだち、彼女の不在に腹を立てた。

当初あれほどロマンティックで楽しげに見えた関係が、さらなる悪化をたどったのは、読書量が少ない、散らかったアパルトマンを片づけない、お茶会のやり方がまずいと、ジョージがイヴに文句を言いはじめたときだった。イヴが結婚を約束してくれないこと、彼女にみじめな思いをさせていることにいらだつ気持ちが根底にあったのだろう。

ある日、イヴが泣きながら僕のところに来た。彼女には何が起きたのかわからなかった。イヴは保守的なドイツ人家庭で育った垢ぬけない娘としてパリにやってきて、シェイクスピア・アンド・カンパニーで自分の居場所を発見した。こうした感情はすべてジョージと結びついていたから、イヴは彼を愛した。だがジョージはイヴがしたくないことを無理にさせようとしていた。

「あたし、国に帰るわ。もう耐えられない」うっすらと涙をうかべてイヴは言った。「あの人とは結婚できない」

翌日、イヴはジョージからもらった指輪を返し、荷物をまとめてドイツに帰った。はてしない憂鬱が店に垂れこめた。ジョージは体調まで崩し、咳きこんで濃い痰を吐き、食欲もなくした。セーヌ通りの肉屋で買った焼きたてのローストチキンを持って行っても、いらないという身ぶりをするばかりで、自分は年をとりすぎた、このつらい失望のあとどうやって生きていけばいいかわからないとこぼした。

暗い時期だった。しゃれたスーツも散髪も過去のことになり、店の前で昼食会を開くこともなくなった。僕はビールを持って行ったり話をしたりして元気づけようとしたが、どれも効果はなかった。
「放っといてくれ。いまできることは何もない」

36

五月の月曜の夜、正確には十五日のことだった。いつものように、店で開催された詩の朗読会のあと、真夜中の物語の会がセーヌの川べりで開かれた。評判が広まり、気候も暖かくなるにつれ、この会の人気も高まっていた。その夜は十人以上が川岸にすわり、缶ビールやワインの瓶を目の前の石畳の上に置いていた。

カートもいたし、ルークも初めて顔を出していた。僕らが絶えず物語の会の話をするので参加する気になったルークは、黒いスーツにフェドーラ帽をかぶり、懐疑的な態度で脇のほうにすわっていた。成長途上の文学イベントに参加したくてやってきた作家も何人かいた。だが、参加人数を膨張させていたのは、たまたま店に立ち寄り、若くて自由でパリにいるすばらしさを喜びあっている若い男女だった。

この集まりを見渡したとき、なんだかいやな感じがした。物語の会はいつも私的なものだった。最初の頃は親密な雰囲気の中で全員が暗い記憶を洗い流したものだが、そこには互いの信頼と、何か特別なことをしているという楽観的な確信があった。だがその夜は、動物的な興奮が、荒々しい春のフェロモンが漂っていた。

川べりにはそぞろ歩きの観光客があふれ、英語を話す人間がこんなに大勢集まって何をしているのだろうと立ち止まる人も多かった。マリファナ煙草を吸い、アルコール度の高い缶ビールを飲みながら、夏の夜の川辺をぶらついて過ごすさまざまな男たちも僕らに注目していた。

もう少し静かな場所に移ろうかとカートに相談し、川べりを歩いて植物園のほうに移動するよう参加者に頼みはじめた。友人が来るのを待っていたため、頭を寄せあって相談する姿も見られた。僕らの会にさらに他人を招いていたこの見ず知らずの若者たちの厚かましさに僕は腹を立てた。

このあたりでアルジェリア人の若い男がひとり近づいてきた。年は二十代初め、背が低くずんぐりした体格で、オリーブ色の肌にはにきびがあり、薄い山羊ひげを生やしていた。パリのストリート・カルチャーの流儀にしたがってセルジオ・タッキーニのトラックスーツに身をつつみ、片方のパンツの裾は靴下に押しこみ、もう片方の裾は膝のすぐ下までまくり上げていた。さらに必須アイテムである白いラコステのベースボールキャップを心もち斜めにかぶっている。それ以上に問題なのは、ポケットいっぱいにビールの瓶を詰めこみ、さらに三、四本を左脇に抱えていたことだった。男は酔っていて、女でも仲間でももめごとでも、なんでもいいから探しているようだった。当然、僕らのところにも寄ってきた。

最初、彼は身をかがめて若い女性たちに話しかけ、名前を訊いているだけで、僕らはかろうじて気づいた程度だった。ある女性にくっついてすわろうとしたので、彼女は立ち上がって席を移動したが、それでも僕らはそれほど気にしていなかった。騒ぎが始まったのは、男が脇に抱えていたビール瓶が舗道にすべり落ち、大きな音をたてて割れたときだった。二本目の瓶が砕けたとき、遠目にもどこか不吉なものを感じた。

カートと僕は立ち上がって男に向かっていった。帰ってくれと言うと男はむっとした。もう一本、瓶が地面に落ちたが、今度は偶然ではなかったかもしれない。カートが男の体を押した。男はつばを吐き、カートは手を振り上げて、男の眉の上に一発食らわせた。怒りに燃えた男はカートを猛然と突きとばし、カートは石壁に倒れかかった。それ以上の殴りあいを阻止するために、みな二人のあいだに割って入った。男の首の血管が盛り上がり、僕らの手から逃れようと懸命にもがいた。恥ずかしながら、僕はこいつを川に投げこんでやろうかと言った。冷たい水に浸かれば酔いも覚めるかと思ったのだ。

そのときフランス人の男が二人あらわれた。二人とも騒ぎを起こしている男よりは年上だが、全体的な特徴はよく似ていた。トラックスーツのパンツの裾を靴下に押しこみ、首にはチェーンをかけ、まだ火をつけていないマリファナ煙草をくわえている。純粋に市民としての義務感に駆られたのか、僕らをさえぎって、何かできることはないかと訊いた。事情を説明すると、おれたちがなんとかしようと申し出た。僕らが最後に目にしたのは、例の若い男が引きずっていかれる姿だった。

この暴力沙汰によってその夜の野蛮な気配がさらに強まった。カートは喧嘩したかったのにと大声で言い、だれもがこの出来事について猛然としゃべっていた。参加者を移動させていたら、川沿いに千五百フィートほど行ったあたりに、二艘のボートにはさまれたスペースがあった。一同が腰をおろすと、だれが最初に話をするかでカートは別の男と争いはじめた。

大勢の人の前に立ち、称賛されたいという気持ちは僕の中にもあったが、一方ではこの場から遠ざかりたくてたまらなかった。セーヌの川べりで過ごしたあの静かな二月の夜の美しさを思うと、いま目の前にあるのは堕落でしかなかった。僕はだれにも別れを告げずにそっと抜け出した。カートの声が夜のざわめきの中へ薄れていった。

ダゲール通りにあるトゥルーディの小さなアパルトマンに戻ったが、なんとなく気分が沈んでいた。十二時間眠りつづけ、目が覚めてもまだ疲れていた。また夜になってから、重い体を引きずってようやく店に帰った。

「カートがぶちこまれた」ルークがうつろな声で言った。

店に警察が来たという。前夜、男が川べりで叩きのめされ、川に投げこまれて殺された。水に落ちたときはすでに意識がなかったのか、底流と戦う力がなかったのか、検死の結果が出るまではっきりしない。いずれにせよ警察は川から死体を引き上げ、真相を捜査しているところだった。

死んだ男は最後に英米人の観光客の一団と話している姿が目撃されていた。まずシェイクスピア・アンド・カンパニーから捜査を始めるのが順当だったし、だれかが僕らの名前を進んで教えたばかりか、僕らが死んだ男と喧嘩していたことまで話したのだった。僕にも尋問のために警察署に出頭するよう命ずる通知が届いていた。

図書室に上がると、ジョージは僕を脇へ連れていき、前夜、店を留守にしたことを責めた。店が警察の捜査に巻きこまれたばかりでなく、ジョージは朝の五時に、店の前に集まった人々の叫び声で起こされたのである。彼は店の連中に警告した。これから悪習を一掃し、深夜の外出禁止令を発動するつもりだった。

「こんなばかげたことはうんざりだ。やめさせるぞ」

前夜の出来事をゆっくりとつなぎあわせてみた。僕が帰ったあと、物語の会はばらばらになった。まとまりがなく、酒ばかり飲んでいて、そのうち大人数の一団がシェイクスピア・アンド・カンパニーの前の遊歩道に戻ってきた。ジョニーという物書きが店に泊まっていた。片方の肩に錨のタトゥーを入れ、もう片方の肩には「平和でなければ戦争を」という家訓のタトゥーを入れた男だ。このジョニーとカートが店の前で互いに身構えて、殴りっこをすることになった。順番に、ひとりが顎をまっすぐにして立ち、もうひとりが一発殴った。ジョニーは三回目で殴り倒されたが、カートのほうも眉が切れ、目の周囲も腫れあがっていた。ジョージは一部始終を目撃し、激しい怒りに駆られた。

カートは次の日の夜遅く、ようやく戻ってきた。警察はカートを独房や留置場に何時間も拘留して、容疑者だと思わせようとした。その眉の傷はどうしてできたのか、川べりの喧嘩の際に何をしたのかとしつこく訊いた。そしてカートを不安にさせるために何度も独房に戻した。

警察官はようやく、二人の男がアルジェリア人を川に突き落とすのを見たという証人が複数いることを認めた。警察の話では、死体の顔が傷だらけで、殺される前に喧嘩があったと思われるため、カートの顔の傷に強い関心を示したのだった。容疑者ではないとわかったとたんに、カートは今回の尋問でフランスでの在留資格が問われるのではないかと心配しはじめたが、警察のほうは、それは入国管理の問題だからと一蹴し、コンピューターで容疑者の似顔絵を作成する係のもとへ彼を連れて行った。

その翌日、僕は出頭命令にしたがってメーヌ大通りの警察署へ出向いた。刑事たちから僕の在留資格もやはり問題にならないと言われると、楽しくなってきた。カナダでは殺人事件を捜査する警察官とずいぶん話をしたし、僕は犯罪の話をするのが好きだった。犯罪記者だったことを説明して、今回の事件の難しさについて率直に話しあった。目撃者は容疑者のことを二十代後半の黒髪の男二人としか説明できなかった。あの夜の河岸にはこの説明にあてはまる者が千人ぐらいいただろうし、パリ地方では何十万にものぼるだろう。何冊か顔写真を見せてもらったが、見覚えのある顔はなかった。

この事件はシェイクスピア・アンド・カンパニーで一時話題になった。『ル・パリジャン』紙にも記事が出て、川底をさらっている警察の船の大きな写真が載った。ジョージはこの新聞まで記録としてとっておいた。カートは店の常連のためにおもしろおかしく物語り、その後『ジョニー・ダイアモンドと殴りあう』と題した短編を書いた。モロッコから帰って以来、つねに自作を自慢してやまないカートは、それをルークに見せたが、ルークは鉛筆で容赦ないコメントを加え、これじゃだめだねと素っ気なく言った。カートはあとで吐き捨てるように言った。

「シェイクスピア・アンド・カンパニーの批評家どもにはうんざりだよ。少なくともおれはやってるんだ、書いてるんだ。『ビデオラングラー』だって書きあげただろ?」

アブリミットはまだ入院中で、スコットは去り、カートも出ていくことを考えていた。店は新たに導入された厳格な夜間外出禁止令のもとであえぎ、ウィンドウの向こうの夜のざわめきを前にして、店の住人は焦れていらいらしていた。シェイクスピア・アンド・カンパニーが急に前ほど居心地のいい場所ではないように思えてきた。

この頃、刑事弁護士をしている友人から手紙が届き、いっしょにスペインを旅行しないかと誘われた。ウィルとは新聞社の警察担当記者をしていたときに知りあった。彼は弁護士として成功し、相当な金が貯まったので、何か良いことをしたくなった。コスタリカに土地を買って病院を開くとか、その他の慈善事業である。ウィルはまずスペイン語を習うためにバルセロナのスペイン語集中講座に登録していたから、それが終わったら二人でスペイン各地を車で回る予定だった。殺人事件に関与したという疑いは晴れたけれど、僕はまだそのような可能性を楽しんでいた。多くの若いジャーナリストのように僕もハンター・S・トンプソンの『ラスベガスをやっつけろ!』を試金石と見ていたから、ハンター同様、ごろつき刑事弁護士の保護のもとに旅をするのが楽しみだった。

僕らは三週間にわたってだらだらとスペインを一周した。バレンシアを抜けグラナダを通ってマドリードに行き、そこからまた海岸に戻った。最後の日に静かな洞窟を見つけ、泳ぎに行った。そこまで泳いでいき、僕は水面すれすれに飛んでいた一匹の蜂が海に呑みこまれるのを見た。そこまで泳いでいき、水から救い出そうとしたが、刺されるのが怖かった。二回、空中にはじき飛ばしてみたが、また水中に戻ってしまった。それでもまだ手のひらですくう気になれず、黄色と黒の蜂の体が目の前で波間に沈んでいくのを見つめていた。いつもこうだ、岸に戻りながらそう思った。いつだって善意はあるのに、充分なことをできたためしがない。

37

六月にパリに戻ったら、ほとんどだれも残っていなかった。カートは父親が心臓発作で倒れ、飛行機でフロリダの家族のもとへ帰っていた。アブリミットはディジョンに近い町で二か月間のキリスト教の黙想会に参加するために発ったあとだった。スコットは南仏にいた。

ルークはまだ夜の店番をしていたし、サイモンもまだ古書室を住みかにしており、もちろんジョージも相変わらず店内を闊歩していたが、それ以外は知らない顔ばかりだった。新しく来たやつらが本のあいだで傍若無人にふるまっている姿に違和感を感じて当惑し、憤りがこみあげてきた。ここは僕の店だ、と言ってやりたかった。

前兆についてトムと長い議論をしたことがある。前兆にはメッセージがある、うなる犬やほほえむ少女といった前兆に注意を払うことで、自分の進む方向を決めることもできる、と僕は主張した。トムは、それは心の中で起こることで、人生のあらゆる瞬間が潜在的に深い意味をもつ無数の出来事に取り巻かれており、人はそれらを好きなように解釈するのだと考えていた。僕の考えでいけば、これから直面する課題に不安を抱く人間が、歯をむき出してうなっている犬に行き会ったら、それはあきらめたほうがいいというしるしになる。トムならばこう言うだろう。うなる犬のいる曲がり角に少女もいるかもしれない、犬を気にしなければ、少女の笑顔に気づいて、今日は運のいい日だと思うだろう。

いずれにせよ、アパルトマンが見つかったのは、シェイクスピア・アンド・カンパニーを出るときが来たというしるしだった。ある日、店の前に立っていたら、女性が近寄ってきて、住むところを探していないかと訊いた。入り組んだ道を抜けて六区のドフィーヌ通りへ僕を案内しながら、女性は事情を説明した。彼女はドイツ人で、そのアパルトマンは二十年前にフランス人の恋人と共有していた隠れ家だという。二人は結婚してドイツに住んでいるが、アパルトマンは逢引の場として残しておき、お金が必要になると人に貸してきた。彼女はこの夏をパリで過ごすために来たが、急にベルリンでコンサルティング・プロジェクトがもちあがり、滞在できなくなった。明日の朝には発つ予定だから、四か月間アパルトマンを借りてくれる人を至急求めていた。

僕らは七階半分の階段を上ったが、奇跡に舞いあがっていた僕は、くらくらするほどの上りも気にならなかった。アパルトマンの内装は七〇年代風で、黒と銀色のビロードの壁紙とベッド脇の鏡張りの壁が目についた。天井は屋根の形そのままに斜めになり、むきだしの木の梁もあるが、何よりすばらしいのは、ふたつの窓から見えるパリの眺めだった。地上七階半の高さから、赤い粘土の煙突とスレート葺きの屋根が見渡すかぎり広がっていた。

彼女は四か月分の家賃として一万フランを要求し、前金はいま払える分だけでいいことになった。アイルランド旅行の記事で得た原稿料がまだ少し残っていたおかげで、このアパルトマンを手に入れることができた。

これは運命だった。僕が店を出たがっているのを知っていたサイモンが、彼女に僕のことを教えたことがわかっても、僕の気持ちは変わらなかった。僕は静かにジョージに別れを告げ、翌日店を出た。

何週間も眠るのと本を読む以外にほとんど何もしなかった。心が落ちつく暇のない店での生活に疲れ、虚脱状態になっていた。一日に一度、勇気をふるい起こして街に下りてパンとチーズを買い、体を引きずるように階段を上って、読みかけの本が散乱したベッドに倒れこんだ。寝たり覚めたりしながら、いま何時だろうと考えた。時おりトゥルーディが僕が生きているかどうか確かめにやってきたが、それ以外はだれにも会わなかった。

七月になる頃には元気が戻ってきて、トムとニックと三人でビールをすすりながら気持ちのいい午後を過ごした。前にフナックのチェーン店相手にペテンを働いていたあのニックである。CDを交換する商売は先細りになり、いまはレ・アルの近くにヘナ・タトゥーの店を出していた。ヘナによく似た安い粉末状の毛染め剤を見つけたので、客の体にドラゴンや花の模様を描く商売を始めたのだ。代金はタトゥーの大きさによって五十から百フランだった。ニックひとりでも二、三時間で千フラン稼げたが、トムが隣のスツールで仕事をすると、さらに六百フランの売上が手に入った。日向にすわって客を待つ仕事だったから、僕は午後には缶ビールを持って行き、二人につきあった。

家賃の支払いが近づいてくるにつれ、僕も金が必要になり、高級品の売買に関わることになった。この仕事はルイ・ヴィトンのハンドバッグと、ある種のすき間市場にからんだもので、僕のような者だけが——つまり英語を話す若い白人で、金に困った者だけがそのすき間を埋めることができた。

その頃、ルイ・ヴィトンのバッグはどういうわけか日本や韓国などの国々で人気が高かった。しかも値段はフランスより数倍高く、供給量は限られていた。そのためパリに来た大勢のアジア人観光客が、ルイ・ヴィトンの店に立ち寄り、自国で買う値段の何分の一かでハンドバッグを買っていくようになった。ふつうの大きさのハンドバッグがたったの四、五千フランである。

奇妙なことに、ルイ・ヴィトンのほうは、パリでアジア人にバッグを売るのを渋っているように見えた。ヨーロッパの高級ブランドとしてのイメージを落としたくないために、ある種の客に対して店の商品を買いづらくしたのではないかと僕は思う。いつ、どこのルイ・ヴィトンの店に行っても、店に入れてもらうのを待つ長蛇の列ができており、その大部分は日本人や中国人だった。彼らは何時間も外で待たされるばかりか、店に入ってからも、店員から病原体のように扱われ、アクセントを鼻であしらわれ、ハンドバッグと小銭入れという二種類の品物しか買わせてもらえないのに僕は気づいた。

一方、裕福なヨーロッパ人は個人的な予約を入れてルイ・ヴィトンの衣料品を買いに来ることができたし、白人でそれなりにシックな服装さえしていれば、長蛇の列を飛び越してなんでも好きなものを買える。こうした格差のせいで闇市場が大繁盛することになった。ブローカーが僕のような人間に金を払って店に潜入させ、客のためにルイ・ヴィトンのバッグを買わせるのである。

僕と闇市場を結ぶ窓口になったのは、上海出身のきれいな若い女性で、名前をフローラといった。僕の女友だちがある日、フランス語の授業のあとでフローラに紹介された。生徒たちはフランス語の教師から、自分の願いを口頭で発表する準備をしておくように言われており、僕の女友だちは両親に会いに行けるだけのお金がほしいと言った。授業が終わると、仲間の生徒が近づいてきて、半日で飛行機代を稼げる仕事があると言った。

フローラはこうして使い走りを確保しているのだった。

すばらしい仕事だった。最初の日、僕は中古で買った青いビロードのジャケットを着て、シャンゼリゼでフローラを待った。彼女は現金一万五千フランと店のカタログを持ってあらわれた。僕はどのバッグを買うか指示され、数ブロック離れたモンテーニュ大通りにある店への道を教えられた。最初は僕のような見ず知らずの人間がこんな大金をまかされたのが信じられない思いだった。やがて、青いミニバンが脇のドアを開けたまま僕のそばをゆっくり通りすぎていくのに気づいた。三人の男が手持ちのビデオカメラで僕の姿を撮影していた。

僕は動揺し、言われた店に行って、八十人かそこらの退屈したアジア人の行列を迂回した。一番かわいい店員を見つけて事情を説明した。僕はパリでライブをするのでバンドといっしょに来たんだと言い、僕のバンドについて聞いたことあるかと訊いた。僕が名のったのはトラジカリー・ヒップというカナダのすばらしいバンドで、ヨーロッパではまったく知られていなかったから、僕がメンバーではないことがばれるおそれはなかった。その後、店員の一部は僕を見たことがあるようなふりさえした。

そこで僕は気がかりなことについて話した。パリでルイ・ヴィトンのバッグを買ってくると母に約束したんだけど、外の行列はいったいなんなの？

実に簡単だった。その一日目に僕は大きなハンドバッグ二個を一万四千フランで買い、笑顔のフローラのもとへ運んだ。僕が受けとる歩合は総額の一二パーセントだから、千六百フラン以上を現金でもらって帰った。ほぼ一か月分の家賃にあたる。しかし、店側がいまや僕もその一部となった闇市場をつぶすために、買った品物とパスポートの番号を調べるようになり、仕事がやりにくくなった。そのためルイ・ヴィトンの各店に一度しか行けないことになり、他の店に行ったかという突然の質問にも備えておかなければならなかった。

使い走りをした短い期間に、僕はパリにあるルイ・ヴィトンの店五店全部に行き、たいそう評判になったので、よその街にも派遣された。一度、金になる計画をつねに探していたトムを連れて行ったときには、車と現金四万八千フラン、加えて二万フラン分のトラベラーズチェックを渡され、リールとブリュッセルに行って現地の店で買い物をした。その日は一日中、このままブダペストかイスタンブールまで走りつづけて豪勢な休暇を過ごしたいという衝動を抑えなければならなかった。

ひとつ残念だったのは、エルメスのバッグが一度も手に入らなかったことだ。エルメスの店はルイ・ヴィトンよりも入りこみにくく、とりわけ人々の垂涎の的となっているハンドバッグなどは二年待ちだった。だが、しかるべき有名人や裕福な顧客が来たときのために、店はいつも一、二個は用意しているという噂だった。エルメスのバッグをひとつ買えれば、五千フランの儲けになる。ドーヴィルのビーチ・リゾートにあるルイ・ヴィトンの小売店に行ったとき、トムは一か八かエルメスをあたってみた。芸人風のいばった態度が功を奏し、五千フランのボーナスが手に入るかと見えたそのとき、手持ちの金が足りないことに気づいた。エルメスのバッグの値段は二万七千フランで、僕らはそれだけの金をもらっていなかった。僕がこれまででもっとも大儲けのチャンスに近づいた瞬間だった。

七月の終わりになって、十二月に脅迫電話をかけてきたあの男からメールが届いた。大事な知らせがあるという。近々結婚することになったから、僕を結婚式に招待するというのだ。

一瞬、罠ではないかと思ったが、先を読みつづけた。彼はある女性を好きになり、彼女といっしょになるためにトロントに移った。おまけに堅気の仕事につき、ハスラーの魅力を発揮して、電子機器のセールスマンとして悪くない生活を送っているという。驚いたことに彼は僕に感謝していた。あの街で彼は犯罪の道に深くはまりこんでいたから、僕はずいぶん前から街を離れるよう忠告していたのだが、本の中で彼の名前を出したことで、さらに一歩その方向へ押しやることになったのである。それはひとつのきっかけであって、最後の一撃というわけではなかったかもしれないが、結局それでうまくいったことを僕に伝えたかったのだ。僕らの行き違いについてはまだ残念に思っているものの、それはもう忘れたか、あるいは、少なくとも心の奥にしまいこんだらしかった。

心の重荷がとれてほっとしたが、代わりにむなしさがこみあげてきた。もう逃げなくていいなら、僕はいったい何をしているのだろう？

その夏はぶらぶらして過ごしたが、何もしないことが時につらくなってきた。八月の蒸し暑い夜、トゥルーディのアパルトマンにいたとき、彼女はパリでの生活に焦りと物足りなさを感じていることを打ち明けた。素敵な冒険、素敵なロマンスだったけれど、他人の子どもの世話をして人生を送るつもりはなかった。イタリアの大学に問い合わせたところ、秋学期の登録にまだ間に合うことがわかった。離れていても愛する気持ちに変わりがなければ、手紙のやりとりをし、場合によっては会いに行こうと約束して別れた。それ以上夢を見つづけることはできなかった。

夏が過ぎていくにつれ、僕はまたジョージに会いに行くようになった。最初はオフィスで伝記を整理したり本の注文をまとめたりするのを手伝った。リーフレットづくりの作業にも戻り、ジョージはアパルトマンをホテル王に奪われたことを示す修正を加えて、ついにリーフレットを発行することにした。新たに加えた一節は助けを求める叫びのようにも読める。

一九五一年に私の店を開いた頃、パリの中心に位置するこの一帯は、大道芸があったり、香具師（やし）がいたり、廃品置き場、薄汚いホテル、酒場、洗濯屋、仕立屋、食料雑貨店などが軒を連ねるスラムだった。一六〇〇年代には、このスラムの真ん中にある私たちの建物は、夕暮れになるとランプをともす灯火係（フレール・ランピエ）の僧のいる修道院だった。私はその役割を引き継いだような気がする。五十年来、あなたがたのフレール・ランピエとして、灯火をともしつづけてきたのだから——いつかだれかがやってきて、この使命を果たしつづけてくれることを願いながら。

リーフレットはついに発行され、つくり手たちに対照的な効果をおよぼした。完成したリーフレットが届いたのを祝ってジョージと乾杯したあと、ルークは今回の仕事に勇気を得て、出版の世界に飛びこむことにした。例の「キロメーター・ゼロ」の計画の具体化をめざしていたので、僕らはいっしょにやることにした。店の仕事をしたり、ルークとともにささやかな事業を立ち上げる準備をしたりするなかで、僕は現実の生活に近いものを手に入れた。

一方、ジョージはリーフレットの仕事が終わるとすっかり元気をなくし、死に取り憑かれるようになった。同世代はあらかたいなくなり、残された友人たちと連絡をとりあうのも一苦労だった。ジョージの話では、流通業者の手違いで店がシティ・ライツの本を置かなくなったことで、ファーリンゲティでさえ彼に腹を立てたという。

ある日の午後、ジョージは僕にトルストイがたったひとりで死んだ話をした。列車の車両に閉じこもり、プラットフォームで泣く妻が別れを告げに入るのも許さなかった。それからジョージはマルクスの葬式の話を持ち出した。

「何人ぐらい参列したと思う？」

二、三百人じゃないかと言うと、彼は悲しげにかぶりを振った。

七人。

「どういうことなのか僕にもわからない」ジョージはため息をついた。「だれも答えを知らない。知っているふりをするやつは嫌いだ。人生なんて分子のダンスの結果にすぎないのさ」

ジョージは外見まで変わってしまった。イヴと別れてから、注意散漫でうわの空になり、夜は早く寝てしまうし、精力は衰えた。シェイクスピア・アンド・カンパニーをあとどれだけ切りまわしていけるかわからないとくりかえし言い、その不安が偽りではないことを証明するかのように、八月にひどい病気になった。体力はすっかり衰え、ベッドから起き上がるのがやっとのありさまで、血を吐きはじめた。固形物を食べると吐いてしまい、僕が食料品店で買ってきたプロテインドリンクもたいした効果はなかった。

何度か病院に診察の予約を入れたものの、ジョージはそのたびに行くのを忘れた。やがて目の調子も悪くなり、白内障の手術をする必要があると言いだした。突然、彼が本物の八十六歳のように見えてきて、厚い板を振りまわし、アルコール度の高いビールで僕を酔っぱらわせたあの人はどこへ行ってしまったのだろうと思った。

九月になると、急に寒くなり、ジョージはまた病気になった。ふたたび寝室に引きこもり、階段には彼の咳が響いた。じめじめした寒い冬を前にして、僕は初めてジョージが次の夏までもたないのではないかという不安を感じた。

僕の父の好きな本はジョン・アーヴィングの『オウエンのために祈りを』である。この小説の中で、体がおそろしく小さなオウエンは、友人に持ち上げてもらってバスケットのほうへ跳び上がるというダンクシュートの練習をせずにいられなくなる。この練習を執拗にくりかえし、バスケットボールなど本当はやりたくもないのに、わけもなくその技を磨きあげていく。年をとってから、運命のときが訪れる。オウエンは空港にいて、テロリストの手榴弾が子どもの一団の近くに投げられる。例のダンクシュートで、彼は高いところにある窓から爆弾を外に投げ捨てることができた。そのとき突如、あれほど長いあいだ強迫的にシュートを練習してきた理由がわかるのだ。

僕は犯罪記者として働いた五年間、人を捜し出す技術を磨いてきた。飲酒運転の罪に問われて自殺した男の別れた妻を捜し出す際には、ほとんど才能の浪費としか思えなかったこの技能が、突如役に立つときがやってきたようだった。

九月初めにロンドン行きの鉄道切符を買い、ジョージには仕事で行くと話した。詳しいことは何も言わなかったし、彼も訊かなかった。ところが、出発の前日、ジョージはふたたび僕に金をくれた。僕の手に五十ポンド札を握らせ、だれかと食事でもしろと言って、テムズ川を見下ろすチャイニーズ・レストランを薦めてくれた。

38

高速列車ユーロスターに乗るのは閉所恐怖症のいい実験になる。列車は驚くべきスピードで突進し、見る見る海に近づき、あろうことかその海の下を通っていく。英仏海峡トンネルの本体にプラスチック爆弾を詰めこむテロリストのイメージが脳裏にちらつくなか、列車は闇の中に下りていく。緊張でこわばった二十分が過ぎると、列車はイギリス側に出て、低速の在来線に乗り入れ、のろのろとロンドンに到着する。その頃にはどうにか冷や汗も乾いている。到着駅がウォータールー駅なのは、かつて同名の地（ワーテルロー）でナポレオン軍が決定的敗北を喫した記憶をもつフランス人にとっては悪い冗談としか思えない。

ロンドンはパリより大きく、アパルトマンより家のほうが多く、とにかく歩きにくい街だった。ここでは人間は地下へ追いやられており、しかもパリのメトロよりはるかに監視が厳しく、警備員が出入り口をしっかり見張っているのを見て僕はがっかりした。街を横断するだけで貴重な数ポンドが消えた。

雰囲気も違う。ロンドンはニューヨークやトロントのように実にあわただしい、ビジネス中心の街で、だれもが話をしながら視線を素通りさせ、どこか別の場所に行きたそうにしている。コーヒーはきびきびと歩きながら飲むもので、歩道のカフェなどは見られない。

前年、シルヴィアからジョージあてに届いたはがきには、ロンドン大学の学生寮の住所が書いてあった。学生寮の事務所はプライバシーを理由に詳しい情報を明かさなかったが、管理人に話しかけてみたら、前年の女子学生たちのことを憶えていた。シルヴィアは確かスラブ東欧学部で学んでいるはずだと言う。

スラブ東欧学部の事務員もプライバシーだと言って教えてくれなかったが、なんとかシルヴィアの教授のひとりを見つけ出した。込み入った事情であること、ジョージの健康状態が悪化していることを説明すると、教授は協力すると言ってくれた。授業はまだ始まっていなかったが、教授の話では、学生たちは校舎に出入りして、講座の登録をし、新しい学年の準備をしているという。僕はシルヴィアあての短い手紙を彼に託し、校舎のあちこちに連絡を求める小さな手書きのメッセージを貼ってまわった。僕のメールアドレスを残していくしかできなかったので、その日はテムズ川のほとりを歩いて過ごし、何度もインターネットカフェに行った。

翌朝、大学に戻って、教授に確認し、もう一度メッセージを貼ってまわった。ロビーにすわって三、四時間も人波を見つめていたら疲れてきた。その日の午後、ナショナル・ギャラリーを行ったり来たりしたあと、近くにウェブ・バーを見つけた。シルヴィアからメールが届いており、彼女の携帯電話の番号が書いてあった。電話ボックスに走っていって電話をかけた。とぎれたりつながったりする彼女の携帯電話を通して、その夜、ブルームズベリーに近い地下鉄の駅の外で待ち合わせる約束をした。

僕は三十分前に待ち合わせの場所に到着し、若い女性と見れば近寄っていったが、シルヴィアを見過ごすはずはなかった。彼女は快活な笑顔の金髪娘だったが、何よりもその目が――淡い青色の瞳が父親にそっくりだった。電話では少ししか話さなかったので、シルヴィアは僕が会いに来た理由を知りたがり、父親のことを心配していた。僕らは近くのパブに入り、彼女は一パイントのビールをふたつ注文した。

「これから本当のことを話す」と僕は口を切った。

僕がパリにたどりついた事情、ジョージが店に泊めてくれて、生活を立て直す手助けをしてくれたことをまず説明した。彼がよくシルヴィアの話をしていて、とても恋しがっていることも話した。いま彼は重い病気にかかり、店の将来も不確かななかで、シルヴィアにシェイクスピア・アンド・カンパニーに来てもらい、関係を修復したいと願っている。過去に何があろうと、父親のことを知るのは大事なことだと僕は彼女に言った。ジョージはもうじき九十歳だし、いま機会を逃したら、永遠にその機会はないかもしれない。

シルヴィアはおおむねとまどっていた。この五年間、父親にはがきや手紙を送っても、一度も返事が来なかった。私にかまっている暇などないのだろうと彼女は思った。常軌を逸した書店での暮らしや、愛したものから離れていく彼の習性について母親から聞かされていただけに、なおさらそう思いこんだ。二、三年前にパリに行ったとき、勇気をふりしぼって店を訪れたが、そのときの彼女の記憶は父親の話と大きく食い違っていた。シェイクスピア・アンド・カンパニーに入ったシルヴィアは、店そのものと住人たちに少々怖じ気づいた。ジョージは彼女にかまっている暇などなさそうな様子だったので、彼女は悲しくなり、傷ついて、店を出たのだった。

もう少し話すうちに、シルヴィアは、母親がどう思うかわからないけれど、父親にまた会ってみようと決意した。

その日は金曜の夜で、僕は翌日帰る予定だった。シルヴィアは大学で上演するトム・ストッパードやオスカー・ワイルド、シェイクスピアなどの芝居に出演したことがあり、そのときもチェーホフの『桜の園』の稽古をしていたが、スケジュールを調整して翌週以降に会いに行くと言った。彼女の気が変わったり、さらに遅れたりするのを恐れた僕は、いっしょに一日、二日来てみるのはどうかと言ってみた。シルヴィアは予定表をぱらぱらめくり、月曜日にパリに向かい、二、三日店に泊まってもいいと言ってくれた。僕はすぐにも彼女の分の切符を買いたかったが、稽古があるというので、翌朝、駅で待ち合わせることになった。

パブを出るとき、写真を何枚か撮ってもいいかとシルヴィアに訊いた。ジョージが持っている一番新しいシルヴィアの写真はまだ少女の頃のものだったので、娘の訪問に心の準備をさせるために何か持って帰りたかった。夕暮れの薄明かりの中で、わざわざこのために買った使い捨てカメラを取り出してパチパチ写真を撮ると、シルヴィアは笑い声をあげた。彼女は手を振って、じゃあ明日の朝会いましょうと言った。

その夜、僕はシルヴィアに会えたうれしさと、気が変わって来てくれないのではないかという強い不安に引き裂かれた。ホステルでは少ししか眠れず、駅に向かった。驚いたことにシルヴィアのほうが先に来ていた。僕は彼女にユーロスターの切符を買い、パリへの到着時刻をしっかり書きとめ、そこで別れた。

39

土曜の午後遅くパリに着き、店に戻ると、ジョージは具合が悪くてとっくに寝ていた。翌朝早く店に行き、日曜なのを忘れて、パンケーキの朝食会の中に飛びこんでしまった。ジョージは僕の手に皿を押しつけ、僕は眠そうな住人たちと同じテーブルについた。知った顔はひとつもなく、パンケーキの質とシェイクスピア・アンド・カンパニーでの奇妙な経験について彼らが口にするおなじみの感想に耳をかたむけた。僕のポケットの中にはシルヴィアの写真があり、ジョージに知らせるために、早くみんなに出ていってほしかった。オールAの通知表を見せびらかしたくて母親の帰りを待つ男の子のように、彼にほめてもらいたくてしょうがなかった。

テーブルから離れたところに若い男がすわり、仏頂面で黙々とパンケーキを食べていた。一風変わった風貌で、注目せずにはいられなかった。やせこけていて、身長は僕と同じくらい、青白い顔に黒縁の眼鏡をかけている。何よりも目を惹いたのは髪の毛だ。僕と同じように肩まであり、僕と同じようにオレンジがかった赤毛だった。彼の名はエイドリアンといい、店にやってきたばかりだった。僕に似た人間に会うことはめったにないから、単なる偶然ではないと思わざるをえない。

いつ果てるとも知れない朝食が終わると、今日の仕事が割りふられ、住人たちは散っていった。僕はジョージについて奥の部屋に入り、大事な話があると言った。彼は腹立たしげにベッドにすわった。

「シルヴィアに会いました。明日パリに来ます」

ジョージはたじろいだ。「いずれそういうばかなまねをしでかすとわかっていたよ。娘には来てほしくない。こんな僕を見せたくない。病気なんだ。もう遅すぎる」

彼は立ち上がって寝室の本を片づけはじめた。「店の中はめちゃめちゃだ、恥さらしだよ。こんな状態を見せられない」

彼女の到着は明日の夜だと強調した。それまでに一日半、片づけの時間がある。ジョージはきみには失望したとか何もかも台無しだとかぶつぶつ言っていた。写真を全部渡すと、ふたたびベッドに腰をおろして写真を眺めた。なおも怒ったふりをしながらも、口もとがほころんでいた。それは差し上げますと言うと、ジョージは礼を言い、特にきれいな写真を一枚、ベッド脇のナイトテーブルの上に置いた。掃除を手伝いましょうかと訊いたら、手を振ってしりぞけた。

「もう充分だ」不機嫌そうな口調のままそう言ったが、僕が立ち上がって帰ろうとすると、腕をつかんだ。

「明日も来てくれ。いっしょに駅に迎えに行ってくれないと困る」

薄青い目の奥に喜びがきらめいているのが見えた。


翌日、店に行くと、ジョージが店の住人たちを働かせたのがすぐにわかった。床はぴかぴかで、正面のウィンドウには豪華な美術書に花をあしらった凝ったディスプレイが登場していた。本棚が見事に整理されているさまはそれ以上に感動的だった。実は例のエイドリアンは如才がなく、手際のいい人物で、オックスフォード大学で文学を学んだ経験もあり、混沌たる本の山を整理するのが信じられないほどうまかったのである。

シルヴィアが泊まる上の部屋には掃除機がかけられて、きれいに磨かれ、冷蔵庫の中には驚くほど豊富な食料がそろっていた。ジョージは春にトムからもらったピンストライプの青いズートスーツで決めていた。あたふたと飛びまわり、僕を引き連れて店内を点検しに行った。

「みんなには娘の友だちのエミリーが来ると言っておいた。だからエミリーと呼ぶ必要がある」

みんなから別の名前で呼ばれたらシルヴィアがとまどうのではないかと僕は言ったが、

ジョージは彼女が関心を惹かないようにするためにはそうする必要があると言ってきかなかった。

「遊びと思えばいい」シルヴィアのベッド用の清潔なシーツを腕いっぱいに抱え、急いで階段を上りながらジョージは言った。「あの子は女優なんだろ？」

その夜、僕らはメトロに乗り、ユーロスターが到着する北駅に向かった。列車の到着が遅れたため、ジョージはたぶん娘は来ないだろうと主張し、正しい到着時刻を控えてきたのかと五回も尋ねた。土壇場で何か問題が起こり、ジョージの期待を無駄にかきたてるだけに終わったらどうしようと冷や冷やした。

列車がようやく入ってくると、ジョージは首を伸ばして娘の姿を探した。互いの姿を認めると、シルヴィアは駆けよって父親を抱きしめた。駅での再会や別れが伝説的な光景となっているのはそれなりの理由がある。北駅の喧噪のただなかで、二人の抱擁は実に感動的だった。

もう夜も遅いし、特別な機会だから、タクシー代を奮発してもいいのではないかとジョージに訊いてみた。ジョージが答えるより先にシルヴィアが答え、まさしくジョージの娘であることがはっきりした。

「タクシー？　メトロがあるのに、どうしてタクシーなんかに大金を払わなくちゃならないの。ばかばかしい」

ジョージは喜色満面だった。

書店に向かうメトロの中で、僕らはユーロスターと天気の話をした。自動ドアにはさまれないよう子どもに警告する標示を見て、シルヴィアははっとした。漫画風のピンクのウサギがずきずきする片手をさすっているというもので、彼女は指でウサギの耳をなぞった。

「小さいときに見た覚えがある」

十一時近くに店に到着し、ジョージは疲れきっているにもかかわらず、食べものとビールのグラスを出してきて、ささやかな歓迎会が開かれた。シルヴィアは全員にエミリーとして紹介され、ロンドンで演技を学ぶ名もない学生に対してジョージがあまりにも親切なのでみなとまどっていたが、だれひとり真相には気づかなかった。真夜中近くに食事が終わり、ジョージとシルヴィアが今夜のことを静かに話しあえるように僕は席を立った。

次の晩も、ジョージが計画したディナーに出るため店に行った。女優のエミリーは実は娘のシルヴィアだという噂がすでに洩れていたけれど、ジョージは気にしていないようだった。シルヴィアは顔を輝かせ、ジョージは彼女のまわりをうろうろしながら、有頂天にならぬよう精いっぱい努力していたが、見事に失敗していた。コーヒーの前に一休みしたとき、二人はくっついてすわり、シルヴィアは父親の肩に頭をもたせかけた。

翌日の午後、シルヴィアを駅まで送るのは僕の役目だった。「また来るわ」北駅に着くと、彼女は言った。「来月にでも――稽古のスケジュールが楽になって、授業から離れた時間がとれるようになったらすぐに」

列車に向かって歩く僕らのあいだには、もろもろの思いのこもった沈黙があった。言いたいことが山ほどありすぎて、言っても始まらないことを、二人とも承知しているかのようだった。彼女は僕を抱きしめ、ロンドンへ帰っていった。

急にひどく疲れた気がした。店に戻る電車の中で居眠りして乗り過ごし、リュクサンブール公園からシェイクスピア・アンド・カンパニーまで歩いて帰らなければならなかった。店に戻ると、ジョージがオフィスにいた。彼はシルヴィアに腹を立てているふりをしていた。来年の夏にまた来て店の経営を手伝うと彼女に約束してほしかったのだ。シルヴィアはまだどれにもうんと言わなかったから、もうだめだと言うのだ……そんなジョージでさえ失望したふりを長くつづけることはできず、シルヴィアが来月また来るのを楽しみにしていたと僕が言うと、うれしそうにくすくす笑った。

冷蔵庫に青島(チンタオ)ビールが二本冷やしてあったので、僕らは三階のアパルトマンでいっしょにビールを飲みながら、沈みゆく夕陽がノートルダムの色を変えていくのを眺めた。彼は最初に会ったときのような遠い目をしていた。あの雨の降る一月の日曜日にシェイクスピア・アンド・カンパニーに出会ってどれほど幸運だったかという話をまたしたら、ジョージは僕をさえぎり、それ以上言わせなかった。

「ずっとそういう場所にしたかったんだよ。ノートルダムを見るとね、この店はあの教会の別館なんだって気が時々するんだ。あちら側にうまく適応できない人間のための場所なんだよ」

よくわかった。僕らは日が沈むまでビールをすすり、その後もしばらくすわっていた。ジョージの頭が眠気で重くなってくると、僕は近いうちにまた会いに来ることを約束して店を出た。

著者あとがき

僕はマルセイユでこれを書いている。フランスで二番目に大きな都市マルセイユは、地中海に面した南仏のにぎやかな港町で、同じ国内といえども、パリからはこれ以上離れようがないほど離れている。僕は愛のためにここまでやってきたのだが、この決心を後悔することは決してないだろう。ここには首都パリのような美術館やモニュメント、観光収入に伴ううわべの華やかさはないが、曲がりくねった丘の道に分け入れば、時として偽りのない人の心の香りにふれる思いがする。

シェイクスピア・アンド・カンパニーをあとにして四年がたち、いまになってようやくあの時期がもつ意味を受け入れられるようになってきた。ジョージからいろいろと学んだから、もとのような暮らしに戻ることはないだろう。ジョージが送ってくれる本をいまも読んでいるし、僕は公然たるコミュニストにはほど遠いけれど、思ってもみなかった道を彼に教えてもらった。

ジョージは九十歳になったが、まだユートピアを夢見ている。相変わらずアパルトマンを手に入れようと努めていて、シェイクスピア・アンド・カンパニーを追い出すのは不可能だといずれホテル王も気づくだろうと思っている。財団の件も依然として進行中で、この文化遺産はまだまだつづいていきそうだ。ジョージの楽観的な姿勢に僕は希望を感じる。彼はいまでも勝手気ままな訪問者を泊め、お茶会を開き、ラディカルな本を泊まり客に配っている。店内をひとめぐりすれば、新たなカートや新たなナディア、新たなジェレミーたちに出会える。彼らの目は希望に輝いている。

僕はまだ、かろうじてそれを憶えている。なんともみじめな状況におちいって、パリに向かった僕は、どんなものでも受け入れ、どんなものでも信じる用意ができていた。そしてシェイクスピア・アンド・カンパニーに出会い、全身全霊で受け入れたのである。

あのあと、ロンドンから戻ると間もなく、金が尽きてルークのアパルトマンに移った。そこはちょうど修理中だったので、家賃はいらなかったが、水も電気も長いこと止められていて、僕は埃っぽい床で寝た。それでも店での経験があるから、どんな状況でも耐えられた。

ルークと僕は最終的に小さな出版社を立ち上げることになったが、無分別にとらわれ、ずいぶん愚かなまねをした。僕らはルークのアパルトマンを出て、アーティストたちが無断で住みついていた建物の中に事務所を構え、一年が過ぎ、二年が過ぎても、パリの夢はつづいていた。ルークはついに書店の仕事をやめ、その後、燃え尽きて、イタリアに移り、いまはそこで英語を教え、ものを書いている。カートは父親が心臓発作から快復するとシェイクスピア・アンド・カンパニーに戻ってきたが、どんなにがんばっても、かつてあったものをふたたびつくりだすことはできなかった。『ビデオラングラー』を次々に送って拒絶の返事を山ほどもらってもあきらめず、いつか出版されるとまだ思っている。アブリミットはいまトロントにいて、カナダの政治情勢に嫌みを言い、みずからのキリスト教信仰について熱く語ったメールをよく送ってくる。

最後にサイモンに会ったとき、彼はドルチェ&ガッバーナの店から出てきたところだった。シャツもパンツもジャケットも、書店にいた頃の三か月分の生活費より高かった。母親を亡くして遺産が入り、ようやく店から出ることができた。リスボンあたりにでもアパルトマンを買って、自分でも書店を始めようかなどと考えている。

それからつい先日の夜、僕を殺すと脅した男と電話で話した。あの出来事もいまでは笑い話だ。僕は過剰反応だったと認め、彼はあの夜の電話で無性に腹が立ち、僕を驚かせようと突然アパートに押しかけたことを認めた。話しながら、ふたたびお互いに感謝しあった。あの事件がきっかけで、彼は妻となる女性のもとに行き、子どもをもうけてきれいな家まで手に入れた。あの夜の電話がなかったら、僕は街から逃げ出すこともなかったろうし、さらにはシェイクスピア・アンド・カンパニーに出会うこともなかったにちがいない。

感傷的に聞こえるだろうが、書店の周辺もあれからずいぶん変わった。カフェ・パニスにいた犬のエイモスは死に、その後、豪華なトイレは便座のないタイプに替えられてしまった。最近はバーに腰かけてコーヒーを飲んでいても、知った顔に出会うことはめったにない。すぐそばのサン＝ジャック通りにあったポリー・マグーズは、入っていたビルが三つ星ホテルに改装されるのに伴って閉店した。今日で閉店だと噂された夜が幾度もあったが、ある晩それが現実になり、次の日には店内はからっぽになり、ビルは立入禁止になった。さらに悪いことに、新しいポリー・マグーズが半ブロック離れた場所にできた。ぴかぴかの上品な店だが、味気なかった。まったくもって味気なかった。

シェイクスピア・アンド・カンパニーそのものは、いまのところうまくいっている。赤毛のエイドリアンについての僕の直観は当たった。彼は昼間の店長になり、猛烈な働きぶりでジョージの肩の荷をだいぶ軽くしてくれた。彼もやはり最後には店を離れたが、それはシルヴィアが店で暮らすようになってからだった。

それがこの話の一番いいところかもしれない。シルヴィアは約束どおり、その秋にまた一週間パリに滞在し、春にもやってきた。ジョージが望んだように、夏のあいだはずっと店で過ごし、毎日四時から八時までカウンターで働いて、店についてさらに学んだ。彼女はこの暮らしにうまく適応し、店の前の遊歩道で『夏の夜の夢』の上演を企画する時間さえ見つけた。

その後、シルヴィアは大学を卒業し、フルタイムで店の経営を引き継いだ。もちろんジョージもまだいて、娘の仕事全般を監督し、自分のほうがうまくできたと文句を言っている。それはまた別の話になるけれど、うまくいっているのは確かだ。書棚には大量の本が整然と並び、店内は整理され、ジョージはおおむね前より幸せそうだ。だが、店にはいまや電話があり、クレジットカードも受けつけるということを、複雑な思いでここに報告する。悪いことではないだろう。ただ僕の知っているシェイクスピア・アンド・カンパニーではないというだけの話だ。

パリに行ったときはジョージと食事をして近況を語りあう。一度、僕が店を出てから二年後ぐらいに、おもしろい経験をした。僕とジョージのところに警察から召喚状が来たのである。例の川べりの殺人事件の捜査が再開され、僕ら二人だけがまだパリにいた。容疑者は結局見つからず、被害者の家族は捜査が打ち切られたことに疑問の声をあげていた。そのため形式上、再度僕らに話を聞くことにしたのだ。

僕はジョージをだれよりも尊敬している。完璧にはほど遠いし、変なところも山ほどあるが、子どものような希望と楽観主義にあふれ、世界を変え、店に泊める人々を変えることができるとまだ信じている。ともすればシニカルになりがちな時代にあって、それだけでも僕にとっては憧れの存在である。

あの数か月をふりかえると、店にいただれもが過去の亡霊を背負っていたことに気づく。だからこそ、僕らはみな長いこと店でいっしょに暮らしつづけたのだろう。この店はノートルダムの別館だというジョージの言葉を思い出し、まさにそのとおりだと思う。

確かに有名な書店だし、文学的にも大きな価値をもつ店ではあるが、何よりもシェイクスピア・アンド・カンパニーは、川の向こうの大聖堂のような一種の避難所なのだ。だれもが必要なものを取り、与えられるものを与えることのできる場所、店主がそれを許している場所なのである。

シェイクスピア・アンド・カンパニーでジョージと暮らしたことで僕は変わり、これまでの人生と自分が望む人生について考えるようになった。さしあたり、僕はすわって、キーボードを打ち、よりよい人間になろうと努めている。人生はまだ進行中である。

謝辞

親にとって、子どもが物書きになると宣言することほど恐ろしいことはないだろう。ぶらんこ乗りやツリーハウスの設計者のほうがまだ堅実な職業に思えるにちがいない。それでも僕の両親ロス・マーサーとパトリシア・マーサーがつねに僕を支え、愛してくれたことに厚く感謝したい。マルセイユでの長く貧しい一年間に僕を息子のように扱ってくれたソニアとジャン・ミシェル・ド・ロビヤールは、僕にとって特別な存在である。

ものを書くのは気が遠くなるほど大変な仕事だが、出版業はそれ以上に大変な仕事である。本書を出版社に売ってくれたエージェントのクリスティン・リンドストロームと、それを買ってくれた編集者のマイケル・フラミーニに限りない感謝を捧げる。数々のタイプミスや誤りを探し出してくれた几帳面なキャロル・エドワーズは僕の面子を救ってくれた功労者であり、称賛に値する。

パリのイン・ファクト・スクワットのエリック・ペリエは余分なアトリエを僕の執筆場所として提供してくれた。サイモン・グリーン、コリン・フリーズ、ジュリー・ディレイニーは僕が特に悲惨なときに助けてくれた。スパークル・ヘイターの粘り強さと独創性はつねに刺激を与えてくれた。カール・ホイットマンは僕を自宅に迎え入れ、リン・マコーリーは詩人をアイルランドまで送っていく費用を出してくれた。そしてルーク・バシャム、エイドリアン・ホーンズビー、バスター・バーク、ムーサ・ガーニスは本書の原稿を読み、よりよいものにするのを手伝ってくれた。彼らの手助けと友情に感謝する。

インフォルーツ協会（www.inforoots.org）は、ノアイユの町の子どもたちにインターネットの使い方を教えている団体だが、完成間近の原稿がコンピューター内に呑みこまれてしまった不幸な物書きにも手を貸してくれた。代わりのコンピューターを提供してくれただけでなく、その機械をすっかり手なずけてくれたすばらしきクィン・コメンダントにもお礼を言いたい。

最後に、僕がこの本を捧げた女性について一言。彼女がいなければこの本を書くのはまったく不可能だった。犠牲はあまりにも大きかったが。

訳者あとがき

本書はJeremy Mercer, *Time Was Soft There : A Paris Sojourn at Shakespeare & Co.* (St. Martin's Press, 2005)の全訳である。

シェイクスピア・アンド・カンパニー書店と聞くと、第二次大戦前、パリのセーヌ左岸オデオン通りにあったシルヴィア・ビーチの伝説的な書店（兼貸本屋）を思い起こす読者も多いだろう。一九二〇年代から三〇年代にかけて、ガートルード・スタイン、ヘミングウェイ、フィッツジェラルド、ジッド、ヴァレリーといった当時の名だたる作家や芸術家が出入りし、ジョイスの『ユリシーズ』を最初に出版したことでも知られる書店、ヘミングウェイの『移動祝祭日』に登場する、あのシェイクスピア・アンド・カンパニー書店である（ちなみにシルヴィア・ビーチ自身も、店をめぐる思い出や作家たちとの交流を綴った興味深い回想録『シェイクスピア・アンド・カンパニイ書店』を書き残している）。

このシルヴィア・ビーチの書店を元祖シェイクスピア・アンド・カンパニーとすれば、本書の舞台となる書店はいわば二代目シェイクスピア・アンド・カンパニーと呼んでもいいだろう。元祖シェイクスピア・アンド・カンパニーは一九四一年、ドイツ占領下で閉店したが、一九五一年、はぐれ者のアメリカ人ジョージ・ホイットマンが、セーヌを挟んでノートルダム大聖堂と向かいあうビュシュリ通りの建物の中に英語書籍の店を開いた。最初は「ル・ミストラル」という名だったが、シルヴィア・ビーチと交流があったホイットマンは、敬愛するビーチの死後、一九六四年に店名をシェイクスピア・アンド・カンパニーと改めた。

文学への愛や作家に対する支援といった元祖シェイクスピア・アンド・カンパニーの精神を受け継いだホイットマンの店もまた、ヘンリー・ミラーやアナイス・ニン、ロレンス・ダレルから、アレン・ギンズバーグ、ウィリアム・バロウズ、グレゴリー・コーソらビートニクに至るまで、錚々たる詩人や作家が出入りし、朗読会が頻繁に開かれるパリの名物書店となった。だが、この店はただの本屋ではなかった。書棚のあいだに狭苦しいベッドが点在し、ほかに行くところのない貧しい物書きや旅の若者が無料で泊まれる「流れ者ホテル」も兼ねていたのである。筋金入りのコミュニストにしてロマンティックな理想主義者であるホイットマンは、「見知らぬ人に冷たくするな、変装した天使かもしれないから」というモットーのもとに、開店当初から半世紀にわたり、行き場のない人々を受け入れ、宿と食事を提供してきた。それはホイットマンに言わせれば「書店を装った社会主義的ユートピア」であり、一種の文学的コミューンでもあった。

本書の著者ジェレミー・マーサーは、カナダで犯罪記者をしていたときに深刻なトラブルに巻きこまれ、一九九九年末にカナダを出てパリにたどりつき、所持金も尽きかけた頃にたまたまシェイクスピア・アンド・カンパニー書店に転がりこんだ。それは彼の人生を大きく変える経験となった。本書は、彼が二〇〇〇年初頭から数か月にわたり、この店に滞在した際の出来事を綴ったメモワールである。

二十代後半のマーサーは、当時八十六歳のシェイクスピア・アンド・カンパニー店主ジョージ・ホイットマンになぜか気に入られて、彼の補佐役兼相談相手となり、自分をピンチから救ってくれたホイットマンのために無給で働くようになる。世界中から雑多な人々が集まってくる書店で奇妙な共同生活をしながら、個性的な店の住人やスタッフと友情を深め、恋をし、本を読み、小説を書き、金欠に悩み、パリのボヘミアン生活を謳歌する。この店で彼は自分の過去と向きあい、一度は見失った自分の人生を見いだしていく。だが、安全な場所と見えた書店が実は危機に瀕していることを知り、ある行動を起こす……。

本書の一番の見どころは、シェイクスピア・アンド・カンパニーというたぐいまれな書店と、それをつくりあげたジョージ・ホイットマンというなんともエキセントリックで魅力的な人物を、元新聞記者の鋭い観察眼と洞察力をもって、実にいきいきと描き出している点にあるといっていいだろう。ロマンティックな理想に生きる寛容なすばらしい人かと思えば、まわりの人々に理不尽な癇癪をぶつけるやっかいな気分屋でもあり、八十六歳になって二十歳の女の子に本気で恋する少年のような一面ももっている——そんな複雑怪奇なホイットマンの人柄とその生涯が、美点も欠点もひっくるめて、愛情をこめて見事に描き出されていて、忘れがたい印象を残す。そのような意味で、本書は著者の自伝的作品であるだけでなく、部分的にはジョージ・ホイットマンの伝記にもなっている。詩人のサイモンや女たらしのカート、ウイグル族のアブリミットなど、店で暮らす個性豊かな仲間たちもやはりいきいきと描かれており、この風変わりなパリ暮らしの物語に彩りを添えている。

奇人変人ぞろいの登場人物に、興味深いエピソードの数々、よくできた話の展開、読みやすい文章といった要素が相まって、ノンフィクションでありながら小説のようにおもしろく読めるのも本書の魅力のひとつだ。若さと夢と失敗がたっぷり詰まった愛すべき青春小説のような味わいがあり、意外なハッピーエンドが快い余韻を残す。本好きにはこたえられない、世にもまれなパリの書店の物語を楽しんでいただければ幸いである。『シェイクスピア&カンパニー書店の優しき日々』は、二〇〇五年にアメリカとイギリスで刊行されて好評を博し、その後、オランダ、ブラジル、韓国、タイでも翻訳出版された。ちなみにイギリス版のタイトルは『本とバゲットと南京虫』（*Books, Baguettes & Bedbugs*）である。

著者ジェレミー・マーサーは、一九七一年、カナダのオタワ生まれの作家、ジャーナリスト。『オタワ・シティズン』紙の元犯罪記者。カナダで実録犯罪ものを二冊刊行後、フランスに渡り、二〇〇五年に本書を刊行。パリでは、雑誌の刊行や演劇、パフォーマンスをおこなう作家集団「キロメーター・ゼロ」の創設にも関わった。二〇〇八年には、ある殺人事件を考察するとともにフランスのギロチンの歴史を語る『ギロチンが落ちたとき』(*When The Guillotine Fell* 未訳)を刊行し、ロベール・バダンテール『そして、死刑は廃止された』の英訳も手がけている。

なお、本書に描かれているのは、いまから十年前のシェイクスピア・アンド・カンパニーだが、この店は現在もビュシュリ通りで営業をつづけている。二〇〇六年にジョージ・ホイットマンの娘シルヴィアが店の経営を引き継ぎ、店の伝統を守りながらも現代化すべきところは現代化し、朗読会や文学フェスティバルなどのイベントも積極的に開催している。ジョージは九十歳を過ぎてから引退したが、まだ店の上のアパルトマンに住んでいるという話である。

二〇〇三年にジョージ・ホイットマンとシェイクスピア・アンド・カンパニーに関する五十二分のドキュメンタリー *"Portrait of a Bookstore as an Old Man"*(ゴンザグ・ピシュラン、ベンジャミン・サザーランド監督)がフランスで製作された。ジョージ自身と周囲の人々へのインタビューを中心に、店の実態をうまくとらえた作品で、天井までぎっしり本が詰まった店内や、ジョージのアパルトマンの様子(キッチンのゴキブリも!)、店の住人たちの日常生活などが映し出されている。サイモンやシルヴィアといった本書の登場人物も何人か出てくるし、マーサー自身もちらりと顔を出す。この不思議な書店の内部を映像で見てみたいという方にお薦めしたい。パリに行く機会のある方は、もちろんぜひ一度、本物のシェイクスピア・アンド・カンパニーに立ち寄ってみてほしい。

最後に、この本を訳す機会を与えてくださった河出書房新社編集部の木村由美子さんに心よりお礼を申しあげる。

市川恵里

二〇一〇年二月

文庫版訳者あとがき

本書の主役のひとりであるシェイクスピア・アンド・カンパニー書店の創業者ジョージ・ホイットマンは、二〇一一年十二月十四日、九十八歳の誕生日の二日後に、長年暮らした店の上のアパルトマンで息を引き取った。その二か月前に脳卒中を起こし、回復できなかったという。ジョージは多くの作家や芸術家が眠るペール・ラシェーズ墓地に埋葬された。本書の中で重要な背景としてたびたび登場するノートルダム大聖堂が、二〇一九年四月の大規模な火災で屋根と尖塔を焼失し、その甚大な被害が世界に衝撃を与えたのも、まだ記憶に新しい。

原書の刊行から十五年、本に描かれた出来事から二十年近い月日がたち、シェイクスピア・アンド・カンパニーをめぐる状況はいろいろと変わっているが、故ジョージ・ホイットマンが店主であった時代のシェイクスピア・アンド・カンパニーを鮮やかに描き出した貴重なドキュメントとして本書がもつ大きな価値と、若さのきらめきを結晶化したような、青春小説風の普遍的な魅力とおもしろさは、いまもなお色あせることはない。文庫化をきっかけにして、この本が新たな読者のもとに届き、長く読み継がれてほしいと祈るばかりである。

うれしいことに、シェイクスピア・アンド・カンパニーは、物書き（とその志望者）向けの「流れ者ホテル」としての機能を含む店の伝統の多くを守りつつ、新たな要素をうまく取り入れ、現在も同じ場所で営業している。いまでは店の公式サイトでオンラインショッピングもできるし、二〇一五年には店の隣に明るく開放的なシェイクスピア・アンド・カンパニー・カフェもできた。ジョージは一九六〇年代からそこに文学カフェをつくりたいと夢見ていたらしい。店を引き継いだシルヴィアは、父親譲りの情熱と志、文学への愛をそなえた有能な経営者なのだろう。彼女のおかげで、ジョージ亡きあとも彼の夢は生きつづけ、店は成長をつづけている（ちなみに現在はシルヴィアと彼女のパートナー、デイヴィッド・ドゥラネが店を共同経営している）。

シェイクスピア・アンド・カンパニーは出版事業にも乗り出しており、二〇一六年には、数多くの作家や関係者の証言と豊富な図版で店の歴史をたどる本『シェイクスピア・アンド・カンパニー、パリ――心のがらくた屋の歴史』（*Shakespeare and Company, Paris: A History of the Rag & Bone Shop of the Heart* 未訳）を刊行している。文芸誌「ゾエトロープ」の元編集長クリスタ・ハルヴァーソンが、シルヴィアの依頼を受け、長年にわたり、呆れるほどめちゃくちゃな状態でジョージのアパルトマンに保管されてきた膨大な文書類と写真を苦労して整理し、まとめた成果である。大量の写真を見るだけでも楽しいので、この伝説的な書店の歴史に興味をもたれた方は参考にしていただきたい。

なお、文庫化にあたり、訳文の一部を手直ししたことをお断りしておく。

二〇二〇年一月

市川恵里

本書は二〇一〇年五月、単行本として小社より刊行されました。

シェイクスピア&カンパニー
書店の優しき日々

二〇二〇年 四 月一〇日 初版印刷
二〇二〇年 四 月二〇日 初版発行

著　者　ジェレミー・マーサー
訳　者　市川恵里
発行者　小野寺優
発行所　株式会社河出書房新社
〒一五一－〇〇五一
東京都渋谷区千駄ヶ谷二－三二－二
電話〇三－三四〇四－八六一一（編集）
〇三－三四〇四－一二〇一（営業）
http://www.kawade.co.jp/

ロゴ・表紙デザイン　粟津潔
本文フォーマット　佐々木暁
本文組版　KAWADE DTP WORKS
印刷・製本　凸版印刷株式会社

Printed in Japan ISBN978-4-309-46714-6

なにかが首のまわりに

C·N·アディーチェ　くぼたのぞみ〔訳〕　46498-5

異なる文化に育った男女の心の揺れを瑞々しく描く表題作のほか、文化、歴史、性差のギャップを絶妙な筆致で捉え、世界が注目する天性のストーリーテラーによる12の魅力的物語。

パタゴニア

ブルース·チャトウィン　芹沢真理子〔訳〕　46451-0

黄金の都市、マゼランが見た巨人、アメリカ人の強盗団、世界各地からの移住者たち……。幼い頃に魅せられた一片の毛皮の記憶をもとに綴られる見果てぬ夢の物語。紀行文学の新たな古典。

ボルヘス怪奇譚集

ホルヘ·ルイス·ボルヘス　アドルフォ·ビオイ=カサーレス　柳瀬尚紀〔訳〕　46469-5

「物語の精髄は本書の小品のうちにある」（ボルヘス）。古代ローマ、インド、中国の故事、千夜一夜物語、カフカ、ポオなど古今東西の書物から選びぬかれた九十二の短くて途方もない話。

オン・ザ・ロード

ジャック·ケルアック　青山南〔訳〕　46334-6

安住に否を突きつけ、自由を夢見て、終わらない旅に向かう若者たち。ビート・ジェネレーションの誕生を告げ、その後のあらゆる文化に決定的な影響を与えつづけた不滅の青春の書が半世紀ぶりの新訳で甦る。

裸のランチ

ウィリアム·バロウズ　鮎川信夫〔訳〕　46231-8

クローネンバーグが映画化したW・バロウズの代表作にして、ケルアックやギンズバーグなどビートニク文学の中でも最高峰作品。麻薬中毒の幻覚や混乱した超現実的イメージが全く前衛的な世界へ誘う。

ジャンキー

ウィリアム·バロウズ　鮎川信夫〔訳〕　46240-0

『裸のランチ』によって驚異的な反響を巻き起こしたバロウズの最初の小説。ジャンキーとは回復不能になった麻薬常用者のことで、著者の自伝的色彩が濃い。肉体と精神の間で生の極限を描いた非合法の世界。